黃錦樹

南洋人民共和國備忘錄

本書獻給

為解放殖民地馬來半島而
犧牲青春甚至性命的馬共
戰士們與及無辜受害的民眾

關於漏洞及其他（自序）

1

這本小說集，最開始只有一篇附錄（即劉淑貞的〈倫理的歸返——黃錦樹和他的中文現代主義隊伍〉）和一篇待寫的自序。

不知怎的，突然想寫篇自序。可是沒有小說寫甚麼自序，那不是開玩笑嗎？

但如果真要寫也是可以的，因為自序也可以寫成小說。但我想寫的不是偽裝成小說的自序，而是真正的自序。那就有點麻煩了，那就得先有小說。

但我有好多年沒有小說了。

依稀有過若干失敗的小說計畫，寫了一段兩段，換個檔名，再寫個一段兩段，像廢墟浮木，搞到自己都糊塗了。其中有一篇叫〈那年我回到馬來亞〉好像還曾是個稍大一點的計畫（一本書）。也可說那是本書的前一個書名，它的前身。但收進小說集作為最後一篇的〈那年我回到馬來亞〉，卻是這篇序初稿寫完多日後方寫完的。一個全新的版本，回收若干舊的構思。這本小書原本只有九篇，多寫一篇湊個整數。

二〇一一年十一月，大概因那位登陸成功且得了「人民文學獎」的小說家朋友的推薦，《人民文學》突然電郵來約稿，說次年五月將弄一個馬華文學專號。為了那個稿約我寫了篇〈南洋人民共和國備忘錄〉（後來改了個版本易名為〈馬來亞人民共和國備忘錄〉），我也忘了給《人民文學》的是哪個版本，反正那個農曆年後就被退稿了，「通過了三審，但四審未過」、「主編變動，雜誌社的方向突然亂了陣腳」（二〇一二年二月二十日編輯電郵）。這篇小說當然沒甚麼大不了，被退稿也是預料中事。那年山東人民出版社向我約的自選集《死在南方》被大刪，我就知道馬共是他們最不願觸及的禁忌之一，可能比民國還礙眼。但我想既然是《人民文學》邀的稿，不寫篇題目裡有人民的小說，就太不夠意思了。

退稿後轉投給《香港文學》，刊出後才發現竟給主編陶然寄錯了版本。但我其實更喜歡「南洋人民共和國備忘錄」這篇名。之所以要改篇名，是因為從邏輯上推斷，南洋人民共和國比馬來亞人民共和國更沒有可能性。共產黨活動的國際主義理想，不得不遷就於地域，為了反殖，它更被限定於各個不同殖民行政區。從馬共和砂共的區分，就可以清楚的看出這一點。而且，它很難逃離華人民族主義的誘惑，猶如它之難以和中華人民共和國劃清界線。

我自己也不喜歡現在這種寫法，好像老狗玩不出甚麼新把戲。但如果要掌握這一想像藍圖的全景，這種寫法可能是最簡潔、經濟的。如果依通俗文學的路徑，也可寫成七大冊的《南洋人民共和國烽火錄》、《吸血鬼降臨南洋人民共和國》；或者依大河小說的思路，可寫成《南洋人民共和國》三部曲兩千頁，【革命紀】、【建國紀】、【亡國紀】。

但那又怎樣？不過是多砍一些樹而已。

共產黨活動深刻的影響了所有東南亞國家華人的命運。華人資本家一向被視為殖民帝國的同謀，是壓迫階級；而以勞工和墾殖民為主的底層華人，則被視為共產黨同路人。這讓華人極易成為戰後民族主義政治的代罪羔羊。一九四八年畢里斯計畫（Brigg's Plan）下施行的新村政策，就是為了阻絕鄉下華人對馬共的後勤支援，讓他們陷於糧食匱乏。這計畫成功的讓馬共潰散至不足威脅。

但那鐵籬笆圍起來的新村、那對華人的集中管理，卻延續了數十年，即便在馬來（西）亞建國後，即使六〇年代後紛紛拆除了鐵籬笆。種族生活空間的隔離已成事實。那天生有種族主義傾向的政府，顯然充分利用馬共存在的事實，長期的合理化它想做、也一直在做的缺德事。但馬共呢？馬來亞建國後它其實就失去為「大義」武裝戰鬥的理由了，他們被英國人和東姑擺了一道，被置入歷史的無意義的時間剩餘。他們的歷史任務結束了，可是他們無法單方面的結束那場戰役。他們不知道（或許知道但也沒辦法），馬來西亞政府其實需要他們。他們的沒有威脅的威脅讓政府獲利，內安法令和近五百個華人新村的存在，不就是最直接的證據嗎？

延長賽是尷尬的。

剩下的是他們的尊嚴之戰、歷史定位之戰。幾十年過去後，雖然對種族政治依然不滿，但華人普遍過上中產階級生活之後，就把活在森林裡的馬共給遺忘了。甚至那當年馬共最活躍、最多里巷傳聞的霹靂州，大馬建國後出現的幾個世代的優秀作家，彷彿都以忽視他們的存在為榮。然而如果少了這一塊，我們的歷史存在就很難不是平面的了。

而我的大馬朋友，其實多數都來自新村，好像一個個戳記戳在生命史裡。但我們其實不太會注意自己是怎麼被型塑的。

反正日子一樣過，何苦自尋煩惱？

2

距離上一本小說集的出版（二〇〇五），超過八年了。

相較於紛紛去寫長篇的同代人，我沒那個興趣，也沒那麼大的野心。況且，很多長篇（包括一些三部曲）我認為那題材如果寫成短篇，或許會更有價值些。相較於長篇，我比較喜歡書的概念，那是另一種意義上的整體。

大概從二〇一二年開始，我想不如就圍繞馬共，寫一本小說吧（雖然早年的小說也多有觸及）。但這念頭可能開始得更早。我隱約記得，有一年在大學部開了門選修課「文體練習」（還是「各體文習作」？），那時也想過嘗試用名家文體來寫馬共題材（如愛倫坡體、卡夫卡體、波赫士體、昆德拉體……），似乎過於偏向於遊戲，喚不起激情，也就無疾而終了。

反正我的正職是教書，近年教育部一群蠢人瘋評鑑，學校發瘋似的強迫我們常常去聽一些講題都非常低能的「教學智能」課。研究所也常遇到一些程度低到不可思議的學生（講到這，我就忍不住要高喊「教改萬歲！」），教到火大，甚麼都忘了。

二〇一二年春天，在寫了那篇散文〈馬華文學無風帶〉前後，試寫了〈森林裡的來信〉——有一年，想寫一本假的馬共書信集，與其說是為了講故事，不如說是為了箇中的省略和漏洞。

也是自然的無疾而終。

原因之一或許在於，我嘗試擬仿的那些人的文字能力普遍不佳，不論擬仿得逼真與否，下場都一樣：必然是部失敗的小說。敗於失真，或敗於無趣，不寫也罷。現在的〈森林裡的來信〉原就想做成一篇漏洞百出的小說——像是個處處漏水的屋頂——也沒頭沒尾的。那是本書另一個考慮過的書名。〈父親死亡那年〉也是。這篇也寫於同一個春天，清明節前後。擱了將近一年方投稿，老覺得有甚麼地方待補。

二〇一二年七月因返馬開會，邀老友張錦忠順道北上泰南和平村。在那裡住了一晚，為的是親身接觸一下那些馬共，和他們聊聊。那些臉孔，有的早在紀錄片上看過。他們的故事，在書裡讀過。我當然也讀了好些馬共圈內人寫的小說，很清楚的知道他們的文學觀、歷史觀。也知道這些昔日的游擊隊員非常在意歷史評價，但如果依他們的期待去寫，小說也就完蛋了。

小說有它自己的邏輯，它自己的樂趣和領地，應該大大的超出他們的視野才是。

我準備用我自己的方式向他們致意。雖然我的致意方式也許讓人難以忍受。但或許因此也能讓某些獨特的讀者注意到馬共也說不定。去年十月我在日本「宣傳馬華文學」時遇到巴赫金專家、已退休的北岡誠司教授，一見面他就問我有沒有讀過Leon Comber的“On Lai Teck”[1]，我確實吃了一驚。老

1 “Traitor of all Traitors’: Secret Agent Extraordinaire: Lai Teck, Secretary-General, Communist Party of Malaya

先生是從我過去的小說順藤摸瓜摸索進馬共歷史的，那是離他的專業領域（敘事學）非常遙遠的一個地方。而台灣的專業（或自以為專業的）讀者一向只會抱怨我們沒在小說裡提供充分的訊息，讓他們難以理解。雖然我們一再呼籲莫忽略在地知識，而義大利記號學家艾柯（Umberto Eco）早在《悠遊小說林》（*Six Walks In The Fictional Woods*）提醒讀者，每部小說都可能預設了不同的百科全書，但傲慢的讀者還是置之不理。於是「南洋」這背景負擔終究成了一團迷霧，黯黑伸手不見五指的夜，讓你看不到自己的腳的大霧。對他們而言，我這些寫作，或許不過是純粹的文字遊戲而已。職是之故，向優秀的青年馬共研究者潘婉明商借一篇論文作為附錄，提供最基本的背景資訊。

原先的計畫是，如果從四月開始，每個月寫它一篇，寫個十一、二篇，最晚到二〇一三年中旬，也該完工了。

但常常會連續好幾個月不能動彈，課業、研討會論文，那些有的、沒有的雜務。這些年來都是這樣：常常一年、兩年、許多年就那樣過去了，令人心疲意怠。

這個寒假順利些，接連寫了幾篇。

但讓整個計畫提前告一個段落的，是我臨時想到的分鍋計畫。譬如煮肉，一鍋十分滿，不如兩鍋八分滿。我想那樣同時對兩個出版社都可以交代（但也下不為例了）。一旦決定分鍋，這一本就算寫完了。

剛好有幾篇小說同時寫了兩個版本，可以藉重複以顯現差異。另一本的書名，就暫定《馬來亞人民共和國備忘錄》吧，裡頭對應的鏡像文本是〈南洋人民共和國備忘錄〉。一如這本《南洋人民共和國備忘錄》裡頭收的是〈馬來亞人民共和國備忘錄〉。

時間呢，暫定於明年秋天出版。

但也難保沒有變數——包括書名。計畫總是趕不上變化。

本書收小說十篇[2]，包含一篇用「現代詩」體寫的〈當馬戲團從天而降〉。沒有人（有那個權限）規定小說該怎麼寫。這篇也算是我對金枝芒的長篇《饑餓》的一個回應吧。以這篇為界，前四後五。附錄論文兩篇，劉淑貞的〈倫理的歸返〉（感謝，為本書增加了不少篇幅）。及潘婉明的一篇馬共論文〈馬來亞共產黨〉（感恩）。

十月裡寫了〈尋找亡兄〉。它的可以拆卸的部份，〈火與霧〉也分去另一鍋了。

有些篇章寫得超乎預料的順利，第五、六、八、十的初稿，都是句子一個又一個自己跑出來的[3]。去一趟雞寮找手稿沒找著、餵餵母雞，回撥來電話筒說「您撥的號碼是空號」，回來就寫了〈您撥的號碼是空號〉的初稿。其時剛寫完〈悽慘的無言的嘴〉初稿。原先還在煩惱，想好的幾個碎片不知該插進哪一篇；〈當馬戲團從天而降〉也是突然一些句子就跳出來了。最初的構想也不過是，

(1939~1947),” *Journal of the Malaysian Branch of the Royal Asiatic Society*, Volume 83, Part 2, No. 299 (September 2010): 1-25. 這文章在台灣還真不好找，感謝潘婉明提供。

2 三月的末尾，補寫了〈瓶中稿：詛咒殘篇〉，勉強算一篇的話，就是十一篇了。

3 包括那篇留待下一本的〈陽光如此明媚〉。

讓馬戲團裡的事物持續的掉下來，以完成不可能的救贖。那隻猴子真的是自己跑出來的。〈悽慘的無言的嘴〉最開始的想法不過是，既然陳的早期小說是中國以外左翼文學的標竿，馬共小說也該有篇陳映真式的，可惜馬共陣營普遍欠缺真正的文學感覺。〈婆羅洲來的人〉也和最近發生的某些事情有關。……我就不說了，一口氣寫了兩個版本，原要求刊物分兩次發表以作為區隔，不料還是被忽略了。

收進這裡的是第一個版本。

寫這幾篇小說讓我有一種「好像比較會寫小說了」的感覺。好像做了個寫小說的夢。類似的夢這些年大概也做了不少回，醒來都是一場空。

那同時，和張錦忠在合編《馬華小說選》，讀同鄉的小說，為小說選寫序、寫簡評，審查期刊論文。編《馬華小說選》也有頗多感觸，有的就直接化為小說文字了。

有的篇章寫得非常不順利，進度慢之外還覺得很煩。如那篇打算收進另一鍋的〈那年我回到馬來亞〉。

而這十篇中寫得最早的是那篇〈還有海以及波的羅列〉，初稿寫於二〇〇六年，原題〈紀念碑事件〉，在該年的〈文藝春秋〉刊過一個刪節版。自覺初稿寫得很爛，因而頗花了一番功夫，修補改寫成現在這樣子，連題目都比原來好多了。費功夫去改它不是對它特別珍愛，而是這年頭研究馬華文學的人突然多了起來，我很怕有人會鄭重其事的依那更爛的版本去談它。

寫這篇序時，大部份作品都投出去了，大都還沒刊出。有的篇章很顯然非常不適合在大馬華文報刊發表（我大馬的朋友會很直接的告知，會有「愛國民眾」費心摘譯了去向內政部檢舉，報館及負責的編輯會很麻煩），會考慮只在台灣或香港發表。雖然用的是狂想曲的方式，但我想還是有人還是會覺得被冒犯（不論是馬共還是馬來人），只能在此先說聲抱歉了。

但不喜歡的讀者原就有權選擇不看。畢竟是小說。

我判斷這仍然會是一本台灣讀者不會感興趣的書。寫作時，我也不在意多用馬來西亞的在地知識或歷史典故，自然也不期待會有甚麼銷路。

也幸虧在台灣還有這份自由。

多年沒發表作品，物換星移，除了幾位老朋友，好多副刊媒體的掌門人都不知是誰，得一一去打聽。感謝這些媒體界的朋友提供發表園地（依小說發表的順序）：陶然（《香港文學》）、張永修（《南洋商報・南洋文藝》）、簡白（《中國時報・人間副刊》）、宇文正（《聯合報・聯合副刊》）、江一鯉（《短篇小說》）、黃崇凱（《聯合文學》）、黃俊麟（《星洲日報・文藝春秋》）、黃靜（《字花》）、初安民（《印刻文學生活誌》）。

3

原先想寫的自序也不是現在這個樣子的。

我筆記裡還留下這樣的文字（偷偷先寫了一段）：

近年常浮起一個句子：再過幾年就五十歲了。這是個怎樣的訊號呢？年輕時很難想像五十歲是怎麼一回事。

因為很晦氣，就不抄了。

二〇一三年二月十四日，大年初五初稿，某月某日補、又補、再補、再再補。

以〈寫在《南洋人民共和國備忘錄》邊上〉為題刊於《南洋商報・南洋文藝》，二〇一三年九月三日、十日。

【目次】

南洋人民共和國備忘錄

南洋人民共和國

備忘錄

父親死亡那年

這是個沒有四季的地方，
南國的季風無言而有信。
沒有秋天冷颼颼的威嚇，
更沒有嚴冬無盡的寒霜。

在膠林，在礦場，在新芭，
他們以血汗和青春澆灌，
這多雨多陽光的熱帶處女地。
歷盡艱辛趕走了貪得無厭的紅毛鬼，
迎來我們自己祖國的春天。

我們願以血肉澆灌，我們的家鄉
這暖風洋洋的馬來半島。
讓我們的孩子健康快樂的成長；
像橡膠，像油棕，像木瓜
還有那葉子大得不像話的椰子和香蕉

在這沒有四季的潮濕國度，
來自大洋的季風無言而有信

——希旦〈我們的馬來亞〉

那時阿蘭才知道——也只有在那樣的時刻——他竟是一身傷疤。背上、胸腹、雙臂、大腿、臀部，大大小小的蜈蚣突起，縱橫交錯，也有海星狀的、全然不規則的。科學怪人似的彷彿被巧手拼起來的肉塊。四道大又長的疤痕之間，好像就圍成了一個地理區域，有的膚色竟然特別深，有的偏紅，有的白皙如女膚。譬如小腹上有一塊狹長形的，就被伊命名為印度支那。他胸前刺了個橘紅的虎頭，因為傷疤浮雕而有著強烈的立體感，卻也彷彿遮蔽了一塊破碎的秋海棠。虎頭張大了口，露出長牙。每回他用他的singapora朝伊下體死命衝撞時，牠好似也跟著忘情的嘶吼。

伊特歡喜撫摸他背上那些不連貫的凸起，在他迷戀於伊深不可測的凹陷時。在他嘶吼或啜泣，而伊嗚叫或啼哭。伊逐一撫摸他灼熱的傷疤，其中有一道鋸齒狀的環了脖子一圈，好像整顆頭顱曾經被鈍刀硬生生鋸下來，又勉強接了回去。胸前一道細痕從喉頭直拉到小腹，劃過肚臍。他吹牛說，二戰時和日本武士交過手呢，有多處骨頭裡還深嵌著卵孵大的子彈。當歡愛到極致，那些疤痕就變得非常淫蕩，像他巨大的陽具一樣充血膨脹，抖動，甚至發出一陣陣悲鳴，直欲噴出血來。在黑暗中他似乎渾身泛著淫慾的紅色微芒。

伊因而給它們整個兒取了個暱稱，Zip，吉普，拉鍊。

他不諱言他十多歲時曾經被一個比他大十多歲的馬來女人引誘，被她養在她的領地裡。她是有婦之夫，是個高官的老婆，平時看起來嫻靜優雅，安份守己，但做起愛來瘋狂的不得了。他背上縱橫交錯的較細的疤痕都拜她所賜，高潮一來細瘦的雙腿鐵鉗般一夾、纖細的雙手修得尖尖的長指甲就釘進他背裡，左右一拉；甚至張口朝他肩上亂咬，還樂在其中的舔舐他背上的汗和血。

有幾回被她搞到暈過去，醒來時是在巫醫的草蓆上，下身包裹了紗籠，傷口被上了味道刺鼻的草藥，包紮了，燻著「甘夢煙」。

她一身革巴揚，嫻靜溫柔的和老巫醫閒話家常，他只聽到她笑吟吟的說：「這孩子呀，好像被老虎襲擊了似的。」

在通情達理的老巫醫的協助下，他好不容易才從她的魔掌裡逃出來，回想起來還會發抖，「真的會被吃掉。」他因而給她取了龐地亞那（pontianak）的綽號。

大概因此狠狠的被亂刀砍了吧。

兩片屁股各刺了半顆地球，用紅藍黃三色及細細的花體字，標示出整個大英帝國的版圖。他說，那是位渾身羊騷味的虔誠天主教徒洋婆子幹的。

兩顆半球都有非常好的觸感，那些疤都是鷹嘴豆大小的顆粒，好像坐過「釘床」之類的酷刑。是的，酷刑是他們間重要的話題之一。中國酷刑、天主教酷刑、伊斯蘭酷刑、非洲酷刑……。

伊因此更愛他那些傷疤了，好些還取了馬來文名字，蚯蚓、蜈蚣、水蛭、馬陸、蛞蝓、渦蟲……。

伊非常仔細的檢查過他的命根子，尤其是根部濃毛遮蔽的地方，看看是否一體成型。還好沒有傷疤或接縫，可以證實不是從虎、牛、馬、騾、狒狒、狗或英國佬、吉靈仔、食人族或鱷魚那裡移植過來的。他那沒有傷疤的大陽具，理所當然的被命名為「阿必」（Api），火把。別名singapora。

每當男人被淘空似的完事後坐在床尾喘著氣抽著菸，背上兀自汗津津的泛著亮光，汗水沿著高低阡陌流向日不落國的股溝；房間裡昏暗迷濛，伊則因胯間及子宮持續而強烈的收縮而昏昏欲睡。菸，汗酸，公騷、精液的味道，交織出一股深淵絕望的感覺。伊可以感受到那億萬精蟲大軍的長征，奮力穿越伊發熱的陰道，抽搐著的子宮頸，沿著濕潤的子宮壁往上爬，朝向那顆泛發黑色光芒的神祕的小小太陽。

那時候，腦中就會浮起父親黯然神傷的臉，他不斷的往幽暗處退去，時光流轉，漸漸化作嬰孩的容顏。

牆上掛著父親黑白的遺照，一尺長，半尺寬，眉清目秀，眼珠子透著光。學生樣，嘴角猶有一抹微笑，只不過鼻子上方及左右臉頰都有不自然的凹凸痕，下巴浮印著幾個殘缺的字，依稀是「南、洋、大」三個字。那不是他死亡那年的照片，而是多年前他念大學時學校證件照放大的。葬禮時用過的遺照母親收著，她改嫁給印度鰥夫後就送還給祖母了，留在老家的牆上。

整個小房間都在年輕的父親的視野裡：單人床，小小的書桌、衣櫥、只有幾排書的書架。還有一幅留言板似的拼圖。他可以看到她生活的一切，所以更衣時她會不自覺的稍做遮掩，或轉過身去。

他說，要不是有人一直從森林裡給妳父親寫信，他也不會被盯上。

自有記憶以來，父親都在搬家。從鎮子中心往邊緣搬，一直搬到森林的邊緣。從水泥房屋到違建的木板屋。工作也一直在換，似乎越換越糟，因為衣服越來越髒，味道也越來越不好。但他總是努力讓自己乾乾淨淨的，讓女兒沐浴著在他陽光的笑容裡，冰淇淋，巧克力，水果軟糖，童年該吃的零食從來沒少過。

他當過學校老師，油漆匠，建築工人，修腳踏車的，仵作，膠工……每到一個新的工作地方，內政部的人都會隨著去騷擾那個老闆，威脅說要查稅，怕麻煩的人只好叫他走路。或許因為這樣，他和母親的關係一直很緊張。

自有記憶以來，母親對他就沒有好臉色，常抱怨說她是被騙的，「原以為是南大生，又是個靚仔，點知……」

伊知道比較多母親的事是她改嫁多年以後的事了。

姑姑說，只念到小學畢業的母親十幾歲當店員時和一位高中生走得很近，姑姑講得很難聽，說她一定是被睡過了，甚至睡壞了。因和那男生出去過夜被她爸打了不止一頓，也常被她沒受教育的母親責罵，罵得非常惡毒，都針對重要部位。罵她「姣」，不要臉。鐵口直斷人家一定是只為了玩她的XX不可能娶她。

在那個保守的年代保守的鄉鎮，她的身價自然大貶了。

那男生後來到台灣去念書了，她苦苦的等了很多年，等他畢業回來。頭兩年還有書信往返，第三年就很零星了。她向他那些寒暑假返鄉渡假的同學打聽，他們往往含糊其詞的說，「據說」他在台灣那裡「好像」有新的女友；「有人說」他怕見到她所以他寒暑假乾脆不回來，不知道躲到台灣鄉下哪裡去了。

一直到他畢業兩年了還不見人影，後來看到他不知道在哪裡跟甚麼「姣婆」結了婚的照片，她才很傷心的死了心。

然而一蹉跎，就誤了婚期。年齡相近的女孩都當媽媽了，家裡非常憂心。二十五歲了，再那樣下去就只能嫁給死了老婆的老男人當填房、當後母，每天面對一大堆乒乒乓乓的拖油瓶，也沒甚麼好日子過。

不料那時突然好運降臨。

父親突然從南方灰頭土臉的回來，每週要去警察局報到。

他原本被視為家族的希望，不料卻因參與學潮而被退學，驅逐返鄉。一向溺愛他的祖母匆匆託鎮裡最資深的媒人江嫂給他物色一房媳婦。為了管住他，要求找一個比他大上幾歲，個性比較強悍的女人。

幹練的母親對漸漸失去視力的祖母來說，就像是天上掉下來的禮物。

至少剛開始時是那樣的。

剛開始還好。

但一次又一次的搬遷及換工作，收入低卻又把部份薪水花在買書及不知道甚麼地方，讓她必須辛苦的當粗工以維持基本的生活。錢總是不夠用，兼之不安定，這些都磨蝕掉她的耐心。還有女兒對他的無條件的偏袒——他工餘和朋友們的祕密活動（而不是設法去賺更多的錢），他在稿紙上的塗塗寫寫（他無奈的辯稱：「我可是個勞動詩人」），可能和女人們的曖昧關係——或者精神上的交流（沒斷過的書信往來），都是她進不去的，也讓她憤懣不已。

畢竟是個抱著對男人的怨恨走進婚姻的女人，一再抱怨自己命不好，而不太注意穿著。自伊有記憶以來，母親就是個「阿嫂」了，而且身上老是有股汗臭味。不像愛美的父親，整齊的油頭，香噴噴的古龍水味。

女兒總是依偎著爸爸，從兩歲時拉完屎擦屁股，學齡前的一起沖涼泡澡，抱著爸爸的大手方睡得著，且成天纏著爸爸說話、要求講故事，一直到上小學了，放學也都要爸爸騎著腳踏車接送，一道去吃點心，叉燒包、汽水、咖啡烏。有時突然有個衣衫上都是泥巴、油漆或水泥的工人會突然從哪裡竄出來遞給他一封信。

伊記得有一回夜裡伊已經上牀了，隔著蚊帳，惺忪著睡眼看到父親坐在伊做完功課後騰出來的書桌前，鄭重的載上黑框眼鏡，展讀一封信件，時不時搖搖頭，嘆著氣，「瘋了，都瘋了。」

有一回他跟報館裡的人抱怨說，不管他怎麼搬遷，森林裡的人都有辦法把信送到他手上。更可笑的是，那些來信像是對他的回信，要是給內政部那些人看到，鐵定懷疑他與他們仍互通款曲，而且是以那麼明目張膽的方式。

若干年後，據說因與森林裡的人的鬥爭大勢底定，內政部的人比較放鬆了，他得以恢復較為體面的工作。譬如回到學校去兼課，到報社兼差。

但母親的怨恨與妒嫉已然深深的延伸到伊身上。

若干一家人窩在一張木板牀的夜晚，父親把伊移到另一張小牀上。伊在半睡半醒中一次又一次看到母親把涎著臉的父親推開，側過身去，沙啞而嫌惡的小聲斥罵：

「不要，明早還要做工。」

父親輕聲細語的在她耳邊不要臉的哀求著，「一下，一下就好。」

父親竟也有那樣的時候。

然而父親竟然就那樣死了。

伊當然不願相信他真的就那樣死了。

在某些伊思念父親的時刻，那個刀疤男就出現在伊的視野裡。

伊常常憶起那年清明節前後他出現在校園鐵絲網外芒果樹的濃蔭裡的景象。鼠灰色的風衣，同色的牛仔帽，整體給人的感覺是直挺挺的長方體，像個木頭人。像好萊塢電影裡常見的職業殺手，間諜，或者外星訪客。在大霧裡倏然出現，忽然消失，就在清晨的一小段時間，恰好對應霧的節奏。伊的幾個女同事也都注意到了，每回他的身影出現，她們都在竊竊私語，交換眼色。

最為膽小、和伊一樣剛分發到這間偏鄉小學的印度女孩莉娜總是睜大了眼說「不會是……那種變態吧？」「披著風衣，突然跳到妳面前『噗』的掀開，裡面甚麼也沒穿！」「喜歡把人切成一塊一塊的那一種？」「會不會是看上了我們哪一個？」「還是……」幾個未婚的女孩既好奇又擔心，又不敢靠近看，幾天後，為了孩子的安全起見（不確定是哪一種變態），還是通報了校工伊斯曼。

那個胖胖的馬來人和另一個老錫克校工到芒果樹下盤問過他，他出示內政部的工作證給他們看，請他們抽根菸，就在樹下像老朋友一樣聊起來，說著馬來語。滿懷敬意的對他鞠躬：「您抓山老鼠的工作很辛苦吧？」

他跟他們說他不過是想看看他的甥女，出示那張女孩的照片給他們看。他說，因為工作和一些家族糾紛的關係，她父親過世後他們就失去聯絡。最近到附近辦案，偶然發現一個身影，也不確定是不是她，畢竟女大十八變。告訴他們名字後，馬上就確認了。當他們熱心的要安排他們「甥舅相認」時，他婉拒了。「她大概記不得我了。……不要破壞她平靜的生活。我不會再出現了。也不要告訴她我來過。我只想遠遠的看看她，知道她過得好就好了。」

「妳舅舅來看妳呢。」他們表情曖昧的對伊說。

就那樣，一如既往，他消失了一段時間，然後再突然走進伊的視野裡。

「那時妳認出我來了嗎？」

他的聲音怪異的輕柔，有一點嘶嘶作響，好似說話時風從脖子某處縫隙漏走了。

「一眼就認出來了。你到過我爸的葬禮。和那時一模一樣的裝扮。」

為甚麼一直跟著我呢？

父親死後，伊循著國民教育系統繼續默默的念完初中、高中，考進師訓學院，畢業後一度被分發到國土邊陲。（一如伊所願，離開得遠遠的），就那樣的過了幾年，因老病的祖母一再要求而申請調返故鄉。當伊終於得以調回故鄉，還未成行，父親故後一向與姑姑同住的祖母卻又病故了；於是伊又要求請調到其他偏遠、沒有人要去的地帶。然而不管伊到哪裡，那身影總是揮之不去，一如伊行李箱裡父親的詩集與遺照。

那身影跟了她許多年，有時在霧裡，有時在雨裡，就像是伊的影子的延伸。

在那紅土路旁的現場？

有時在夢裡。

最常見的夢景是，他出現在那北風微涼的橡膠落葉時節，整座林子的樹枝枒向天際張開好似無奈的瞬間枯萎了。風翻攪著落葉。大片枯葉笨重的翻過去，勉強騰空，又下墜。他著軍靴的腳重重的踩碎了落葉、踩斷了枯枝，風掀起衣袂，啪噠啪噠作響。不尋常的瘦高，彷彿是北方來的人，慣於穿大衣。右側跟了頭白老虎，一路左顧右盼。風中有一股菸味，夢中的他口啣著雪茄，菸燒得滋滋響。或者把身上一處處拉鍊拉開，清水湧濺，鑽彈出一尾尾活蹦亂跳的魚。七隻五色鸚鵡。

就那樣，伊知道他遲早會走進伊的生命裡，就像是風與落葉、石頭與流水、火與灰燼。

那時，據說是父親的屍體就裝在那具烏黑發亮、原是祖母為自己準備的棺木裡。天氣太熱，或屍體太多傷口、太殘缺，或是防腐做得偷工減料，第二天就引來許多綠頭蒼蠅，賊頭賊腦的附在所有的器物——甚至活人的身上。於是棺木被著上密密點點的翠錄豔紅，空氣中有著一整片太平洋的死魚的味道，鼻端不斷塗抹風油，還是頂住那「西北夠力」的「岧勿」（bau味道）。

幾個仵作在一旁閒聊，說：昨日才埋掉五隻鹹魚今日又來了六隻。抱怨：這隻死鹹魚一隻臭過別人十幾隻。而且真奇怪真的是死魚味不是死人味。如果不是死鱷魚就是死鯊魚。

因此伊在心裡默默的告訴自己，那不是我那親愛的爸爸。不是的不是的。爸爸已化為風，化為雨，化為霧。棺木裡裝的不過是森林裡的動物殘骸。

然而往後的歲月裡她常夢到那場景：被發脹的屍體撐裂的棺材，白底黑斑的魚鰭擠了出來，有著白色晶亮晶亮厚厚的鹽的沉積。

祖母找來的道士猶在咿咿呀呀咚咚鏘，不過一天，母親已明顯的不耐煩，不再配合演出。甚至直接要求師公縮短打齋的時間，摀著鼻子說「tak boleh tahanlah」（難以忍受）。臉色且非常難看，默默的摺著金紙，嘴裡念念有詞，不必仔細聽都聽得出是在咒罵。

抱怨說，都爛到化掉了早該火化了省事，土葬一堆儀式自找麻煩。

仵作頻頻被喚來添加石灰與冰塊，戴了好幾層的口罩，臉很臭。

裝備簡陋的殯儀館，鐵皮棚子，半截水泥牆隔出一小個空間，一排過去五六間都是哭聲，都是二三十歲左右的年輕人。

有兩個政府官員模樣、穿著卡其服的中年唐人坐在殯儀館一角。屍體據說是他們發現的。據他們向母親解釋說，是在離市鎮五英哩外的樹林裡的一個攻擊行動中偶然發現的，內臟都被老虎吃過了，肺剩比較多，肝剩一小片，在樹林其他地方發現一段腸子。兩顆蛋也不見了，可能是野豬吃掉的。其他部份倒還完整，只是手腳都有一些咬痕與抓痕，大概經過一番搏鬥。身旁留下許多動物的腳印，有老虎的，野豬的，野狗、石虎、四腳蛇、軍靴，甚至鳥趾印。蹄印有大有小，看來都是母獸帶著小獸。

仵作私下告訴母親：老虎不吃屍體的。脖子被咬斷了，是從後面襲擊的沒錯，兩邊肩膀都有很深的抓痕，爪子釘進肩胛骨裡。最奇怪的是，後大腿有一個彈孔，看來是逃跑被射傷了，才被飢餓的母老虎或野狗盯上。

髖骨和大腿骨基本上完整。

他們一整天坐在那裡，仔細的觀察來弔唁的人，在藍色小本子上塗塗寫寫，有時還要求來賓拿身份證出來讓他們抄。

自出事以來伊已哭到沒眼淚，兩眼紅腫，頭發昏，且跪多了雙腳痠軟無力。身上的傷口呻吟著生疼。

恰好來月經，當姑姑偶然發現了告知母親時，她露出嫌惡的表情，啐了一口，咒了句「死衰女」。

靈堂上父親的黑白大頭照一臉無辜狀。有點憔悴，一綹髮遮住半個前額，唇上的髭子看來數日未刮。眼神有點渙散，一副心不在焉的樣子，好像不知道發生了甚麼事。那是他生命最後幾年的寫照。弔唁的人並不多，都是他多年來工作的同事，和少數的至親，看來沒有讀者。幾乎都集中在第一天出現，而且很快就摀著口鼻離去。因此第二天就明顯的冷清了，只有蒼蠅，疲乏的喃嘸佬。也許實在太熱了，連道士都唱得有氣沒力的。母親不顧祖母的反對，和仵作商議好，次日一早就要抬去下葬，「快被臭死了。」就在那天晚上，突然下了一場大雨，大雨中來了個不速之客，大熱天穿著大外套，整個脖子緊緊的包覆，一張臉卻冷得像塊鐵板似的。兩個小胖子趕緊起身招呼，搶著報告著甚麼。

就是他了。像是從恐怖電影裡出來的，青銅面具般的臉。目光頻頻掃過白孝服下垂首默哀的伊。

熱熱鬧鬧的選舉過後。那天，他一如往常，在午後騎上他的老鐵馬，噴了古龍水，梳了個油頭，穿上他的白襯衫，上街到報館去。腳踏車緩緩推到山坡上，在最高處，下坡前一如既往的朝伊揮揮手，露齒微笑，好似說著「乖乖看家哦。」看來心情不錯。然而一直到深夜他都沒有回來。母親咒罵說一定又走上了哪個臭ＸＸ的床，也沒有擔心的意思。祖母則焦躁得屋前屋後不斷的摸索著來回走動，探路的枴杖敲打著桌椅門檻，頻頻叫喚：「阿蘭、阿蘭，阿爸返來沒？」

第二天，聽廣播說，大街上發生了大事，死了幾個人。滿街都是紅頭兵和警察，誰也出不了門。家裡沒裝電話，廣播裡的訊息含混不清。母親仍咬定他一定睡死在哪家寡婦的ＸＸ上。

第三天，……

第四天，

第五天，

第七天一早，街角的警察撤走了。母親也回到工地。伊騎上自己的腳踏車，過了坡頭，就看到十字路口警車的燈亮著，一群警察和紅頭兵。街上車子不多，速度也很慢，每一輛都被攔下仔細檢查。幸好沒為難伊，每個人臉部表情看起來很緊張。順著大街，過了十多個紅綠燈，到了廣播提及的事發現場附近，鎮東。很多商店的玻璃窗都被打破了，柏油路上有大大小小的碎玻璃、白布條和破酒瓶、椅子、棍棒，成堆的鞋子、拖鞋，甚至有幾輛扭曲變形的腳踏車，輪軸凹陷，棄置在溝渠裡。伊趨近仔細的看了看，不確定父親那輛是否在裡頭。摸索著穿過幾道後街窄巷，好不容易到父親帶伊去過的掛著斗大的「ＸＸ日報」、「南安會館」的那棟白色建築物。上到三樓，按了好一會門鈴，門開了個縫。一臉倦容的老劉露出半張臉，「是妳，小蘭，怎麼這時候還跑出來，快進來。」鐵欄門拉開，裡頭燈也沒開，機器全靜寂無聲。「誰來了？」一個緊張的聲音，高高瘦瘦的老楊快步從暗處跑了出來。一看是伊，露出驚訝的表情：「妳爸沒回家？他那天來沒多久就接到個電話，手邊的工作一結束就提早離開了，說要去見一個朋友。」

「看那身裝扮，我們想大概是跟女人有約會吧。我們亂猜的，別跟妳媽說。」老楊一陣快人快語。伊瞥見裡頭看來也是一團混亂，紙張文件成堆的撒得到處都是。

「真是的，怎麼這時候還說這種話！」老劉趕緊打斷，斥責道。「沒事的，快快回家去吧。過幾天妳爸他自己會回去的，那麼大的人了。」

伊淚水就不自禁的湧出，大顆大顆的，滴到胸前。隨著伊扶著欄杆就滴在一級一級的階梯上，眼前朦朧一遍，幾度險險滑跤。風在大街上胡亂兜，颳起一卷卷大大小小的紙團、撕裂的海報，火箭的、天平、牛頭，一張張淡藍色臉孔。一會忽而往東，一忽兒往西，往返於街角與水溝之間。空盪盪的水果攤，被掀翻的報攤，幾個中年女人一臉恐懼的瑟縮著貼著路邊匆匆行走。突然聞到一股惡臭，嘉美戲院旁的水溝裡塞了隻碩大的黑狗，眼怒睜，齒牙齜張，臉上綠頭蒼蠅蠢動著。伊嚇得退後好幾步。溝畔一灘灘褐紅、紫紅色的污跡。藍天白雲，有一股絕望的氣息。伊在站牌下發了好一會呆，一時不知何去何從。

烏鴉大聲鳴叫。往來於行道樹、電線桿與洋樓的頂端。

許多窗簾後都有幢幢人影。

穿過戲院旁空盪盪的後巷，一扇鐵窗推開，有人探出頭來，又迅速縮了回去。

幾隻花貓悠然的舔著爪子。一隻母貓腫脹著奶子，黃綠的雙眼和伊有過短暫的照會，幾隻小貓從破洞裡鑽出來，低聲嗚叫。

突然想起父親帶伊去過附近一個地方。

繞過空無一人的巴士車站，沿著巴剎旁的小徑，在雨樹的濃蔭裡，一陣陣魚肉腐敗的味道。

終於到了那地方，卻發現門口鐵柵門拉上了，按了多次門鈴，叫喊「顏老師」。良久，都沒人回應。

那是位嚴肅的女人，沒見過她笑。喜著褪色白底黑葉旗袍，略顯花白的頭髮，總在後腦勺挽個髻，戴副細金框眼鏡，眼睛習慣從鏡框上看人。父親總是恭恭敬敬的喊她「顏老師」或「顏校長」。說她學識淵博，當過中小學校長，會作詩，積極爭取華文在這馬來西亞的地位。果然，小公寓裡靠牆三個原木書櫃，裡頭一函函、一排排精裝書。父親每回都從公事包裡掏出一疊文件給她，「請老師代為斟酌」，或者就某頁仔細的逐行逐句商量。

伊知道父親在寫作，是個小有名氣的詩人，有時報章上會看到他的筆名希旦。曾出過本薄溥的詩集，曾正經八百的在扉頁上題上「送給我的心肝寶貝女兒阿蘭，爸爸」，簽了名送他。封面素顏，白色底四個黑亮瘦瘦的字：「橡膠花開」，但著者是筆名，感覺上是別人。母親的評論很直接：「詩？又唔得做飯吃。屎啦。」

父親從小學接了她已近黃昏了。在那黃昏的側光裡，在伊坐立難安的時候，她遞給她一小疊陳舊的《兒童文藝》或《西遊記》之類的巴掌大開本的連環圖，且為伊沖了杯美祿、開了餅乾桶，小碟子盛了幾片蘇打餅乾。

但如果沒在晚飯前趕回去，母親可是要大發雷霆的。且會嘮叨一整晚。

然而沒人回應。終於，樓上窗開了，一個印度人探出頭來，開口就用馬來話起承轉合的抱怨：「小妹妹妳在這裡叫很久了哪沒人在就走吧所有人都給妳吵得受不了呢再不走我就要叫警察了呢。」

走過東姑街，順著舊橋過了爛泥河，穿行過一個寂靜的馬來甘榜，明處暗處諸多目光默默的凝視。大太陽下，看到了鏽黃的鐵軌，正反射出刺目的亮光。沿著鐵軌走了一段路，腳已痠疲，口渴，而且尿急。

伊突然知道自己要去哪裡了。也知道自己已經離家很遠，快要到另一個鎮子了。

山腳下有一群別墅，其中一戶人家，庭前走道旁左右對稱的種著兩棵木芙蓉，甚麼時候都盛開，巴掌大，單瓣，熱熱鬧鬧的開滿樹，招來許多蜜蜂，嗡嗡作響。早上去的話看到的是白花，黃昏後就變成粉紅。所以私底下伊都對父親稱她芙蓉阿姨。後來公開也這麼叫，她也欣然接受了。

有大池塘，池塘裡種了荷花。

兩頭不友善的大狼犬。

女主人有著一把黑濃豐厚的長髮，大眼睛，看起來相當年輕。著輕柔貼身的革巴揚，曲線異常柔美，有一股淡淡的花香味，說話也總是輕聲細語，像馬來女人。

父親親暱的叫她「愛蓮」（Alian），兩人目光中、嘴角都帶著明顯的笑意，用一種伊不懂的語言，輕聲細語說著話。她有個很熱情的女兒叫阿清的和伊差不多大小，皮膚黝黑，哪時候都綁著根大辮子。每回見面他們都好似要討論很重要的事情，都讓她們到另一個房間去，玩很複雜的遊戲。伊從沒見過屋裡有男主人，也沒聽阿清提起過。

屋裡的書櫃更多，更大，看起來也更昂貴。以洋文書居多，甚至有個放滿了童書繪本的書櫃在阿清房裡，可惜也都是洋文的。伊曾經在那裡消磨了一個下午，聽阿清逐字逐句的給伊講《愛麗絲夢遊仙境》。但她房裡有個專放中文書的小櫃子，裡頭甚至有父親的那本詩集，有父親的題字：「給摯愛的Alice」。署名處竟然畫隻兔子。

一個燠熱的午後，阿清不在，伊沖過涼後在她房裡的地板上睡著了，睡得很深很沉，夢裡一直聽到女人哀切悽楚的哭聲，屢屢想起身卻太疲累了翻來覆去起不來。

後來是父親把伊叫醒的。已近黃昏。愛麗絲眼中猶帶著淚光，頭髮散亂。父親也像是哭過，眼眶紅紅的，無精打采，好似被痛打了一頓。

回程坐了趟公車，一路也是沉默不語。

之後大半年父親再也沒到那地方去。

走過火車路。

拐入一條紅泥路，暴熱，塵土飛揚。路的兩旁是人高的油棕樹，整齊的伸展堅挺的莖葉。過了一道鐵橋，橋下黑水徐緩的流動，沒發出甚麼聲音。過了橋，轉個彎，突然發現眼前有一輛軍車，多個紅頭兵手持長鎗，表情肅穆的朝伊身上上上下下的盯。從腳踏車上下來，這時驚覺自己匆忙中出門時穿的是裙子，伊不自覺的咬著唇，放慢腳步。在伊經過的瞬間，一個男人鎗杆子一揚，問了句「去哪裡」，「找我爸爸」伊大聲回答。那人揮手讓伊快走，叮嚀「這種時候不要到處亂跑。」伊便頭也不回的往前走。大概走出很遠了，突然覺得再也受不了尿急，匆匆把腳踏車往路邊一擱，低頭鑽進草叢裡，就在小水溝邊，撩起裙子，快意的解放。就在伊覺得放鬆多了而站起來時，突然一陣窸窸作響，巨獸般的人影，紅色的帽子，世界隨之傾斜，一隻手把伊扯向草叢。驀然襲來的日光令伊目不能見物。一股強烈的汗臭壓了上來。脖子被掐著，雙腿被分開，激痛從下體一直延伸到頭皮。頭皮發麻。好像被施以酷刑，木樁從私處釘了進去。伊腦中只浮過一個念頭：「我要被殺死了。」

一個男人喘著氣離開了，另一個隨著撲了上來。

不知道過了多久，疼痛、麻木，伊渾身無力的忍受正午的曝照，依稀聽到不遠處幾個男人以馬來語在爭吵。子彈上膛聲音。有人大聲斥罵。一種怪異的嘶嘶聲。靜默。車聲遠去。昏昏沉沉，勉強起身，感覺整個人被撕成一塊塊的，像被肢解的洋娃娃那樣，得費心把手腳頭顱、肢幹等重新銜接起來。但被扯開的地方好似有一些局部磨損脫落了。衣裙上厚厚的一層黃土，內褲竟不知道被扯到哪裡去了。見水溝水還算清澈，伊捧了水洗洗臉，喝了一口，蹲下，掏水潑一潑被撕裂的身體。

撥動漣漪時，小水溝裡一小群藍線魚探頭探腦。

費許多功夫在草間尋找一隻掉落的紅鞋。

猶豫著，要回頭嗎？還是繼續往前走？

咬咬牙，伊扶起腳踏車，以發抖的腳勉強踩著踏板，發現腳趾頭也被磨掉了皮，和身上被草葉割破的許多傷口同時生疼。只覺得太陽刺目，幾乎睜不開眼來，因而摔了幾回，腳被石子磨破了，身上衣服滾了許多黃的紅的塵土。伊聽到一個聲音從心底深處不知道甚麼地方像巨大的泡泡那樣浮起：

爸爸你去死吧。去死吧。

隨即又為有那樣的想法而驚恐，而號啕大哭。當淚水遮蔽了視線時，沒避開該避開的石頭，又摔了。另一個念頭浮起：

他死了。死定了。不會再回來了。一起去死吧。

不知道怎麼摸到阿姨家的，門口有一部軍車，十來個紅頭兵荷槍實彈繃著臉，伊不確定欺負伊的人有沒有在裡頭。一陣竊竊私語，愛麗絲美麗的身影自二樓窗簾後探出來，大聲喝叫：「快讓她進來！」看到伊的狼狽樣淚嘩的就流下來了，對一個隊長模樣的士兵嘰哩咕嚕的吩咐了幾句，抱著伊，相擁而泣，喃喃唸著：「怎麼會這樣？」便攙扶著伊一跛一跛的走進屋裡，逕直帶去洗澡間，幫伊脫去衣物，流著淚幫著伊沖了澡，伊痛得哇哇大叫。輕輕抹了身體，為大大小小的傷口消毒塗藥，換了乾淨衣服。伊這才直視她雙目，問道：「我爸有沒有來過？」她用力的點點頭，「禮拜六那天晚上，來了匆匆又走了。」

他一定死了。

死了。

再也不會回來了。

不久，就聽說她離婚、帶著女兒到澳洲去了。再也沒有回來。

父親死亡那年的最後幾天，母親離去一個多月了，伊在屋後水溝邊的垃圾堆看到像座小山般被燒成炭的信件。好奇心驅使下，伊用枯枝去掏，會發現有些沒被燒盡的碎片，只要看起來像是父親的字跡的，伊都撿了起來，把已成灰燼的拈掉，剩下的貼在黑紙上，做成一幅沒有上下文純粹由碎片構成的拼圖。

灰燼的底層，竟然發現母親燼餘的日記。巴掌大，燒熔的塑膠封面，依稀可以看到一朵玫瑰的圖樣。殘贖的頁面赫然是這樣的字句：

「怎麼辦？」

「月經沒□」

「□□□有了。」

「他說□不□□□□我留下，他要回□□□□□□的身邊。」（□□□中為燒掉的字）

從殘存的日期來看，就在他們婚前的一年。

伊警覺的從自己的生日往回推，竟然相當吻合。

聽說她要他嫁，舊情人悄悄返鄉，再也沒有任何顧忌。

母親留下的櫃子裡，廢棄的瓶瓶罐罐，古龍水、驅風油、蛇膽油、正骨水、裝金飾的空塑膠盒、火柴盒……抽屜的最裡面板縫間，伊不經意的找到一張人頭照，看起來是個高中生。乍看之下以為是父親的照片，仔細看卻是另一人。

眉眼之間有幾分相似，鼻子更尖挺，耳朵也更大。大概情感更為強烈，或許也更為冷酷無情罷。目光也更為犀利冰冷，灼灼的直瞪著伊。伊想起父親陽光般明媚的詩行：

在這沒有四季的潮濕國度，
來自大洋的季風無言而有信。

二〇一二年四月，埔里，梅雨中

原刊《聯合文學》二九卷六期（二〇一三年四月）

那年我回到馬來亞

那年因為父親突然亡故，向省長告了假，我星火急夜的趕回鄉奔喪。

多虧父親的老友鍾博士（Dr Chong）的幫忙（沒錯，他是比較喜歡我們叫他Dr Chong，那個年代能到英國拿個博士學位確實不簡單，雖然他出身富豪之家。他厚達千頁的《南洋群島的移民與土著：從史前時代到殖民時代》可是那領域的必讀經典），透過他的關係，為我買到一張單程機票。

那時往馬來亞人民共和國的機票非常稀少，申請到馬來亞的手續也非常繁複。縱使是同盟國，也不是想去就能去。而且那時的購票制度也比較特別，要到馬來亞，得從那裡（抵達方）買票，而不是這裡（出發方）。

回到家裡，深刻體會到簡潔的好處。經過人民共和國禮儀改革委員會的縝密改革後，所有封建禮儀都被革除了。點香、燒金紙、撚香、披麻戴孝都被廢除了。更別說土葬，那和風水迷信緊緊掛鉤的陋習，當然是更不容許的。那些年，革命委員會把國內所有的老舊墳場都剷平了，有的自明代以來就埋在那裡了；拆掉了所有的大廟小廟，天后宮、土地公廟、回教堂、印度廟……這些精神鴉片的溫床。這裡做得可比中華人民共和國還徹底得多了。

父親的遺體快速被火化了，我在我家門口那棵高大的橡膠樹下挖個淺淺的坑把它埋了，以免骨灰四下飛散。我們都非常感動，戰國時代墨子「節葬」的偉大主張，竟然在千年之後千里之外的南方之邦得以徹底實行。

身為五四一代人、禮儀改革委員會的諮詢委員、一生反禮教的父親，應該是會十分安慰的吧。

你們一定早就知道我父親在留學法國之前在北大念過兩年書，聽過魯迅先生和胡適先生的課（胡先生後來作為戰犯逃去美國了，但我父親對他仍然非常尊敬，他常提及當年旁聽「中國哲學史」、「先秦諸子」課時的震撼）。

他一九三〇年因逃避國民黨的迫害而南下，也沒想到就此留下。安家落戶，甚至參與共和國的擘劃，制定國家體制，編纂憲法。國際政治的專業訓練培養他用世界歷史的視野審視南洋的變局，而不是一族一地，甚至一國的狹隘視野。

他到我家借宿那年我八歲，我親爹在我五歲那年死於肺病（像我們這種家族，呼喚父母都用古語阿爹、阿娘）。沒錯，他不是我親生父親，但我對他非常尊敬。我對親爹反而沒甚麼印象，記憶中有一張病懨懨灰黃色的臉，不知道是不是他。因我叔叔也是那個樣子，我叔是因為吸食鴉片。

那時不只華工愛吸鴉片，土生華人也有不少在吃的。我爹和我叔在馬六甲繼承的那一點家業，沒多久就給他們敗光了，只剩下新加坡這棟房子。我娘只好到醫院去當護士，好有點收入養家。還好她有念到小學畢業，英文馬來文都可以溝通。那時娘不讓我靠近他們，我可憐的妹妹三歲時也死於肺癆。我娘說，都是我爹害死的，看她可愛，就常抓她來親，也不想想自己滿嘴死人細菌。

家裡人死掉兩個，嬸嬸跑了，這棟兩層樓的小洋房的房間就空出來了。我娘也希望可以租出去，收點租金補貼家用。

有人就介紹我爸來落腳，這裡離他教書的學校只隔了兩條路。但我娘原本不敢租給男人，引狼入室可就糟了。她曾經認真的開出條件：最好是單身女人，要不夫妻、兄妹、姊弟都行。

但我父親是教書先生，長相斯文，笑迷迷的，很樂觀向陽的樣子，又比她小上幾歲。我娘說不定一眼就看上他了，連我都對他印象很好，一見面他就請我吃山楂片。

我記得他們一開始是用英語交談的。

我和我娘的華語和漢字都是跟他學的，他剛好是我學校的老師。我娘讓我念了一年英校就轉去華校，可說是相當有遠見的。

那個年代土生華人子弟人人都想吃皇家飯，幾乎都受了完整的英文教育，最好再去趟倫敦拿個皇家學位。

而我，在學齡前我就從我娘和我爹那裡學會講馬來話、閩南話和幾句英語，也能看簡單的馬來文了。

父親南行時帶了一套開明書店編的《華語》、《華文》、《國語辭典》和魯迅的《彷徨》，他的柳條箱裡都是中文書法文書，入境時殖民官員盤查了好久。

我娘很快就像個妻子那樣對待他了，每日為他備好午餐、晚餐，洗衣服、整理房間。每天都把幸福寫在臉上。

取得家族的諒解後，在我十歲生日前，他們登記結婚，帶著我到馬來半島渡蜜月。我後來才了解，我父親那時就已經非常細心的考察英帝國在馬來亞的整個統治體制，他很認真的學習馬來文，嘗試掌握馬來群島特有的歷史與文化問題。

因為日本對中國的野心逐漸暴露，那時在報端爆發了一場論戰：華僑青年要為祖國獻身，還是為腳下這塊土地，馬來亞？兩個立場都有支持者，但前者居多。我覺得我父親最了不起的是，他對現實看得非常清楚。他主張要為腳下這塊土地上的人民規劃一個可能的未來，「這裡的華僑將來不可能都回祖國去。而祖國人才濟濟，會為自己找到自己的路。」「而這蒙昧的南方看不到自己的未來」，他在一篇文章裡寫道，「它其實更需要我們。」

大概那時他就在想要解放馬來亞了。

他是我平生見到第一個學識淵博又滿懷理想的人，以他的學識，當個大學教授勝任有餘。否則馬來亞共產黨不會那麼順利的創立，要不是他，戰後馬來半島早就給英帝重新佔領了。你們也知道，胡志明和他一見如故，他們稱兄道弟，以tu互稱（很像廣東人的髒話口頭禪：「丟」）。畢竟他們能以法語直接溝通，不必透過麻煩的翻譯。況且胡志明的英文也不好，他講的英文句子沒人聽得懂，像走調的法文。

那樣的路線之爭一直延續到建國以後。馬來亞人民共和國和中華人民共和國之間，到底應該是怎樣的關係？是蘇聯式的，和波蘭、捷克和俄羅斯那樣，臣屬關係；還是像越南和中國那樣，相對自主？他是主張要保持相對自主的，因此一直受到親中派的強烈抵制。那些人巴不得讓馬來亞成為中國的一省，像台灣後來的狀況那樣。但我爸認為，華人民族主義不可能長期帶來和平。南洋群島的原來住民畢竟是馬來人，那只會招來更多的紛爭。他主張實質的多元主義，雖然這條路一樣不好走。馬來亞人的馬來亞，總不能以華人為主吧？親中派認為，應該長期、大量的開放中國移民，讓華人人口穩定的成長，成為絕對多數，那就甚麼都好辦了，「就算用英美帝國主義喜歡的選舉我們也不怕。」

而這或許也導致了他和平生知交Dr Chong之間的矛盾。我們都沒想到時任總理的Dr Chong竟會親自簽署命令把他軟禁起來，「你以後就在家讀書吧。」給他的便箋上只寫了這幾個字。他的行動被限制在這棟小樓，一直到他過世都是如此。

據我妹（我娘後來為他生了個女兒）說，我娘對那樣的狀況是憂喜參半。以往他一年有超過三百六十天都在忙於公務，常被派到不同國家去。進行祕密協商，要不就通宵達旦的在辦公大樓開會，下班後雞都叫了。我娘是既憂心又心疼。他閒賦在家後，開始那幾年，她天天給他煮好吃的泡好喝的。即使要忍受他因煩悶而來的暴躁，她還是像情人那樣的呵護著他。

Dr Chong給他和自己一樣等級的配給，想吃甚麼、聽甚麼、看甚麼，百無禁忌，和資產階級自由人沒甚麼兩樣。

寫作當然可以，只是不能發表。而且寫完後直接被國家檔案局接收歸檔。據說那二十多年裡他寫了兩百多個三十六開、兩吋厚的筆記本，我妹說，應該是一部百科全書。但顯然她有機會看時沒興趣看，現在想看也不容易了。

只可惜我都不在場。是父親不讓我回去的，他曾經寫信給我（透過胡志明帶回越南轉寄到台灣），跟我分析：如果我回去一樣會被軟禁，不如就留在台灣協助處理少數民族事務，靜觀其變。

軟禁我父親，當然是為了實行那後來引起聯合國抵制的「冷藏行動」和「大遷徙」。父親過世後Dr Chong幾次請我喝咖啡吃肉骨茶，很感慨的說：「我也知道這樣做很不好，但不這樣做可能更糟糕。這是徹底解決種族政治的唯一方法。」國家當然也廢掉了州界，重新劃分疆域，從南到北重新劃為五個區域。昔日馬來人世代盤踞之處都有重兵駐守。

「冷藏行動」把馬來土邦的皇族集體送到西伯利亞去勞改，不到十年，倖存下來的是個位數。據說Dr Chong竟然還冷酷的說：「沒想到馬來人這麼怕冷。」空下來的十數間皇宮和廣大的園林，都被規劃來發展觀光。

「大遷徙」把八成的馬來亞馬來人（四百多萬）強迫遷往印尼人民共和國（其他兩成逃入大森林，與orang asli混居，甚至冒充他們），以交換印尼境內的五百萬華人（兩國簽署了「種族互換協議」）。過程長達數年，那些年馬六甲海峽幾乎沒法讓商船通行，密密麻麻都是人口遷徙的船。

許多華人其實不願意離開印尼，他們的祖先有的是從明代就過去的。況且那些華人富豪的大豪宅又搬不走。馬來人眷戀他們的甘榜、土地和牛。間中衝突不斷，反對搬遷者的激烈抗爭造成數萬人死傷。父親是這計畫最主要的反對者，認為那太過殘忍。指出半島上的馬來人雖然有的從印尼過來不過三五年、數十年，但有的超過六七百年了，怎麼可以把他們強行「遷回原居留地」？當時Dr Chong的反駁令他無言以對：「你那在新加坡土生土長的兒子，還不是被英國佬遣送回中國？他是第幾代移民？那些馬來人不也常吵著，要支那豬滾回支那嗎？」

我是一九四一年五月因為參與反日及抗英反殖的運動而被捕的。

自一九三七年日寇侵華後，我們這些二十幾歲的孩子（尤其是華校生）幾乎每週都在參與抗日活動。父親和他那群分佈在島上及半島的朋友，更被密集的監視著，隨時可能被捕。一旦被捕，英殖民政府的標準做法是，用船把他們遣送到中國。父親作為最重要的領袖之一，一旦被送走，這裡長期的布署勢必受到重挫。因此在大逮捕行動展開前，他就祕密被保護起來，用船送到印尼去，由印共照應著。

但我們這些小卒子就沒那麼好運了。

一收網，不論是在大街上、學校裡、朋友家，一批批的被抓起來，關了幾天，由家裡送來簡單的行李，就被押上船，途經香港，運往上海、廣州或廈門。因為廣州上海陸續落入日軍手裡，我和一群同學都是從廈門上岸的。

第二年就聽說日本人佔領了馬來半島，很快又攻佔了新加坡。我非常擔心家人的安危，尤其聽說日軍在新加坡展開對華人的大屠殺。神通廣大的組織不知道是否及時把我的家人撤走。後來父親寫信告訴我（那時我人在台灣），被遣送回中國也許救了我一命，當時多少青年被日軍屠殺了。我爸他們在組織安排下再度流亡印尼爪哇，再從馬六甲海峽隻身偷渡回半島，組織抗日游擊隊。

在中國同志的帶領下，我們輾轉經昆明到緬甸，加入抗日中國遠征軍，跟美國人合作了幾年。那幾年我認真把英文學起來了。

美國人看來比英國人直率、友善多了。從他們的收音機我們可以快速掌握世界局勢最新的變化。突然聽到日本戰敗，也聽到日本天皇那要死不活、令人作嘔的聲音。想想看，為了他們可恥的野心，流了多少中國人的血。

日本戰敗後，以為可以回到馬來亞了。從收音機裡聽到馬來亞人民共和國成立的消息，美國人非常震驚。因為印尼、越南、加里曼丹人民共和國也同時成立。如果蔣介石也輸掉中國戰場的話，那可能連緬甸、泰國都不保了。再次聽到我父親的名字卻讓我非常興奮。他還活著！而且當上臨時的總理及軍委會主席，收繳日本人留下的武器準備對付準備重返的英軍。

然而中國隨著展開了內戰。我受我父親影響，不想介入中國自己的戰爭。雖然我在新加坡被歸類為左翼青年，也曾仰慕毛主席，甚至到過延安朝聖、住過十幾天窯洞。晉見毛主席時我告訴他我的判斷，美國人可能會增加對蔣的援助。他們可能不喜歡蔣，但只怕更不樂見共產黨拿下中國。

我記得他緊抿著嘴，大額頭沉思了一會，伸出熊一般大而厚的掌，拍拍我的肩膀說，「謝謝你，南洋來的小兄弟。我們會加緊腳步打垮蔣幫。」我要求他把「謝謝你，南洋來的小兄弟」這十個字寫在便箋上送給我當紀念，抬頭寫上我的名字。就是這十個字後來成了我的保命符。

但延安之行打亂了我回馬來亞的計畫。

原本如果從緬甸南行，如果沒有阻礙的話，應該可以很快回到馬來亞。

但戰爭改變了世界。

聽說途中多的是持槍的土匪，也許是一些逃兵。那讓我的移動變得非常困難，也非常危險。我也知道，勸我到延安去的朋友除了想讓我避一避險，還想讓我在毛主席的感召下，留下來，「為中國做一點事。」

戰爭加速了。他必須在美國人介入前快速的結束戰事。

那幾年中國非常混亂，國民黨軍節節敗退，不斷有逃兵，也不斷有拉伕。我就是莫名其妙的被拉進某個小隊，又糊里糊塗被帶到了台灣，被迫當一名國民黨的小兵。

蔣介石大概以為，躲到小島台灣，就可以借助美國人的力量，「反攻復國。」他做夢也沒想到，他前腳剛到台灣，解放軍後腳就攻上來了。蔣介石父子連同一干戰犯，那些將軍、高官、半山，都被專機押回北京審判。

為免帝國主義妄加干涉，夜長夢多，那三百多人統統在一個月之內槍斃了。

家屬發配到各地勞改營。

而數十萬國民黨軍民，也都被迫接受程度不等的改造，分別囚禁在島上各處勞改營，作為造橋、修路、開荒的勞動力。

親日的台灣士紳，來不及逃去日本的，也都被送進綠島勞改營。但逃走的，後來在日本的默許下，成立了台灣獨立聯盟。

以解放軍為後盾，北京方面大膽任用非常年輕的林書揚為省主席，也用了一批台共做縣市長。島上也推行土地改革，由既有的台共幹部執行。由於土地改革委員會的仁慈，只把大地主九成的土地和房屋無條件的分給貧苦的佃農，只是沒有刻意傷害他們。除非是那些極端惡劣的富農，譬如漢姦辜XX，投機的連XX等，均被砍了頭，財產充公，子女姪甥均送去勞改。

我的保命符讓我免於勞改及嚴苛的檢查，但我回返馬來亞的請求也沒被接受。我那時並不知道，那是我父親的請求，他有老同學K在省政府裡，他們出訪馬來亞時他親自拜訪過K。其時馬來亞人民共和國內部發生了重大的鬥爭，而相關的訊息，殘缺不全的出現在像《台灣人民日報》這類官方報紙上、微不足道的「國際新聞欄」裡。雖不限於「大遷徙」和「冷藏行動」這類重大事件，但終歸是語焉不詳。從我父親的名字越來越少出現在報紙上，我多少也猜到他只怕早已失勢。往好處想，他應該還活著，而且情況應不致太糟——沒有糟到會成為國際新聞。

因為南洋的背景，我被任命主管少數民族事務，致力於去除日本殖民留下的影響。而我的困難在於，是該致力於協助發展出他們不同族群之間的共同語（日語一定程度的做到了這一點，但更理想的可能是南島語族的共同語：馬來語），還是強化他們的族群特性分歧，以便於統治？依共和國的立場當然是後者。我在給長官的備忘錄上寫著：「即使是漢化他們，也必須是有限度的。保留一定的族群特性方有利於統治，分而治之。西方殖民帝國殖民的慘痛教訓是：給分散的被殖民族群共同語，等於給予他們最有力的反抗武器。」

這些山胞的問題蠻棘手的，日本鬼子砍掉山上八、九成的百年老樹後，他們以狩獵為主的傳統經濟體系就崩潰了。從人類文明史的進程來看，他們一度被強行跳躍好幾個文明階段，直接進入（日式的）現代。我的任務是做反向的調校，把他們限定在農業（或漁業，如少數離島）時代，可以維持有限的狩獵，如此他們的傳統生活方式可以得到一定的保持。他們族群共享的傳統觀念，其實可以很好的嫁接無產階級理念。只可惜百多年來帝國主義的傳教士深入山林，以醫療為名，有計畫的催毀他們的傳統信仰。把他們的語言羅馬化，也埋下了分離主義的種籽。

剷除傳教士種下的帝國主義精神鴉片，是我最漫長也最艱鉅的任務。

就這樣，將近二十年過去了。

赴台不久，在組織的安排下，我娶了個很安靜的布農族女孩，生了幾個孩子。

為了複習，我教她馬來語。

她們是隨後過來馬來亞的。當然，Dr Chong 安排了一切。

我當然沒想到，有朝一日會回到已經沒有馬來人的馬來亞。

更沒想到今日會陷於如此尷尬局面。

我也沒想到我會從此留在馬來亞。當然我完全沒有抱怨的意思，能為馬來亞人民服務是我的榮幸。況且我家人也都在這裡。

我娘老了我是該回來照顧她，雖然她好像不記得我了，一看到我就罵。從她罵我的內容裡可以聽出，她把我認做我爹了。雖然我爹並沒有活到我回到馬來亞時的年歲，他不到三十歲就過世了。

怎麼會這樣呢？她應該比較不愛他啊。也許是對我的過度思念讓她混淆了吧。誰教我長得像他。

這讓我太太非常尷尬，我娘對她充滿敵意，好像她是她那沒良心的老公的小妾似的。

後來是怎麼解決的你們知道嗎？內人比我想像的聰明得多：她和她說馬來話。我娘是娘惹，這種被廢棄的語言大概喚醒了她深層的情感和記憶。

內人說，我娘向她仔仔細細的描繪了那早已消失的峇峇社會的種種，讓她毫不費力的完成一本民族誌《舊馬來亞峇峇華人的社會生活》。並順利的在馬來亞人民大學取得人類學博士學位。

老人家也興致勃勃教她煮各式各樣的娘惹食物。

雖然還記不得我，卻似乎記得她的媳婦了。

我娘竟會記不得她有過一位來自中國的、曾經深愛的丈夫這件事，一直令我百思不解。

你們知道現在為甚麼我爸的紀念館，在我爸遺照前後會掛著從魯迅、胡適、郁達夫、周作人……等十數人的照片？

以前只掛著我爸的遺照時，她一天會花很多時間盯著它，一直問：siapakah itu orang（這傢伙是誰啊？）

難道軟禁的那十多年的時間，耗盡了她對他的愛？那些年到底發生了甚麼事？

我妹給我的信很少私人的訊息，但我給他們的信又何嘗不如此？都是些「感謝黨、感謝國家和人民，我在這裡過得很好」之類的空話。

而我們的層級都還不到可以使用電話。

Dr Chong後來甚至向我坦言，我父親給我的信都沒能寄出國門。

「你知道的，都是一些牢騷話，傳揚出去會有損國家形象。」

我妹呢？我爸過世後她又回到中國去了。

父親軟禁期間，她在南京大學從大學一路念到博士，也花了差不多十年時間。是我父親鼓勵她去的。取得中國文學博士學位後，就嫁給了中國人，一直留在那裡教書。

為甚麼不就近念南洋人民大學？我想我爸有意讓他女兒離開，他大概預感有大災難即將降臨。他對他那群昔日的戰友失望透頂。

我妹從南京給我寫的信隱約透露了一些他那時的心情，心愛的女兒長期不在身邊，那種心情可想而知。Dr Chong對身為他乾女兒的我妹，大概也比較寬容吧。

我想他對我的想念其實少得多，我們比較像是朋友。

我母親那就不用說了。她只能寫馬來文，但那是被馬來亞禁止使用的語言，Dr Chong不會放行的。

據負責幫我父親打針的護士私下對我說，她那時變得極端痛恨華語了，可能也因此對父親有許多怨言，終於把他給抹除了吧。

那年我回鄉奔喪，葬禮後Dr Chong約了我、我妹、妹夫和他吃個飯，那是個私人性質的飯局。我們吃的竟然是nasi lemah，那家著名的「本地風光」還是國家特許的專賣店呢。

我突然發現Dr Chong怎麼變得那麼衰老，頭上光溜溜的沒半根頭髮。

父親的死竟然令他十分感傷，他說他其實沒幾個老朋友了。

原以為從現在的位子退下來後，兩個人還可以一起喝咖啡聊天。

他說黨裡其實一直有人主張把我爸遣送回中國，有人主張送他去勞改，甚至以叛國罪論處，「我好不容易才擋了下來。但我得不到你父親的諒解。十多年來他不讓我踏進你家一步，不肯見我，他不知道他這特權是我辛苦幫他爭取來的。」他說他一直在各種極端之間尋求妥協，不能讓馬來亞成為中國的依附，也不能不徹底解決馬來人問題。

他請求我留下來幫他，任職的命令已經發佈，也為我妻小寄了機票（這就是他的作風！）；也假假問我妹妹和妹夫，但他為他們買的是來回機票。

他要我接掌「土著委員會」，現任主委上個月才被orang asli暗殺了。

「有些流亡的馬來人混在裡頭，很麻煩。」那時他即憂心忡忡的說，這些年來印尼那裡的馬來人蠢蠢欲動，據說在阿拉伯國家和美國的暗中援助下，已組織了多個游擊隊，準備「奪回馬來亞、殺光支那豬」。

他說，最近發生的幾件爆炸案和暗殺，應該都是那些人幹的。

「我覺得印尼政府裡一定有人在幫他們，Nusantara的幽靈又回來了。」

他說他因此去翻閱父親晚年寫的東西——都被他「保管」了，他每年都派人去「收繳」，像收稅那樣。但他過世前五年就一個字都不肯寫了。

「也許因為你母親病了，開始出現老人痴呆的癥狀。」

他說黨裡一直有人主張銷毀他寫的所有東西，「把他的歷史痕跡擦得乾乾淨淨。」更早的時候，則主張甚麼都不讓他寫——「但我還是很欣賞你父親的才華。」他用深陷在發黑的眼眶裡的兩眼望著我「他的筆記用了法文英文和馬來文，只有少量的華文——他受你娘的影響太深了。」

「娘惹菜吃多了。」

他當年匆匆翻閱過一部份，差點氣得把它燒了，「你知道他寫甚麼嗎？他寫我們國家的未來！而他寫的事，竟然一件一件的發生了。那些背叛、出賣、暗殺，馬來人的報復！」

「他寫到了自己的死，妻子的病，也寫到你的回來。」

「沒有希望的未來——也寫到了我的死！被暗殺！」他苦笑。

但兩年後，他真的被暗殺了。再多的護衛，再新款的避彈衣，都抵不過出賣、炸彈。但那時他說我父親寫說，他是被一把金劍（kris emas）捅死的。金劍，多半是個比喻吧。

我聽到的小道消息是說，黨裡有人覺得他太軟弱，早就該下來了。

但他就是不放心讓別人來坐他的位子。

而新人一接位子，馬上派特使向中國求助，據說簽訂了好些密約。

還好，我那時沒接受他的任命，託辭要行古禮——為我父親守喪三年，整理舊家、父親的書信手稿等。

我曾懇切請求把小洋樓改裝成紀念館，要求返還被沒收走的我父親的遺物。如果事成，來日國家開放了，我就算靠著收門票也可以養活一家人了。

「很抱歉這些東西還不能給回你，這是國家的財產，要藏在國家檔案館。」他那時非常堅持。但現在誰也不知道流落在哪裡了。

父親晚年唯一的要求是為自己購置一口棺木。

那時所有的棺材店都只做合板的（容易燒吧你們知道），他覺得不夠厚實。警衛把這消息提報給Dr Chong之後，他雖然覺得難以理解（他心裡一定想：「這傢伙不是一直主張節葬嗎？」），念著故舊之誼，還是幫他弄了口二手重拼的。那時二手的棺木出土很多，尤其是那些華商富豪的墳，國家都定期整頓。Dr Chong說，只可惜這裡沒有中國皇陵可以挖。

馬來皇室的墳墓也沒甚麼東西可以挖的。

死人骨頭由家屬或國家焚化後，那些舊棺有的還是很好的木頭。紫檀的、黑檀的、檜木、龍腦香、樟木、楠木的一大堆，都請中國來的能工巧匠製成明式傢俱，賣給老外當成正牌的明代傢俱。但要找一口完整的棺材並不容易，都被拆了嘛。只好請師傅用舊料給他拼一口，還好他並不介意棺材每一個面都不同材質、有不同來歷，都沾過不同死人的汁液。磨平刨好了，簡直就跟新的沒兩樣。

我爸要它來幹嘛？睡覺。

警衛說，他一直抱怨我娘吵得他都沒法睡。不是打鼾就是放屁，大小洋葱吃多了。她那時就已經胖得像隻蟻后了。

那麼老了，還纏著要和他一起睡，躲到哪個房間都沒用，她有鑰匙。

但她怕棺材。福建人迷信。

那口棺木現在就展放在他書房。

裡面擺滿他晚年讀的書，哪些書？《資治通鑑》、《史記》、《漢書》、《五代史》、《三國志》、《唐書》、《明史》，希羅多德的《史記》（*Histories*），《馬來紀年》（*Sejarah Melayu*），《亞齊志》（*Hikayat Aceh*）、《柔佛國傳》（*Hikayat Negeri Johor*）、《馬來與武吉斯王族世系》（*Silsilah Melayu dan Bugis dan Segala Raja-rajanya*）、《高盧戰紀》（*Commentarii de Bello Gallico*）等。

〈亡國紀〉就刻在蓋板內面，以利刃，一刀刀刻出的正體字。

Dr Chong死沒多久，游擊隊幾乎從半島的所有海岸線登陸，讓我們的軍隊疲於奔命。新加坡島軍警布署得太少，一度被攻陷。那時真的很緊張。我們很多年沒看到馬來人，更何況是那麼多憤怒的馬來人。

他們都穿一身黑、頭綁紅巾，在街上亂開槍。還好馬來半島上的馬來亞人民解放軍增援部隊很快的從長堤湧入，快速敉平叛軍。那幾天海邊都是死人，沙灘吸得飽飽的血。

黑鴉鴉的一片都是烏鴉，好像全世界的烏鴉都飛過來了。

世界末日的聲音。

半島上的戰役就更慘烈了，可能是因為舊皇室所在地的關係，那些馬來人、武吉斯人、米南加保人、巽他人、馬都拉人……反正看起來都差不多，都「阿墨」（amok）得很利害，像猴子那樣亂跳。一槍打不死，平均一個人至少要中三槍，因此消耗掉非常多子彈。

那些人都吞了大量興奮劑。

難怪烏鴉吃了死屍也非常興奮，叫到沙啞，聲如公鴨。

但舊北大年、吉蘭丹、丁加奴、玻璃市、吉打及半個霹靂竟然都淪陷了，到現在都還拿不回來。

爛泥河口（Kuala Lumpur）也一度危急。但那些人顯然對檳城興趣不大，或者輕敵，只派了百餘名部隊搶灘，當然被擊退了。

目前共和國人民軍和入侵的馬來聯合軍對峙在彭亨河的兩岸，對方多次嘗試南渡，均被擊退。還好我們守著星加坡島，否則南北夾擊，可能一下就亡國了。但共和國剩下半個，剩下南馬。那些人會不會在北方展開大屠殺呢？北部的華人在戰役後期就大批往南逃難了。

我父親在棺材板上的馬來亞戰紀就從這裡開始寫起。他寫到了大屠殺，但他也說，當初最高委員會也有人主張對馬來人展開納粹式的屠殺，他和Dr Chong聯手極力擋了下來。北方的大屠殺還好沒有發生。看來那些瘋狂的穆斯林阿訇裡還有真正的高人，能冷靜的判斷。他們竟然讓兩百萬華人成為難民，一半南遷，四分之一去了泰國，四分之一去了中國。

但據說有人冒死回印尼去。

印尼總理信誓旦旦的說印尼政府方面毫不知情，都是民眾自發的行為。但鬼才相信。那麼龐大的動員，他們會毫不知情？十之八九有印尼正規軍混在裡頭。為了取信我方，印尼軍方協助轟走了聚結在廖內群島的數百艘馬來反抗軍的漁船。誰知道那是不是在作戲？是不是因為中國的航空母鑑鄭和號已駛入了南中國海？

一千萬的華人人口，還有甚麼地方可以去的？這裡已是我們的家園。非守住那道防線不可。

從這次戰役中，不只看到美製的榴彈、阿拉伯製的地雷、英製的興奮劑，情報部也發現應該關在西伯利亞勞改營的舊王室成員的身影。透過中國和越南的情報部，發現在阿拉伯國家聯手給蘇聯大量廉價石油後，勞改營裡的舊王孫竟然大部份早就被接去伊朗、伊拉克、敘利亞甚至英國過著逍遙的流亡日子了。

比較奇怪的是，他們雖恢復了舊疆域名（如吉蘭丹、吉打、丁加奴），重新立國，卻不用馬來亞，而是建立了北大年大公國。

我們的情報部門顯然相當低能。我只好到裡頭去幫忙。

為了應付國難，新總理也下令把冷藏起來的一批外交人才給放出來了，也很快看到後果。譬如蘇聯為彌補過失而送了數十萬顆雖然過期但還可以用的各式炸彈、數十艘艦艇和數百艘攻擊直升機。中國也同意定期派出南洋號艦隊巡弋馬六甲海峽。

也因此，我們一度奪回那半個舊霹靂。

但後來又被搶回去了。

為了增加國防收入，我們也修訂了部份政策。開放部份工業，但嚴拒高污染的石化、稀土之類的。接受剛勞改成功的李觀佑的建議，把新加坡開放為自由港，有限度的開放馬六甲海峽、開放機場、開放觀光，通郵與通商，試辦普選。那美英帝就應該比較沒有理由慫恿馬來人找我們麻煩。

但這下我們就需要石油了。還好加里曼丹人民共和國可以供應。

前年甚至開放賭場。那是離無產階級信仰最遠的一項嘗試。

可是我爸的黑暗預言寫說，南北分立後，國祚只剩十年。

這些年來，又有兩三百萬華人走了，移民到歐美澳紐，都是那些在外國有親戚的。事變後，我把妻小都送到台灣去，那裡比這裡安全。

我和我娘大概只好與馬來亞人民共和國共存亡了。

畢竟它也是我父親的心血啊。

他的《戰紀》寫道，因國家剩下一半，星加坡島又一直是行政中心，人民委員會屢屢考慮是否要改國名為星加坡人民共和國。

因為馬來亞畢竟嵌了馬來二字，只會更激發馬來人的復國想像。還真的有人這麼提議。

然而改名字就能改運嗎？還不是封建迷信。

而今山雨欲來。可靠的跡象顯示，一波新的，一定更為恐怖的行動即將發動。星加坡島沿岸烏鴉群聚。柔佛河、國內每一處的爛泥河口都是如此景觀。百千萬隻烏鴉靜靜的立在樹梢頭，好像在等待甚麼。父親在棺木蓋上最後寫的是：帝國主義的兩艘航空母艦，美帝的小鷹號、美帝扶植的日本的大和號，與中國的鄭和號在南中國海對峙。

還好，日前蘇聯也派出聖彼德號，緩緩駛向了日本海。

誰也不知道接下來會發生甚麼事。

感謝你們《人民文學》對我父親的興趣，他在馬來亞已經被遺忘了。只可惜沒有甚麼他的作品適合給你們刊登，他的作品，也許只剩下那片棺材板。但那不是文學，那是歷史，也不能給你們。

拍照也不行。這裡的法令很嚴格的。

出於悲憤，我父親其實還為自己寫了墓碑，就是這片楠木板，「南洋棄材李鼎彝之墓」。他的字學胡適，這可是他留下的唯一的墨寶呢。

我還沒決定要怎麼擺。

我想他大概不會忘了自己制訂的禮儀，他當然知道他已用不著墓碑。

我想他是預想到我會為他籌設紀念館，還是用得著的。

很感謝中國長期對我們的庇護與援助。

我只能說，從我父親死亡那年開始，發生了很多事情。

時間好像突然加速了。

二〇一三年二月十九日，三月略補

原刊《中國時報・人間副刊》，二〇一三年三月五—八日

馬來亞人民共和國備忘錄

一九四五年八月十五日，日本天皇裕仁在東京電台宣讀《終戰詔書》，宣布無條件投降。八月十七日，陳馬六甲簽署獨立宣言，並宣告印度尼西亞人民共和國成立。同日，馬來亞人民抗日軍強制解除日軍武裝，剷除頑抗部隊，集中戰俘，繳獲大量武器。維護各城鎮的和平。同時集合各民族政治領袖（各州蘇丹）籌組馬來亞獨立聯盟商討獨立建國事宜。要求日軍於九月一日前簽署降書並由抗日軍領袖劉茶於九月五日在新加坡萊佛士廣場以中文、馬來文、印度文、英文宣讀《獨立宣言》，宣布馬來亞民主共和國獨立。第一及第二個承認馬來亞民主共和國的國家是印尼及比馬來亞早三天宣布建國的越南民主共和國。

九月二十日，加里曼丹共和國宣布獨立、英軍試圖登陸新加坡，以為可不勞而獲重返殖民地，遭我軍無情的擊退。英帝大軍試圖重返婆羅洲，與北加里曼丹軍激戰，大敗於山打根。馘首數千，土民大悅。

九月三十日，英軍又試圖從巴生登陸，激戰七日，遭北馬第一馬來師擊退。

十月，我軍封閉馬六甲海峽。英軍荷軍重返印尼，展開激戰，戰事延至一九四八年。

一九四八年九月九日，朝鮮民主主義人民共和國成立。

一九四八年十二月，英荷放棄對印尼的管治權。同年，放棄對馬來亞及婆羅洲的管治權。

一九四九年五月，印、馬、加領導人商議共組南洋人民共和國，由劉茶出任首任總理。

同年十月，中華人民共和國肇建，國民黨敗走台灣。

一九五〇年五月，共軍渡台灣海峽，在草山地下隧道生擒蔣介石父子及軍官、高官數十人，押解至北京。台灣解放，中國統一。

1

那年，如同其他數百位同志，在和平條約簽署後，經歷了漫長四十年的離家，他（我們姑且叫他老金吧）踏上了返鄉的路。可以想像他的心情必是十分複雜的。有沒有覺得悔憾呢？四十年，幾乎是大部份的人生了。如果不走入森林，必然是全然不同的人生，也許兩個弟弟都可以獲得保全。他將看到許多功成名就的同代人，或身居高位，或富甲一方。至少是正常的、安居樂業的生活罷，能盡孝，能無憾。

然而那些能過著平穩的生活的人，靠的不是他們當年的犧牲嗎？這是他們一貫說服自己的說詞，然而這樣的說詞究竟經不經得起考驗？人在森林時不覺得，一旦面對外面的世界，剩餘的時間都將是連綿的考驗。

離開森林的那一刻，他想必和其他人一樣心情忐忑。

不少人回返老家後不久也回到泰南和平村，渡其餘生，或者成了異國之人，留在那個接受他們的異鄉養育下一代。

那段時間弟兄們忙著集中銷毀武器，拆除布置在林中各處的地雷、以竹尖、梠檬等設置的陷阱，總體上有一種放鬆的、節慶式的氣氛，終於不必再過著隨時緊張戒備的日子了。但不免也有一種空茫之感。

早先，馬共即將走出森林的消息在媒體披露後不久，他就接到了外甥輾轉從報社轉來被拆開的一封信：

太明或光明舅舅：

媽媽在電視上看到一個人很像是她哥哥，但不確定是哪一個，三四十年沒見，要認出來確實不太容易。更何況，您們是三兄弟一起走入森林。

如果可以的話，請早一點告訴我們您何時可以返鄉，需不需要我們去接。好早做安排。

如果那仍屬機密，也不勉強。她要我向你指引回家的路。請參考下圖。只要你能回到故鄉的車站，再轉一兩趟車，走一段路，應該就可以回到您熟悉的舊家。這些年來週遭的環境發生了不小的變化，昔日的樹林都成了房舍。

外公已過世十多年，母親說，他一直到臨終前一刻都還在等待事情結束你們平安歸來。外婆還在苦苦等待，她也八十多歲了，也有點糊塗了。她老人家常說她沒有多少時間了。只要有人去看她就以為是您們回來了。

如果她認錯了人，他們已消失於戰火中，請閱信者把它退回或銷毀。

外甥 小青，一月十日

老同志們說，他堅持要自己回鄉。

——能自己找到路回家，對我們離家太久的人來說，都不是件容易的事。

那天他從北方搭車往南，必須穿越許多樹林。經歷多次轉換，方能抵達故鄉的車站，做最後的轉換。車站的位置即使改變了、形體變大了，也並沒有想像中困難，問一問人也就找到了。轉了兩趟車，就到了他記憶中的山丘下。以前是一片樹林的，已然變成了一座座花園洋房。排屋、半獨立、獨立式的；單層、雙層，恰是萬家燈火時刻。一條八米寬的柏油路，筆直的從舊鎮延伸過來，到山丘下拐個彎，立了個站牌「三棵樹 Pokok Tiga」，再伸向另一片燈火輝煌。極目四望，他深深的嘆口氣。四十年從北方南返，一路來不都是類似的景觀？路上呼嘯而過的私家車燈光刺目，不無挑釁的意味。四十年的物換星移，看來資本主義已大獲全勝了。

即使可蘭經透過擴音器企圖佔據每一個人間的角落，在流亮的燈光裡卻顯得異常的不和諧，像一齣戲配錯了樂。

中天一鈎新月，星光燦爛。山丘上三棵大樹像三尊巨大的神祇，在夜裡更顯威靈，向天的枝幹輕搖，呼風喚雨，彷彿在進行甚麼神祕儀式似的。樹前的屋裡燈火微明，和記憶中的景觀並無不同。山丘上層層疊疊的大概是些果樹吧。及膝的高草間，一條小路蜿蜒、半隱半現的向家的方向延伸。路口有一塊無名的石碑，在他有記憶以來即如此，但似乎更向土裡凹陷了，也不知是否曾經是墳塚。

他佇立良久。該如何向母親解釋呢？當年父母親去領回身上都是彈孔、一身血污的弟弟的屍體，是怎樣的心情？

離鄉那年還不滿二十歲，二戰時加入人民抗日軍，幾度倖存於鬼子的炮火。縱使如此，仗著對地勢的熟悉，他也曾數度悄悄在夜裡冒險潛返家門，以慰思念愛子以至難以成眠的母親。戰後曾短暫的返家，家人視他為英雄。然而很快的馬共與英軍反目，內戰暴發，在英殖民者頒布緊急狀態之後，就再也沒有機會返家。有幾回行軍非常接近家門了，他甚至可以聽到家人說話的聲音。那燈火，那狗吠。但他不敢再靠近，只能在黑暗中凝視。

在「餓死戰略」前，他還常從工寮裡找到家人留給他的白米和肉罐頭；但布里斯計畫實行後，就再也難以趨近了。

最後一次經過時是在一個大霧迷濛的黎明。他非常驚恐的發現，家所在的地方空曠一片。老家成了一片廢墟，燒剩的梁柱以炭的形式兀自冒著淡淡的白煙。

他一度以為家人都罹難了。部隊裡年長些的同志告訴他，應該是被強行遷入美其名為新村的集中營了。

那時他也不知道，就在不久前，兩個弟弟也步他後塵走入森林，隸屬不同的部隊。他能責怪他們嗎？為甚麼不至少留一個在父母身邊呢？

背後的行囊突然沉重不堪，他只好把它放下。

四十多年就那樣過去了。

當他終於鼓起勇氣走進家門，燈光黯淡的家屋裡，一白髮老嫗獨坐籐椅。那是母親罷，他不自禁的下跪，包袱悶聲摔落地板，熱淚便湧了出來。當年他離家時母親猶是一頭濃密黑髮，如今卻白髮稀疏，一如當年哭著求他留下來的祖母的模樣。他感情激動的不知道哭了多久，突然覺得有一點不對勁。收住淚，抬頭一看，老婦人臉上有一瞬的憤懣，隨即淚水滾滾而下，緊緊的抓住他雙臂，猛烈搖晃他枯瘦的身體。

——阿光呢？哪會沒跟你一起回來？

——沒了，早就沒了。

他顫抖著唇編了個他多年前被敵人伏擊受傷，回部隊後身亡的故事。屍體就近埋在山裡大樹下了。

母親的老眼已被淚水漫漶，也幾乎站不穩了。

攙扶著伊，好一會，他環顧四週，一切熟悉、真實得難以置信，簡直是他離家前的原貌。這是怎麼一回事？泛黑的木板牆、油黑的原木梁柱；兩扇對開的木扇厚重的插栓擱在一旁，父母親的黑白結婚照掛在梁下，彼時兩人都是二十來歲，對前程滿懷信心。月曆牌上的女明星明眸皓齒，恰是當前的日子沒錯。只是祖先牌位旁新增了一位非常熟悉的老人肖像酷似自己。他不由自主的生起那樣的念頭，老人表情愁苦憂傷，眉頭都打結了。

——回來就好了。以後哪裡都別去了。

在母親的引領下他自神桌抽屜裡抽出一把香，擦了火柴，點燃了，屋前屋內、天上地上各拜了數拜，從玄天上帝、福德正神、觀音、關公、土地神、祖先，依序插入香爐，再拜了數拜，喃喃有詞。從伊緩緩的話語裡知悉，為了怕他回家找不到路，在緊急狀態一結束，兩老就費盡心力把被燒掉的家給重建回來了。

但也不禁抱怨：

——默迪卡（馬來語：獨立）後就該回來了呀。

接下來的數年，老金就像個乖孩子那樣守著家屋、守著母親，再也不出遠門。母親到處遇到熟人便歡喜的說：「俺仔返來囉！」

頂多騎著父親留下來的老腳踏車到鎮上買點日用品、幾本書，不用半日就回來了。他像父親那樣的抽菸，陪著母親拔草、種那幾畦菜，定時給十幾隻雞鴨餵食，修剪果樹、包幼果、鋤草。

正午最熱時，母親會為他沏壺濃濃的老人茶，戴著老花眼鏡縫補衣物，聽「麗的呼聲」，反覆敘述親友間多年來發生的事情。或聽他說部隊裡有趣的事，譬如烹煮大象、黑豹、老虎肉。他有時看幾頁書，時不時攤開筆記本，簌簌簌寫幾行字。有時默默無語，時間凝結般的，各自做各自的事，看起來竟像對老夫妻。

生命的最後一年，母親快速退化，有時對著他呼喚老伴的名字（「阿蝦哪」），叨叨絮絮的流著淚訴說對躲藏在森林中兒子們的思念。兼之大小便失禁，只吃特定的軟爛食物，他親力親為，吃盡了苦頭。最後的幾個月，更常淚漣漣的呼喚伊的夭兒：「阿弟啊，你做麼該唔返來俾阿媽睇吓？」（「阿弟啊，你為什麼不回來給媽看一下？」）或對他則投以怒目。在被死亡的狂風撲倒前，似乎還說過這麼句較清醒的話：「至少，骨頭嘛要挖回來給我。」

一直到臨終半昏迷了，還這樣那樣微弱的叫喚著。

2

進入第五個年頭後，老金終日隱身在樹蔭裡，像一個遁世的修道人，抄抄寫寫。有時一整顆白髮蒼蒼的頭枕在門檻上，就著光斑看書。

每日定時有人送來食物，收走餐具，如是者若干年。

一直到有一天午後，食物擺在門前過了許久，爬滿了螞蟻和蒼蠅。一顆顆飯粒豎起、沿著走廊快速移動，向著地板下的陰影處遁去。

野貓也來用餐，叼走一片魚肉，警戒的回過頭。

來了一家子小猴子，吱吱叫嚷著，從地板下方伸出手，露出雙眼，半個身軀。

他不知道跑哪裡去了。

屋前屋後，樹前樹後，那老房子，附近的工寮，都不見蹤影。沿路問了多戶人家，有的說太陽出來前好像有見到一個類似的身影往鎮子移動，但也沒人敢確定，因為霧太大了，且每日不乏獨行的身影。

小屋裡每個角落都堆滿了書，包括了Tan Melaka的*Dari Pendjara ke Pendjara*、張佐《我的半世紀》、陳平《我方的歷史》、《從武裝鬥爭到獨立》及多種馬共回憶錄，及克羅斯《紅色的森林》、謝文強的*Red Star Over Malaya*等和馬共有關的書。另有大堆亂七八糟、巴金《家》、王安憶《傷心太平洋》等。散亂的紙頁、剪報、書信，各式大開本、小開本的筆記。甚至他返家時攜帶的帆布包袱。過了三四天打了許多電話問他昔日的同志，確認不是訪友去了，就只好報案。畢竟身份特殊，如果真的出了甚麼事，只怕又會變成新聞。他的外甥女小青，在交代她甚麼東西都不能亂動的警察和內政部的官員抵達之前，就把留有他筆跡的大部份文件藏匿起來了。

小青說，她舅舅就那樣「人間蒸發」了。距他返鄉剛好十五年。

辦案一向隨意的警員只意思意思的問了幾個問題，做了簡單的紀錄，屋前屋後瞄幾眼，敷衍的說：「看來不過是出去散散心，會回來的吧。」經常來訪的內政部官員John多年來已成了他幾乎無話不談的好友，常針對國家體制、經濟政策、種族問題吵得大小聲。他們每每隨意切換頻道：英語、華語、馬來語、廣東話、福建話。

三棵百多尺高的巨大的橡膠樹分踞三個角，圍出約莫百平方米的空地，他的小屋就在那三棵樹之間。樹身像三堵參天的牆，比人還高的板根縱橫交錯，他房子的地板就架在板根之上，架了個木梯子好進出。屋頂就撐於樹身間，原木屋梁，直嵌入橡膠樹身。數年裡，已被新增的韌皮緊緊包覆，就像是從它身上長出的一截裸幹。亞答屋頂，內裡鑲了片玻璃，日光有時可以穿進。屋頂挑高，竹片牆，半截門。

樹葉覆蓋了近半的天空，在那樹的陰影裡，彷彿地下室，洞穴。只有年終涼風起、橡膠落葉時節，方有較完整的天光。究竟是熱帶，平日，從樹幹間透進的光，就足以照明了。

樹影節制了光與風。

小屋外數米處，磚砌了一個半米見方的開口灶，裡側被燻出舌狀的焦黑痕跡。

那是他親手蓋成的房子，約莫在他歸返的第四個年頭末尾。在他母親的葬禮結束後不久，他即雇了兩個馬來青年，到附近殘存的原始森林去砍伐了若干南洋鐵木、亞答、竹子、黃藤，沒多久就搭好了。

之後他嘟囔著說要完成他此生「最後的搏鬥」。

幾年後，他們昔日的領導，馬共頭子在兩位資深英國記者的協助下出版了回憶錄《我方的歷史》。在英文版出版時，作者從海外給他寄了一本，上頭用繁體字整齊筆畫的寫著「太平兄誨正」。沒錯，算起來他和昔日領導是同輩，只比他小兩三歲。書竟然沒有被海關攔截，爾後的華文版竟也沒查禁，都令他暗暗吃驚。這在在都暗示了他們的存在已無足輕重。

多年來他幾乎讀遍所有馬共幹部的回憶錄，他曾淡淡的評論說，縱使反覆辯解，其實不過是質木無文的、一場失敗的革命的殘缺的紀錄。許多人的青春——甚至生命，被虛耗了。化為塵土。化為灰。和平以來，許多昔日的同志都經商去了，時不時收到他們從遠方寄來的贈品，茶葉、水果、東革阿里咖啡到超柔衛生紙，和高階幹部寫的回憶錄雜亂的堆在一起。

在他「蒸發」前不久，又收到兩個寫滿印尼文、蓋著許多紅色戳章的箱子，好像寄自某個化外的荒島。一扁平寬大，一尺許正方。打開，每個箱子裝了一本書。

一本厚重、巨大、紅色布面，封面和封底都像是皮影戲中的羅摩和悉多，大大小小的皮影人物，大小比率顯殊，攤開可以覆滿一張飯桌。封面單頁就有兩吋許厚，每頁也差不多那吋許厚，頁面底板看起來是實木製的，再貼上棉布。因此一本書也沒多少頁。書頁上寫著密密麻麻黑螞蟻紅螞蟻般的小字，和一些藍的綠的插圖。有人物，有精靈，花，水果，地圖，像是大人國小人國遊記的馬來文版童書繪本。另一本書亦形如其箱，正方體，藍色封面是手繪的星體，白的黃的橘的星光。打開厚實的封面，竟是另一個開數略小的封面，是另一個箱子，再打開，是更小的另一個正方形的箱子，最後拳頭大的小箱裡，一團鳥窩狀的枯草，裡頭是幾片碎蛋殼，淺藍色，綴著疏疏的黑色斑點。小鳥飛走了？

小青說，那幾天一直聽到他在喃喃自語，好像與一群人爭辯著，從清晨到夜晚，或許一直到夢裡。其中最清楚的是三個字：「怎麼辦？」

那兩本書據說讓他像盞突然被掐熄的油燈，臉色灰白，似乎處於心臟病發的狀態。

那日，他在樹林裡暴狂縱走，踢起落葉、踩斷許多枯枝。甚至危顫顫的爬到樹上去，抖擻著猛烈搖晃枝葉。下來，又爬上另一棵樹，甚至朝遠方發出細細長長的吼聲，嚇壞了附近的猴子，也跟著狂亂的跳躍於樹幹間；山雞急啼紛飛，雞雛飛快的鑽進草叢間。

十二月，英軍傘兵數百十人空降於柔佛，盡被剿滅。

一九四六年七月四日，菲律賓共和國成立。

一九五〇年六月二十五日，朝鮮人民軍越過北緯38度線，揮軍韓國。

小青說，我們可以想像他的心情是怎樣的。適應森林外的生活畢竟不容易。他的情況更特殊：完全沒有朋友來拜訪，沒有找他的電話，也沒見過他打電話。簡直像是已逝之人。即使是逝者也偶爾也會有那些以為他還活著的人給他打電話吧。好像他的過去是一場虛構，沒有人可以論證。大概也可看出他的人際關係是怎樣的。老戰友過世了會寄來訃聞，他有時去，有時也當作沒收到。宣布閉關以後，連電話線都剪掉了。在他洞穴似的小屋裡，長長的寂靜時光裡，偶爾一陣沙沙沙，筆在紙上疾走。「刷」的撕去一張紙，揉成團狀飛出來。準確的投進灶裡，升起一陣白煙。他覺得太爛的書（包括部份同志的回憶錄）都在那爐裡慢慢煉化，包括那個「寫著大大紅色pendjara」的神祕的箱子。

約莫一週後，因為濃烈的腐臭味，而在樹上找到他光裸的屍身。就嵌在那三棵大樹其中一棵高處的樹洞裡。滿口幹伊娘丟他媽的，戴了好幾層口罩還直搖頭的兩個壯年仵作沿著消防梯把屍體搬下來時還差點讓它斷成兩截，嘟噥著：「好似死咗幾百日咁，軟扒扒，一觸即爛，差點散咗。」

他們形容說，像煮熟的魚，一碰觸即「骨肉分離」。

——難怪這陣子到處都是綠頭蒼蠅。

——畏死人！

圍觀的附近居民忍不住抱怨。

——怎麼爬上去的，那麼高的樹？

活過當年那場火的三棵大樹，被燒毀的木質部留下大洞，後來它們的韌皮部再怎麼長也沒法把創口完全包覆，各自留下一個裝得進孩童的洞。一年年隨著樹長高被往上推，而今已有七、八層樓高了。如果不架梯子，確實需要一些技術。以他在森林裡多年求生的經歷，這確實算不了甚麼。

差不多半年後當惡臭消退我們架梯子上去勘察，其中一個洞餘臭猶存，部份皮肉屑還黏著在樹皮內側，紅綠黑好幾種螞蟻在爭食。那是最大的一個洞，的確容得下一個瘦子。樹洞與樹洞間距離十數米遠，第二個洞較淺，從洞裡的鳥羽、獸毛、小獸的碎骨來看，松鼠、犀鳥和老鷹都住過。其中最小的一個洞蓄了一汪水，綠樹蛙吸附在洞壁，一池綠蝌蚪。

葬禮時倒來了不少人。依他留下的通訊錄發出的訃聞，除了已過世的、重病的、人在國外的，幾乎都來了，甚至還有幾位馬來同志。三部大型遊覽車，全程參加殯儀館裡的告別儀式、送葬儀式，一直到屍體火化、骨灰裝罈安置後，還堅持要家屬帶他們到他最後的居處與死地看看。

山丘上未曾同時簇擁那麼多的人，也因此惹來更多的觀眾。能親眼目睹昔日令人喪膽的「山老鼠」們，許多老人都深感榮幸，也發現他們也和一般的村民、小市民其實沒甚麼不同。

那自然也引來了各家報社記者。

老金的名字次日再度顯眼的登上地方新聞版面：「知名馬共戰士□□□離奇暴斃於故鄉的樹上」。

許多老同志都吐著白煙感嘆：

——沒料到竟是這樣的結局。

——不知道他為甚麼刻意和我們斷絕往來。不來找我們，不讓我們找他，不接電話，也從不回信。我們成立了出版社，也辦了刊物，他應該有很多文章可以給我們發表。

——我們都很想念他。

幾個老同志看到那三棵樹都忍不住哦的一聲。

——就不就是老金常提到的那三棵樹。

老魏說。

——他說他夢見它們的次數比父母還多。

老張說。

——他常說它們好像跟著他走到大森林裡去。

老王說。

參觀完老金返鄉後的居所後，在大樹下，席地而坐，喝著咖啡。他們說了好些他的事。我們心中的疑問也順道向他們提出。

老金在部隊裡除了拿槍杆之外，因為多念了幾年書，也比別人會寫文章，因此平日常為同志代筆寫家書，撰寫部隊的大事紀、編寫及管理檔案，還有把不同戰士的英勇故事寫下來，刊在部隊發行的刊物《火炬》，以激勵後來者。

——但他其實常心事重重。尤其在馬來亞獨立後的那二十多年，他變得非常焦慮。馬來亞獨立了，還為甚麼而戰？為了馬共的尊嚴？為了歷史上的承認？部隊在「餓斃戰略」裡瀕臨覆亡，老金的小弟阿明又在出去尋找糧食的過程中被擊斃在木薯園裡。那事情對他打擊非常大，他一直覺得那是自己的責任。他常說將來要怎麼對他父母交代。那之後，他有時就變得有點怪怪的，常常睡不著，胡思亂想，很多抱怨。同時也曾寫了部不切實際、烏托邦兼失敗主義情緒的小說《馬來亞人民共和國志》，而受到嚴厲的批判。

——批判歸批判，他還是依然故我。

——手稿？不知道是不是在清除內奸的過程中被他自己銷毀了。

——有可能。

——幾年後，他大弟阿光又被懷疑是特務而被槍決。那之後，他的情況就非常不穩定。頭髮全白了，眼眶黑得像熊貓，紅著眼睛，常喃喃自語，寫的報告沒有人看得懂，好像發明了一種連自己也看不懂的文字。他夜裡常睡不著覺，常獨自坐在大樹下餵蚊子發呆，或者哼著「飄揚的紅旗，光明美麗。飄揚的紅旗，爭取民主、自由」。

——他後來好像在偷偷躲著寫另一部甚麼，就不讓人看了。

——那時我們部隊也分裂了。

——那時聽說和平協約簽署了，一切塵埃落定，也沒人再管誰在寫甚麼。他好像收到了幾封來自家鄉的信，大概是他唯一留在家鄉的妹妹寄的。他想了很久才慢慢恢復原狀，大睡三天。起來後，好像從一場惡夢中醒來，變得很安靜，好像下了甚麼決心，迅速收拾行囊。

臨走時，要求我們把老金的遺稿整理了讓他們發表，「有紀念價值的遺物可以捐給我們設在和平村的馬共博物館」，「各國的觀光客都很感興趣。」

臨行前他們提出要求說，他們其中一位遠赴印尼經商的昔日同志提到，想到他愛書，曾輾轉給他寄過兩本限量版古董書，是荷蘭強迫監獄裡的印尼天才匠人製作的，他費了好一番心力才從舊貨市場購得。非常珍貴。希望能率先轉贈給博物館。

幾天後，我們著手整理老金的遺物。藏書之外，確實有幾本字跡難以辨認（甚至看不出是以甚麼文字寫成的，塗抹得非常厲害，筆跡縱橫狂亂，也許用的是獨創的密碼）的十六開筆記本，一本用白布包覆成書的本子，封面燒炙而成的字依稀是「馬來Φ人民共和Ψ紀事」，因白布上聞起來有股濃烈腥氣的大片褐色污跡讓它難以準確辨識。翻開來一看，更傻眼，大部份紙頁都被燒掉了只剩下裝訂處吋許，剩下沒幾頁完整的且是焦褐色的，大略是一個章節〈恐布的審訊〉。

第一至第三年的筆記（共四本），藍色封面，寫著「馬來亞人民共和國檔案」；另外有十來個十六開筆記本封面都用紅筆寫著「南洋人民共和國紀事」。有的已寫滿了字，但有的只寫了幾頁，甚至空白，或被粗暴的撕扯掉，留下大小不一的鋸齒。仔細觀察，每一本封面上都有紀年，紀的恰是他回來這十五年。那是日記嗎？

還有若干散頁，或許是匆匆記下來的，隨手夾在筆記內。

那「馬來亞人民共和國檔案」，看來是試圖還原被毀掉的那部稿子，或試圖予以重寫者；字跡較整齊，然而看起來卻還仍只是個大綱。雖然他那「馬來亞人民共和國」已在一九四五年九月日本戰敗後成功的建國，所有倖存而活到戰爭結束的、死在戰火中的、餓死的、意外死亡的，在他的共和國裡都身居高位。若非在部隊裡當了高階將領，就是在龐大的內閣裡當高官，他的兩個弟弟一個當了陸軍總司令，一個當了內閣總理。那被李光耀以卑劣手段逮捕的社陣領袖林清祥當了共和國的勞動部長，馬來亞共產黨主席阿都拉・西迪當了內政部長、中委拉昔・邁丁則當上衛生部長。教育部長呢，給了馬華族魂林連玉。

當然也少不了清算敵人。不用說，那一個個向英國投誠以至造成大量馬共人員傷亡或被捕的一長串名字的叛徒們，在第一冊的三分之一就已迫不及待的被槍決、砍頭、腰斬甚至凌遲處死，尤其是那害死最多同志的三面間諜萊特，心肝脾被拿來爆炒當國慶日下酒菜（下劃三道紅線註記：定稿時改為較人道的方式處理）。和那些叛徒同遭不測的，包括發動清除內奸運動而屠殺了大量同志的小章，他死於腸阻塞，七天七日拉不出屎（即使醫療人員盡心盡力的幫他灌、幫他挖、幫他擠），那屎好似有自己的意志似的非常頑固就是要撐死他臭死他（畫線註記：待潤飾）。

那長期在中國吃香喝辣的馬共頭子陳平呢？敘事一開始他就被派去莫斯科當大使，一直到筆記的末尾都還沒有被調回來，老金那為尋找食物而被擊斃的弟弟鼓著腮含著魚子醬（在小說裡被加了好幾歲好讓他掌大權）給他的臨別贈言是：「你很有語言天份，好好把俄語學起來，為對抗英帝美帝，我們需要蘇聯的長期協助。」那最令在新共產黨人痛恨、和英國人聯手以骯髒手段逮捕及驅逐左翼青年的李光耀呢？還用說，早就和一干洋鬼子一道被遣送到英國去了，筆記中框起一行字：「他不是很想當英國人嗎？滾回英國去吧。」有趣的是，那艘往大英帝國的船上還有位著名的同行者，即是馬來亞建國後被尊稱為「國父」的東姑阿都拉曼，據說這位愛玩的吉打州的王子在留學英國期間曾是李光耀「劍橋俱樂部」的酒友。敦拉薩和馬哈迪這兩位馬來西亞前後任首相呢，前者被遣送返印尼，後者則被送去印度。註記：他老爸不是印度人嗎？到印度拉肚子去吧！

彷彿浸泡在建國的歡悅裡，顛倒歷史、明暗互換，做好了人事布局，大致定好國家制度，沒收了外國資本家的產業（尤其是橡膠、油棕之類的大莊園、及錫礦）、也沒收了華人資本家的產業。謹慎的保留了農村馬來人私有土地，及華人小面積的私有土地、一定資本額之下的商業行為。此舉無疑參考了中國改革開放後的經驗，一定程度的保留私有財產、自由貿易。然而經濟如果要活絡，則不能斷絕和帝國主義的商業交易。模仿香港特區的經驗（也抄襲了現實的新加坡經驗），歡迎外資，重新讓新加坡變成自由港、高科技和金融中心，只在馬來半島實施一定程度的共產主義。但那也是十分有限的。他也知道，一旦動馬來人既有的土地（連英國人都不敢輕舉妄動），政權就很難維持。即使這麼多妥協，看來他的共和國也搖搖欲墜。

相較第一本筆記的歡快語調，第二本則憂鬱多了。第二本有一半以上篇幅是劃掉的，在那被劃掉但還是看得到文字的廢稿裡，有一個極左的內政部長（看起來很像李萬千）莽撞的想要廢除各馬來土邦的皇室（蘇丹）及他們各自擁有的龐大資產（以「反封建」）、褫奪馬來人的傳統土地權，實施土地改革，以推行較徹底的共產主義。可以預料的是，激發了馬來人空前激烈的反抗，以各州蘇丹為主組織起來的反抗軍，高喊「終結共產主義」、「保衛蘇丹」、「保衛馬來人」、「保衛伊斯蘭」，甚至喊出「支那豬滾回中國去」、「讓馬來劍淌著支那豬的血」等。兩位馬來部長隨之辭職，加入反抗部隊。政府派軍警鎮壓，而軍警裡的大量馬來人幾乎是立即持械倒戈，只剩下人數不到一半的華人和印度人，不只變成少數對多數，且呈種族對峙之勢。劃掉，另起爐灶。卻也馬上遇到問題。這回問題出現在宗教和教育。

第二本末尾，土地問題和蘇丹問題妥協了，但在教育政策上，人口佔了將近一半的馬來人不願接受華文為官方媒介語，而華人也不願接受馬來文為國語，印度人同時反對前兩者。那英語呢？那是殖民帝國的語言，不是千辛萬苦才把它廢了嗎？第二本剩下的篇幅裡，教育部長林連玉都在為此而寢食不安，慘過被褫奪公民權。宗教問題一樣棘手，在第三本，一樣是大部份篇幅被劃掉了，內容是關於宗教改革的，對抗的狀況一如對二本被劃掉的部份。即使是劃掉了那麼多，最害怕的情況還是發生了：殖民帝國再度介入。

在「第三年」的末尾的一九四九年年初，以馬來人為主的「馬來人民反抗軍」在印尼及英帝美帝、阿拉伯國家的支持下，南北夾擊。南邊的部隊從廖內群島登陸新加坡，即將攻下登加空軍基地（Tengah Air Base）、加冷機場（Kallang Airport）。印尼的空降部隊甚至已跳傘到柔南的拉美士橡膠園裡。北方，英軍循昔日日軍登陸的哥打峇魯，做了卑劣的模仿，但騎的是從德國戰場上搶來的聲音很大、冒著黑煙的納粹嚤哆車。老金的弟弟正煩惱不已，因為國共內戰方殷，中共尚未取得天下，越南被泰國阻隔，蘇聯更鞭長莫及，共和國看來危如累卵。這時，筆記到了盡頭。

第四年就是亂碼了。可以想見，母親的狀況給他帶來多大的衝擊。即使是亂碼，也有些句子或段落。但那是一些歪歪斜斜的註記：「應該讓中華人民共和國建國」、「換一種敘事類型？」「換一種手法？」「把餅做大？南洋人民共和國？」無怪乎老金在編號「第四年」的筆記本上寫了密密麻麻的「骨頭」、「母親」、「阿蝦」，和寫著以下字跡的紙片：

一九五〇年六月，美軍第七艦隊開進台灣海峽欲馳援南韓，與駐台共軍激戰，被迫退守菲律賓。朝鮮人民軍攻佔漢城，並統一朝鮮半島。

一九六〇年一月，南洋人民共和國總理吳光明等赴北京與中共國家主席毛澤東商談菲律賓、泰國、緬甸、柬埔寨、寮國等地解放事宜。

三月，蘇聯航空母艦開進日本海，與在日美軍對峙，美英主導的聯合國譴責蘇中輸出革命，第三次世界大戰一觸即發。

這是「南洋人民共和國」第一次出現。第一本一開頭有較完整的陳述，最重要的大概就是那幾頁「紀事」，最後的一個句子是「台灣解放，中國統一」，接下來應該就是「第三次世界大戰一觸即發」。那之後，敘事明顯變得凌亂了。在美軍的慫恿下，菲律賓海軍陸戰隊登陸婆羅洲，企圖「收復失地」；荷蘭與英軍企圖重返印尼，法軍重返越南，英軍重返緬甸，印—馬馬來民族主義者及各土邦皇室共同組成「馬來民族解放陣線」，高揚馬來人對南洋群島的傳統權力，獲得中東伊斯蘭國家的廣泛支持。被刪掉的《馬來亞人民共和國檔案》的那些老問題又回來了。這樣的困擾一直維繫到這本筆記的末尾，一切又回到宗教、種族、土地所有權這些問題。看來這個國家注定要敗亡，難怪首相也讓給別人做了。因此剩下的筆記就頗為詭異了。有好幾本都是被挖空或者有燒炙的痕跡，各本封底內頁都有巨大的「難搞」二字。一直到第六本開始，我們看到這樣的句子：「我回家還沒超過十天，好望號的威廉・羅濱遜船長便登門造訪。他是康瓦耳人，指揮一艘三百噸重的堅固船隻。」之後竟然逐字逐句的抄錄《格列弗遊記》第二部。

以工整的小字抄滿三個筆記本後，第四本開始，變成「不久以前，有位紳士住在拉曼卻的一個村上，村名我不想提了。他那類紳士，一般都有一支長槍插在槍架上，有一面古老的盾牌，一匹瘦馬和一隻獵狗。」一直抄到「堂吉訶德說：『這個你不用愁，桑丘，老天爺』」，剩下的就是空白，好像筆突然被搶走，戛然而止。

另一字數較少的版本〈南洋人民共和國備忘錄〉刊於《香港文學》第三三三期，二〇一二年九月。

森林裡的來信

整理者按：

呈現給讀者的這批信件異常珍貴，也可說是得來不易，每一件都歷經劫難，都是劫後餘生之物，其經歷之奇甚至有匪夷所思者，「燼餘」不過是最普通的遭遇而已。因此當讀者比對各信件，發現信件所述內容有荒誕不經、或耽於幻想、前後矛盾或彼此矛盾、有頭沒尾、有尾沒頭，以至沒頭沒尾，甚至時見「天外飛來一筆」，而不符合文學理論「有機整體」說者，不要大驚小怪。因為這本來就不是文學，並非為了文學的目的而寫，並不是為了「無目的的目的性」，它們之所以被寫出原本是有目的的，只是該目的在歷史的推移及信件及寄件人、收件人自身遭逢的苦難中（部份）失落了，而時見「文體雜交」，甚至匕首投槍。

儘管如此，它們的存在對馬華左翼文學史、心靈史、精神史、身體史還是不無補益的。這也是本人歷盡艱辛也要把它整理發表的緣故。中國人的俗話說：巧婦難為無米之炊，這些至少都是米，縱使部份因泡過髒水而長霉了（有黃麴毒素）、有的被煮過、吃過、甚至被消化過。

相關信件原本應該有三個來源，一是寄件人那裡。據查證，寄件人幾乎都用化名，而且可能同時用上不止一個化名。依組織的要求，也不容許留下副本，即使有，「反右」時也處理掉了。本人近年走訪泰南和平村、友誼村多次。除了許多白眼之外，一無所穫。寄件人也可能收到回信，可是一樣無跡可尋。如果有，動亂或遷移時大概都銷毀了吧。

另一個來源是收件人端。收件人是五〇年代馬華小有名氣的左翼詩人希旦（這筆名中文意思是「等待天明」，同時也是馬來語hitam（黑／暗）的中譯。本名李光明（一九三四—一九六九），他也有許多筆名，都跟火有關：水火、土火、光火、死火等，出版過詩集《雲南園》、《樹膠花開》、《紅太陽》等，一九六九年五月不幸在某膠林尋找詩意時給飢餓的老虎叼走生吃了。

他究竟是馬共安排在鎮上的一枚活棋，是一個純粹左傾的詩人，或還是因被視為叛徒而刻意被陷害的（明知殖民政府偵騎四出還故意一直給他寫信），學界還有爭議。但後一種說法其實不無可能。從信件也可以看出，這位「英俊小生」男女關係似乎過於多姿多彩。

這裡我要特別感謝他的女兒，美麗動人、身裁窈窕的秀蘭小姐，和她共同度過的那幾天是我此生最美的收穫之一。那甜美的回憶，縱使到了下輩子也難以忘懷的吧。希望已逝的內人美代子女士可以理解我們男人那促進生物進化本能、我本身對熱帶美的憧憬，並因此諒解我為甚麼會在這領域付出那麼大的心力。

秀蘭小姐提供了大部份信件。

我把她給我個人的信附在後頭，她信中的講法和她在那「支那之夜」裡告訴我的又有所不同，但那是我們之間的祕密，我答應她要帶到棺木裡去的。詳情這裡就不便多說了。

另一個來源是大馬政治部的解祕檔案（來自前英國特種部隊），目前保存在馬來西亞國家檔案館特藏部「Kuching Hitam0800720720800B」是當年代號黑貓（Kuching Hitam）小組截獲的檔案。奇怪的是，那裡保存的基本上是抄件。經編者仔細核對過，發現大部份所謂的抄件其實很可能是由不懂中文的工作人員從原始信件上用透明複寫紙「影描」下來的，以致那裡頭的「文字」幾乎都違反漢字本身的筆順和書寫習慣。本來就相當潦草的字，被弄得斷斷續續、支離破碎，甚至像昆蟲遇上螞蟻殺手那樣被從內部蛀空而分解了。這是本人從事手稿研究數十年來看過的最可怕的漢字文手稿。幸虧有秀蘭小姐的收藏做對照，雖然她的收藏也並不全面，和檔案間也有許多出入。令人不解的是，兩個地方都沒有一封希旦的回函。但那些信中有的明明有提到有收到他的覆函。

考證上，遇到的基本困難是，信件內容訊息並不一致，好像來自一個癱瘓的系統。然而奇怪的是，縱使是秀蘭小姐的收藏，筆跡卻相當一致。目前並無法判斷，究竟是沒收那批原始函件者做了謄寫加工，藏起真正的原件；再把加工版交給收信人，還是那名義上的收信人、或他女兒涉及了謄寫甚至杜撰。

這樣想對美麗的秀蘭小姐真是件失禮之事。

是否存在「真正的原件」呢？也許有一天會在某處像敦煌那樣的山洞裡被發現吧。可是馬來半島那麼潮濕，即使有那樣的東西，如果不是化成了白蟻大便，也會是蚯蚓糞，回歸大地。

另外信末多數沒日期，有日期也都不註年，最奇怪的是，有的日期有月日沒有年，來來去去都是616，618，627，513，319，311，228之類密碼似的、萬字票名牌似的重複，好像時間靜止在幾個著魔的刻度上。因此對這些信件要編出一個合乎邏輯的順序也十分困難，只能勉力為之。需要在版本上特別說明的是：(1)有繁有簡者擇其繁者，假定簡者經過刪節；(2)如果兩個版本內容多有重疊，卻又有明顯的出入者，兩者並陳，並註明來源。兩個版本的代號分別是【蘭】與【政】。

這數十封信雖然疑問重重，風格詭誕，大體上還是可以感受到馬共的烏托邦與幻滅，個體小我的愛恨與憂傷。這確實勾起我少年時在熱帶南方的回憶。那懊熱與潮濕，多少少年同儕埋骨於斯，化成大地的養份。多麼青春昂揚的生命呵。但我也未曾忘懷那被捕的年輕抗日軍，在偵訊室裡被折磨的悽厲哀嚎。

被敲斷了手骨、腳骨，被迫坐在燒紅的鐵板上，被割去睪丸挖出眼睛……那驚天動地的，或無聲的活埋。那一切一切，都化作了歷史的塵埃，灰燼。

大略目次如下：

整理者按

李秀蘭給編者的信

無名氏致阿火，殘卷

老魏來信一

老魏的來信二
Alice致Prome（一封來歷不明的信）
穆哈末・英德拉的來信（一個背叛者的信）
一首詩：〈橡膠樹〉
一塊碎片
疑似沈玉蘭的來信一
沈玉蘭的二封信
花木蘭的三封信
老魏的指示
寄件人不明的殘件一
疑似沈玉蘭的來信二
寄件人不明的殘件二

東京大學南方研究中心
Sibekuo（西北　苦）教授，
平成七年三月。時年七十
於「挪威的森林」

▲（李秀蘭致西北教授）

尊敬的西北教授：

馬同學告知，您偶然看到我借給他的《馬來紀年》裡當書籤的先父留給我的幾封信，非常感興趣，說如果有個數十封就可以整理成一本小書翻譯出版。那是我從來沒有想過的事。對我來說，那是父親留給我的紀念品。我帶著它們，是因為信封上寫著他的名字，就好像那些森林裡的故人還在呼喚他似的。

這讓我想起那許多夜晚，我們都鑽到蚊帳裡睡覺了，只有他獨自一人在煤油燈下，偶爾點起一根菸，悉悉索索的翻閱那些森林友人寫給他的信。有時可以聽到他輕輕的嘆息，自語。大概是夜太黑了，細小的燈光也顯得異常明亮。以致我母親常抱怨那燈火刺痛了她的眼睛。

那時，他的身影被燈火投照得十分巨大，也十分稀淡，他的臉旁還淡淡的冒著煙。左邊牆上向黑暗敞開的窗像一個深不見底的洞，有時會有豆大的流螢掠過，微藍的光，拐進屋裡來，繞到梁上，再從哪一個屋頂的破洞溜出去。

畢竟我家多的是破洞。但也許它最終還是化成我夢裡的灰燼了。

來自森林的風帶來明顯的涼意，讓我更懷念起他的體溫。

但他總是專注的，微微動著肩膀在寫著甚麼，一直到夜越來越深，我被睡意拖入深深的夢裡了。筆和紙磨擦的聲音卻一直持續著。雖然不知道甚麼字顯示在上頭，但我確定有甚麼字顯形了。那場景像是夢，有時我懷疑根本就是夢。

我總是夢到字。夢與字與流螢。真令人悲傷。

父親過世後我找到他留下的一個紅色的小鐵箱，尺許長、半尺寬、五吋深，包覆著棗紅色絨布，絨布上有火雲的紋路。裡頭有十多封信，一疊似乎是手工畫就的鈔票。一隻不知道休眠了多少年的銀幣大的扁蝸牛。一本小紅書。那幾乎就是他留給我的有形遺物的全部了。

二月橡膠落葉時我將回返北方的故鄉。我把那鐵箱和父親的骨灰都放在老家旁那棵被他以詩歌歌誦了千百遍的橡膠樹下，建了個小小的水泥龕安放。雖然供著的油燈沒有人添油早已滅熄，但能與拿督公和土地公為伴，我想他應該不會寂寞吧。

屆時如果那些信還在的話，我將複製一份給您寄上。說真的，我一直還沒有勇氣去看看那些信到底寫些甚麼。

其實我父親還留下一本薄薄的日記，幾乎就和他那些評價不高、早已被文壇遺忘的詩一樣薄，一樣的分行，留白。

順頌

大安

秀蘭

於新加坡烏節路
椰林書屋

二月二十八日

▲（無名氏致阿火，殘卷【政】）

阿火同志：

此信閱後請立即燒掉或者吃掉，以免落入走狗之手。但這批從警局搶來的紙可能並不好消化，如果不方便燒，建議撕碎了再吞。如果拉出來了還是看得到字跡，被內政部那些豬查獲，可是洩密的重罪。因此如果你選擇用吞的，拉出來後務必再詳細檢查一次，當然就不建議再用吞的了。

（編按：以下內容疑似經消化重組。依原件形式呈現。原件都是剪貼的碎紙，黏貼在銅版紙上。碎紙後方常伴隨著細小的圓形顆粒，不知是辣椒種子還是番石榴種子，大致反映了食紙者特殊的飲食愛好。不知何故，前段文字保存得十分完整，明顯的被謹慎的撕了下來，有清楚的鋸齒邊。也許因為裡頭不包含任何機密訊息吧。而之後的那些信件為甚麼保存得那麼完整，是早早的被截獲、抄副之後放回信箱嗎？可是為甚麼沒有被收件人銷毀？均有待進一步的深入研究。）

偉大的　任务　使命　同志　肉　左月　便　信

我　我　我　我　我　你　你　你　他們　门　门　门

也　也　也　也　也　也　也　也　也

可能　万恶的　可能　欢呼　使命　使命　太阳　古田

克思　舵手　帝□主义　搞　幹　这　这　那　那

啊　啊　信　言　不　如果　老虎　老　鬼　委

人民　人民　人民　人民　人民　光　日　月
的　的　的　的　的　的　的　的　的　人　民　民
个　个　个　个　个　个　个　个　个
家

▲（老魏來信）

小火同志：

還記得你的同學沈玉蘭嗎？她也來到森林裡了，幾個月前我們才結了婚。她現在肚子裡可懷著孩子呢，我們滿心喜悅的迎接新生命的到來。很久沒有你的訊息了，聽說你也被遷進集中營了，但似乎過得還不錯，鐵絲網困不住你。新來的同志說，你還是那副德性，穿戴整齊、自由自在的在大街上騎腳踏車，喝咖啡、看報紙。還寫詩不？

組織其實很需要你這樣的人才。我們剛建了個國家，萬丈高樓平地起，所以縱使是玉蘭這樣的孕婦，也是從早到晚挺著大肚子忙個不停。

寫這封信是要提醒你，不要忘記你的使命。不要被表面的安逸給腐化了。

我會再給你指示。

老魏一月一日

▲（老魏的來信）

火：

負責運輸糧食的小李、小黃、小江一直沒回來，究竟是怎麼一回事？是被抓了還是犧牲了，請速查明。

魏二月二日

▲（Alice致Prome，）

親愛的Prome，

他剛吹著口哨出門回警局去了。我只能以他不懂的文字匆匆的偷偷給你寫個信，這樣在我心理上就算他在偷看、偷聽也都沒關係。

我想我們不能再這樣下去了，我想他已經知道我們的事了，他一定在設法查你的事，一旦查到你就死定了。以他過去的作風和手段，就算不馬上把你弄死也會把你閹了，斷手斷腳，甚至一直強暴你，讓你下半輩子都再也不能坐下。

那天你走後不久他就吹鬍子瞪眼睛的回來了，一身臭汗的衝進我房間想要脫我褲子檢查身體。說聽到甚麼風聲我當然死不承認。不過我們真的不能再見面了。還好那天我心血來潮，在你走後就把紗籠換成緊身長褲，我抵死不從，他一時間也脫不下來，而這種事又不方便找幫手。他幾回高高舉起手想打我，看表情又有幾分捨不得，他還是非常迷戀我的美貌的吧。況且，我故意發出的尖叫聲又引來他最疼愛的女兒。

可是剛剛發生了一件非常糟糕的事。大概在黎明前我做了個夢，夢到你溫暖的手一直在我身上遊走，像往常那樣熱烈的溫存。大概也發出了呻吟還是甚麼的，也許把他給吵醒了。我睡得正好沒留意到他的鼾聲停了。等我發現情況不對時發現給我拿來當擋箭牌、一向用來隔開他肥豬般的身體的女兒不知道甚麼時候被他移走了，他早已自己脫光衣服三兩下就把我給強姦了（我睡覺一向只穿紗籠）。都是你害的。被夢中的你的手弄得熱騰騰的身體就那樣讓他毫不費力的快活的享用了。我覺得非常羞恥。但法律上他還是我的丈夫我又能怎樣？更難以啟齒的是，那被你在夢中撩撥得火燒火旺的身體，竟枉顧我的意志，熱烈的迎合他發情公豬般的猛烈撞擊。好羞恥。好難過。好想你。

你會不會覺得我其實是個淫蕩的女人？你願不願意原諒我？我們真的不能再這樣下去了。可是又希望你能馬上過來陪我。

覺得十分羞恥以致泣不成聲的Alice，五月十三日

▲（穆哈末・英德拉的來信，原文為馬來文，劉漢譯【蘭】【政】）

阿比（Api）同志：

這是穆哈末・英德拉（Muhammad Indera）同志給你的信，他因文字能力不佳只勉強寫了個非常粗略的草稿。但因為事關重大，他要我綜合他的口述做中譯。

所以有時人稱代詞我—他之間有一點口齒不清的混淆。請原諒。

希望你有機會可以幫他向組織說明他所以被捕並非政治部對外說的，是在與情婦幽會時喝了被下了曼陀羅毒的咖啡。

曼陀羅我甘榜房子前前後後種了十幾棵，大家都知道我有刀槍不入的本事，但那是怎麼一回事，就很少人知道了。靠的就是吸收曼陀羅的精華。緣淺莫試，會死的。和舔癩蛤蟆的屁眼一樣，大腦燒掉前會看到很多鬼神。

但沒想到我那天真的是見鬼（Jumpa hantu）了。

那天夜裡我從我女人的牀上被一隻冷冰冰的手掌弄醒。我晚上睡覺一向不關窗的，好讓涼風、和月光還有仰慕我的女人爬進來。那晚卻是在一個老公當警察而經常不在家的騷婆娘家，多吃了幾根東革阿里，接連讓她幾個姊妹爽到發出的聲音像pontianak。為人民服務完正呼呼大睡時一隻冰涼的手摸了我屁股一把，我還以為得再啃一根東革阿里了。不料刀光一閃，一把重重的刀丟了進來，摔在我腹部的六塊肌上。

月光下一個皮膚黧黑的年輕男子，右手提著一把巴冷刀，向他招手。原來是找他單挑來了。他匆匆拉起褲子，綁了褲帶，鞋也沒穿，就拎著刀跳出窗外。那人隨著移動，他也跟著那人的腳步。離開馬來甘榜，過了一條小河，河水搖晃著波光，板橋著滿了露水，害他差點滑倒。來到一片膠林後，那人停下腳步。適逢落葉時節，千百棵膠樹都向天伸展著枝幹，好似在對著明月進行甚麼幽祕的招魂儀式。

以他末・英德拉（Mat Indera）的不世英名，英國人曾經派了兩百名古魯卡兵包圍他，不斷用機關槍掃射，還不是讓他成功脫逃？他曾向一間關公廟的廟祝學來的神打已經練到相當高的段數，前面那場戰役，他也只不過請來十五個神幫忙擋子彈，竟然毫髮無傷。他還怕過誰？

兩人間沒有一句話，更別說是廢話。在絕對詩意似的沉默中，他們就像兩個傻瓜一樣拿著刀互砍。也不知道互相砍了多少刀，血在夜空中不斷飛濺。皮被劃破，腳反覆踩碎了沉積的枯枝落葉，好像有一群牛在林中奔跑。有時刀鋒輕輕的抹過，血反向片狀湧出；有時「擦」的入肉三分，甚至喀的劈到骨頭上，都有一種莫名的快意之感。

他沒注意到的是，似乎神也快意。

有時刀刃一鬆似乎砍斷了甚麼，但對手的身手還是瀟灑如故，隨風擺柳，絲毫不受影響。有一回，他幾乎確認砍斷了對方的脖子，然而定睛一看，對方目光熠熠的站在那裡，脖子上確實有一道長長的血痕，血像剛挨了刀的橡膠樹那樣快速的往下流。

突然覺得一陣虛空。雖然不知道身上究竟挨了多少下，但我認識的神都請過了——他熟讀印尼文版的《三國演義》、《西遊記》、《封神榜》、《聊齋誌異》、《白蛇傳》、《肉圃團》、《水滸傳》，請來的神沒有三百也有五百（他的數學真的很不好，一直搞不清楚自己有幾個小孩）——甚至那片樹膠芭的拿督公也勉為其難的被請來幫忙挨了一刀。那拿督公大概道行尚淺，害他被砍掉一隻耳朵。

當濕婆不過讓他褲襠裡濕，阿拉讓他拉，耶穌基督讓他上半身酥、下半身麻，他知道他敗了。**諸**

神皆去矣。難道對方也練過神打，而且請來的神更高階？還是他的印尼語咒語畢竟因為翻譯而打了折扣？還是卵蛋被幾個婆娘榨乾了的緣故？

而汗血尿俱下，渾身剝了皮般的疼痛。他雙腳再也站不穩，一屁股重重的跌坐在落葉上。

那時彼此都「體無完膚」了，只見對方一身是血的挺立著，一口白牙，露出天使般的微笑。手仍緊握著刀，血沿著刀刃滴滴答答的打在落葉上，每一道傷口都是張微笑的嘴，像一朵朵豔麗的黑玫瑰。……難道，竟遇到了傳聞中的「殺不死者」？還是十八羅漢？

突然，一陣吼叫聲，林子裡躍出一頭大老虎。腳著地，轉過身來，又朝他倆吼了一聲，看起來已經餓了好幾天。

可憐我血肉之軀已然超載，沒辦法召喚武松來為我解厄。

你想，牠會選擇吃掉我們之中的哪一個呢？

後來我們成了摯友，互相交換過幾個火山情人。我且成功的說服他去行了割禮，我介紹了個Nusantara級的師傅幫他動刀，以精美的雕功幫他那根異於常人的大棒子做了個花式的重塑。此後他勃起時那頭兒寶相莊嚴慈眉善目，即使是完全不同宗教立場的老太婆在他連番的阿彌陀佛、善哉善哉之後也會感受到佛法無邊、我佛慈悲的。

雖然我目前被視為叛徒，依黨的一貫作風，覆水難收，已萬劫不復矣。而且與他是abang-adik，然而身為老友我還是有責任提醒你。繼我之後你似乎是他下一個任務（但我想他應該不會對詩人動刀），我相信你和其他同志目前在鎮上的一舉一動都在他（和他的工作小組）嚴密的掌控中。他當然也會看到這封信。Hi, abang, apa khabar?

有一次他在藉著酒意告訴我，你那女兒長得非常可愛，令他魂縈夢牽，而想要好好的愛她。雖然伊年紀還很小。他說他會等她長大。而且萬一你有甚麼三長兩短，他願意用他的生命來保護她。

你的女兒，木蘭的孩子，不也就是我的女兒嗎？

▲橡膠樹

為甚麼你一年要花開兩次
時間恰恰是北方的春季與秋季
莫非是極地的寒風喚醒了遠古的記憶？
帝國的欲望造成你此生的飄零
妝點了日不落國臃腫的金色腰身
也迎來了南洋雨林的末日

流淚的樹其實並沒有眼睛
不會哭不會笑自然也不會抱怨呻吟

日日利刃切割只為了你白色的乳血
千百道傷痕鑄就你無言的滄桑
你不凡的身價原就來自那辛勤的凌遲

只有落葉時節依稀看出你的喟嘆
北風的尾巴讓你秋意楓紅滿山
枯木似的挺立彷彿為自己嚴酷的命運守喪
幾代繁衍之後你已沒有故鄉可以回望
一旦血乳枯竭你將被迅速砍除並遺忘

那蕭瑟悲涼的樹影猶在我異鄉的夢裡常駐
雖然我已忘了你一年究竟要落葉幾度

▲（沒有收件人，沒有寄件人，第三人稱，一塊碎片）

隔著鐵絲網，伊身旁圍繞著白衣黑褲、或天藍吊帶裙吱吱喳喳的小學生，帶著他們玩遊戲。遮蔽了大半個臉的長髮，黑得發亮。水紅色碎花連身裙，或者淺葉綠長裙，脩長的腿和柔軟的腰身，風從大森林裡送來一陣陣淡淡的濕意。側著臉，半跪著，和孩子柔和的說著話。在沁涼的早晨，當日光穿過葉隙，他感動於伊全身上下微微的發亮，猶如草葉上帶著露珠的閃光，清晨初綻的小黃花，早起的蝸牛，昨夜的星辰。

▲（疑似沈玉蘭的來信）

你相信嗎？這裡就像侏羅紀那樣不可思議，杪欏林立。一望無際的沼澤，飯碗大的螃蟹到處爬，任你抓。沼澤畔每棵樹至少都有一千歲，你要躺下去才能勉強看到樹梢。好不易戰事稍歇，夜裡可以仰望星空。只是大部份天空都被樹葉遮住了，星子只能閃爍於葉隙，像螢火那樣引人遐思。這都讓我情不自禁的懷念南方的故鄉，爸爸媽媽身體不知道好不好，弟弟妹妹應該都長大了。

老章常批判我沒法根除小資產階級情趣，但那確是沒辦法的事。你方不方便給我寄幾本詩集呢？聽說我們的老朋友回中國後變成了九葉詩人中的一葉，他們的詩集不知道容不容易找到？

這裡還有一片巨竹林，你沒親眼看到一定不相信。同志們也都說難以置信。一根老竹至少都有百多尺長，一抱寬。鋸下來每一節都可以直接當水桶用，解決了不少麻煩。那片林子縱橫交錯，不知道面積究竟有多大。竹與竹叢生交錯，像是個天然的巨大籃子，是很好的天然庇護，有幾群猴子以它為家，看來有一陣子不愁食物了。從飛機上是看不到這裡有人在活動的。同志們費了許多心力在高處搭了竹屋以作瞭望台之用（我這信就在瞭望台上就著小小的油燈寫的）；未來考慮藉用阿沙的技術，在竹子間蓋鳥巢似的居處。只是竹林裡蛇真的蠻多的，還好小黑很會料理蛇，他的口頭蟬是，不管是甚麼蛇，皮剝了都一樣。

戰士們在地表下挖了田鼠式的地洞，縱橫交錯，可以非常快速的讓步隊移動，遇襲時馬上可以移防到其他據點。

蘭，四月二十八日

▲（沈玉蘭的來信一）

火哥：

多年未見，你還好嗎？還記得我吧？常想起我們一塊在新加坡念書的那段日子，尤其是大夥高舉白布條走上街頭，大罵那混蛋走狗林有福或叛徒李光耀。那時我們真的好年輕，年輕而天真，對生命充滿好奇。嚮往發生在北方的革命，恨不得立即收拾行囊，坐船到北方去，讓青春的血灑在祖國的大地上。然而帝國主義的黑手就在我們眼前，我們有自己的故鄉要保衛。如今我也是一名戰士了，也能拿起槍衝烽殺敵。同志們都很想念你，一路長征到北方能活下來真的不容易。

我們新蓋了間小學，同志們都很希望你能來教我們的下一代寫詩，謳歌我們偉大的革命，講述我們的故事。

我們有太多故事，但我們太忙，單是保衛我們革命的成果就已經筋疲力盡了。

你考慮看看。我還有好多好多話要對你說。

回憶像季風雨一樣濕冷呢。

玉蘭，三月十一日

▲（沈玉蘭的來信二）

很難跟你形容這地方的美好，除非你親自過來看看，最好是住上一段日子。

我們有兩座靠山，山上都是參天古木，是千萬年的原始林，裡頭散居著幾個沙蓋部落，山裡頭有吃不完的猴子、山豬、野雞、蟒蛇、鼠鹿、果子狸，一隻隻自己跳進鍋裡，都來不及燒熱水。

一年到頭洶湧著的河水，淺處深處都有捕不完的魚，你可以看到大大小小灰藍色的魚鰭順著急流往下衝，或逆流而上，好像是在進行甚麼魚們的田徑賽。有時還會不小心衝上岸，要燒要烤就隨我們了。

常會看到三五成群的水獺，也不怕人，骨碌碌的睜大著眼睛凝望我們。老魏說，好一群新皮靴呢。

大河穿過整個腹地，聽說乘船可以直下到南中國海。馬來人的村莊沿著河的兩岸而建，東一群、西一群的，常可以聽見女人軟昵的歌聲，和喜鵲的鳴叫一樣尋常呢。除非上游有暴雨，河水是清澈的，我們的聚落就在河的轉彎處，戰士們就地取材，在甘榜青年的協助下，砍了些大腿粗的雜木幹和巨竹、粗細不一的樹藤，以在地的工法搭了百來間高腳屋，全部工程用不上幾根釘子。

我現在給你寫信的桌子，就帶著綠竹的青香。最近的幾個月，可說是我這輩子過得最愜意最放鬆的一段日子了。

部隊圈養了牛、羊、豬、鵝、雞、鴨等，分散在山邊與水邊。幼雛有的是向馬來村莊用以物易物的方式換來的，部份是來自蘇丹的饋贈，以作為趕走英國人的謝禮。

這裡水草豐美，鳥語花香。在阿沙的協助下，上百畝的稻子剛插了秧，還有大片大片的菜園和果園。果園有的是現成的，榴槤、山竹和紅毛丹都是十幾年的老樹，是原來在這裡的一個客家人小地主吳伯伯捐贈的，他的三個兒子都在部隊裡當上重要的幹部。你放心，我們這裡不搞土改那一套。共有數十位在地的華人小地主捐獻出部份的橡膠園、油仔芭、椰林，無私的奉獻給我們這新生兒般的共和國。偉大的領導懂得因地制宜，不會食古不化的走蘇聯和中共的路。所以我們這裡沒有反右（你大可放心，我們歡迎知識份子，幫我們建立理想生活與理想國家的理論），也沒有大躍進（我們尊重農民的經驗與知識），甚至沒有現代化。

上封信不是告訴過你了嗎（也許寄送過程中丟失了。你的其中一封信，戰士因走水路遇河水暴漲，浸泡過久，所有的字都不見了，紙也化成了漿），我們歷盡艱辛終於建立了個國家，稱做巫來由人民共和國（Republik rakyat Melayu），有五十年的實驗期。多虧了三州蘇丹及泰皇幫忙簽約擔保，而且共同騰出一大片土地給我們，約三千英畝，有丈量定樁。三分之一在泰國境內大部份，三分之二在馬來亞，恰恰位在兩國的邊境上，好似在邊境線上撐開一個小口袋，大概半數以上都屬於昔日北大年王國的舊領地。大部份是山地、谷地，覆蓋著高大的原生樹木，我們打算只開發很小的一部份。他們也共同禁止英國人及馬來聯邦政府再對我們動武，而我們需協助剿除其他的叛軍，包括國民黨留下來的軍隊。他們靠搶劫及種鴉片維生，有美製的武器，相當不好對付；北大年伊斯蘭分離主義、泰共，都是麻煩的地頭蛇。

附加條件之一是善待居住其間的馬來同胞（這一帶共有六百多個馬來村莊，分別隸屬於三個州），不奪走他們既有的資產，尊重他們信奉伊斯蘭教的自由、保留伊斯蘭法及回教堂，也必須以馬來語為國語。當然也保留境內原有的佛寺，尊重他們原有的信仰，不會把他們送去勞改。再則是約束華人對財富的聚斂，不要發展工業（不要資本主義），不挖礦（此地亦無礦可挖），過純樸的農業生活，一種伊斯蘭式的儉樸。也許你會懷疑我們偏離了共產主義的理想，如果你那樣想就大錯特錯了，這是一種伊斯蘭式的共產主義。去除了伊斯蘭教中諸多對女性不利的偏見（諸如多妻，反女學），這是我們英明的中執委穆沙對黨理念的偉大修正。沒有這一修正，沒有他與皇室的協商（他在皇室裡有一堆親戚），我們即使沒有被殺光，也可能會一直被往北方趕，一直到趕出馬來半島，趕到泰國境內，實質上變成了「泰共」。

路還長，該做的事還很多，考不考慮到森林裡來幫我們？我們已為你備好身份證與護照。同志們都覺得，應該找你來為我們的新國家寫首國歌，我們已說好請馬來樂師幫我們譜曲。

隨函附上一疊「鈔票」，要麻煩你幫忙多送一些紙和筆進來，在你來之前，由我負責撰寫我們的**史記**。在我們這以物易物的國度，那些鈔票純粹是玩具（或藝術品，端看你怎麼看），每一張都是阿丁一筆一筆畫出來的。你知道他的個性的，他不喜歡偶像崇拜，所以馬列毛胡及我們黨的領導的肖像都沒在上頭。甚至也不愛畫稻米雜糧，他最愛的是風，但風要怎麼畫呢？然後是煙，是雲，是雨，是火。領導為此罵過他好幾次，但心疼他作戰時傷了腦部，也沒多呵責。他喜歡為每張鈔票畫上許多個0，因此每一張的幣值都和冥紙一樣大。這裡顏料也相當缺乏，只有少量的礦石和取自植物果實、種子或根部的淡淡的色彩。紙也是自製的，我們找到一種燈心草，和香蕉莖混合了，做出來還是不好用。有同志笑說用來擦屁股還勉強可以，要寫字就太困難了。我們從外頭帶進來的墨水也快用完了，同志已開始用炭和煙油來製墨。但最擔心的是武器的補給，蘇丹只肯給予非常少量的配給，對我們還是相當不信任。這只怕會是個隱憂。因此目前武器的補給主要還是從叛軍那裡去搶奪，美製的、俄製的，日製的都有。

玉蘭，五月一日

▲（花木蘭的來信一）

死沒良心的：

我們不是說好要一起完成夢想的嗎？你忘了在雲南園水塔下掀起我的裙子時說過甚麼話？對著滿天星斗你許下甚麼承諾？你忘了你對我做了甚麼事嗎？我肚子裡可能已懷上你的「革命的果實」了。

老魏看我整天愁眉不展，已放話說，如果你再不進來，他可要親自出馬去把你閹了，卵蛋還可以醃了缺糧時切得薄薄的配樹葉草根吃。只因我苦苦哀求他才決定放你一馬。我說你也是一片孝心，寡母辛苦拉拔你長大，眼睛不好，你返鄉也是為了盡孝。

但我真的好想你。肚子一天天大起來，你既然有能力把女人肚子搞大，總要想個辦法負責吧？不然我只好隨便找個人嫁了。那個滿身毛的阿星，偷看我大便三四次、小便五六次，沖涼十幾次，你希望我嫁給這樣的人嗎？

木蘭，七月七日

▲（花木蘭的來信二）

死人：

你竟然跟哪個臭三八結婚了？媽的，你死定了。

你有種！吃屎去吧。

附上你女兒的屎一包。

▲（花木蘭的來信三）

火哥：

孩子平安的生下了，是個健康的女娃，眉清目秀，兼有你我的長處，雖然大便哭鬧時有幾分英德拉那副衰樣。

這裡的食糧供給非常嚴峻，所有人都在挨餓，我也沒有奶水可以餵她，只好託小江把她帶給你撫養，反正是你的種。聽說你老婆給男人玩壞了才嫁給你，只會拉雞屎不會生雞蛋。

還不是讓你們賺到了？

你爽到了，我在這裡痛到半死。如果你們膽敢對我女兒不好，我只要聽到風聲一定親自上門用最鈍的刀把你閹掉，再把你和你那臭女人大卸八塊，反正部隊有好一陣子沒肉吃了，他們最近正在跟山上的食人族討教野外求生的技巧。

我們的女兒名字一定要有個蘭字。即使你們忘了我，我的名字也還在裡頭。

木蘭，八月八日

▲（老魏的指示）

阿火同志：

組織希望你繼續留在鎮上，收集情報及協助運送糧食。

花木蘭的事我們會妥善處理，你不用擔心，她因為作風問題多次受到批判。說實話，很多同志受到牽連，被迫寫檢討。除了女人之外，這裡沒有人敢說她肚子裡的孩子不是他的。媽的，有一次連我也差一點失身，還好我革命意志堅定，堅持不肯勃起，方逃過一劫。小李最慘，沒東西吃，又抗拒不了她的勾引，大概從脊髓到腦都被她採捕殆盡了。

但她硬說肚裡的孩子是你的種，我們也沒辦法。大家都如釋重負。可見她花歸花，腦子還是清楚的，說不定她最愛的還是你。她有一次炫耀說，多年前她曾經把你拖進雲南園的灌木叢裡，脫掉你的褲子，三兩下讓你從孩子變大人。

話說回來，孩子真的還是得拜託你，這裡已經沒辦法養育孩子，哭鬧也會驚動敵人，屆時也保不了他的小命。她也算是戰士們共同的孩子，森林的孩子，希望你好好愛護她、栽培她，別讓她長大後沾染上資本主義的惡習。

老魏八月十日

▲（寄件人不明的殘件）

……

死英國佬的「餓斃政策」實施後，到處都是集中營，糧食的取得也越來越困難，還好我們戰士有無窮的智慧，能就地取材。吃太飽撐著，給你寫個信。

你知道我們最近最常吃的是甚麼？蝸牛。山裡頭所有的陰暗潮濕處都有蝸牛，有尖殼的、扁殼的、圓殼的，左旋的、右旋的，大的有巴掌長，小的也有鈕扣大小。太小就不方便做食物了。依顏色分而有褐的、黑的、灰的，黃的，還有一種金澄澄的小蝸牛，金龜子大小，陰暗的角落如果泛起金色的微芒，那就是牠們了。那一定是這地方的特有種，可惜我們不是生物學家，一旦餓起來管他甚麼特有種，只要能消化，連殼都喀茲喀茲的吃掉。

剛發現時有年輕同志稱它為「希望」，但馬上受到嚴厲的批判。那麼渺小的希望？豈不是長他人志氣滅自己威風？領導指指天上被煙燻得紅通通的太陽：那才是我們的希望。

蝸牛好吃嗎？不好吃法國佬怎麼那麼愛吃？只是處理起來相當費事。如果直接燙熟那就麻煩了，滑溜溜的看到就想吐，怎麼放得進口？剛開始時我們是那麼做的，小黑最大膽（大概也最餓），試了一口吐了三天，嘴裡的滑溜感還是清不掉。據說要用石灰先反覆搓洗幾遍，把那噁心的滑液先搓乾淨，那時蝸牛其實死得差不多了，肌肉也比較放鬆。這裡沒有石灰怎麼辦？還不容易，柴火乾草燒成的灰燼一樣可以用，只是要搓久一點。

接下來最好是切成細條狀（切塊就咬不動了），放很多野薑，很多的野生指天椒，當然鹽是少不了的。有時我們還會加一種你絕對想不到的東西來替代醋——紅螞蟻，牠們不是愛噴蟻酸嗎？那味道可比醋嗆上好幾倍。每次放就是一整窩。你知道的，牠們是誓死也要保衛那用樹葉搭就的巢穴的，煮熟了蟻腳也牢牢勾住樹葉，拔都拔不下來。還好只是調味用，太硬了也咬不動。蟻卵倒是聊勝於無，竟也是酸的。那樣調理出來的蝸牛肉，竟然有一股歐洲帝國主義的味道，耐嚼還令人噴火。

但蝸牛肉是吃不飽的，處理起來又太費功夫。還好有時捕到大象（其實是失群的小象），野牛（及馬來人野放著養的牛），被老虎咬傷的羊，像野雞樣四處遊蕩的馬來雞，迷途的番鴨，不知道哪裡跑來的狗，山豬，大老鼠，魚。只要信仰堅定，其實並不難熬。

但很多動物吃了會引起種族關係的緊張。

有時也用打獵來的鼠鹿和馬來同胞換些米。

六月十六日

▲（疑似沈玉蘭的來信）

我知道有些事不該對你說，但不說出來我會睡不著覺。

你相信嗎，我們前幾天抓了一個英國大兵。一個看起來很嫩的英俊的小伙子，自稱是愛爾蘭人，眼睛是晴天的藍。不知道為甚麼會落單，也許是個哨兵，不小心掉在我們捕野豬的陷阱裡。雖說是萬惡的帝國主義的走狗，但看起來完全還是個孩子，非常的驚恐。他對我們的狀況（很久沒能吃飽）一定非常瞭解，所有圍繞他的戰士胃裡都無法掩飾的發出原始人般的咕嚕咕嚕的響聲，而且我們的目光一定像貪婪的野獸一樣可怕。他一定擔心我們會對他做出那件讓他害怕的事，而我們也確實做了!!你相信嗎？

這也不能怪我們，我們實在餓太久了。帝國主義那惡毒的「餓斃」政策實施以來，不知道多少戰士為了找尋糧食而被打死、被抓、搞到殘廢，多少人因忍不住飢餓而誤食了有毒的野菜致死。

幾個戰士把他壓著，屠夫出身的老王在他的耳邊說了句「感謝你為革命犧牲」後割了他的喉，還承了三大臉盆的血。我竟然嚇得暈了過去，但很快被弄醒。事後因此還受到（革命意志不堅定的）批判，他們特地給我留下大半個山胡椒水煮腦，說為了肚裡的革命後裔，要趕緊補一補，但我實在吃不下去。

大排檔出身的老黃非常興奮，說這死老外抵得上一隻老虎，不必剝皮省事多了。把他剝光衣服仔細檢查後一直稱讚說很乾淨，沒有性病也沒有皮膚病，刮一刮毛燙一燙即可使用。在幾個有廚師背景的戰士協助下，把那可憐的愛爾蘭人的肉分門別類的裝在竹筒裡醃著（還好之前從一家雜貨店裡扛了一大包鹽），內臟倒是先爆炒了。山裡頭有許多種野生的薑，混著用，加了許多指天椒。三兩下被猛吞口水的年輕戰士搶光了。老黃還直嘟囔「可惜沒有麻油」，說害他搞不成「英國佬十吃」的全餐。

兩顆大卵蛋也用大量的鹽、山胡椒、野肉桂醃起來了，奉獻給了領導。那股騷味還引來一群野豬，一頭母老虎。

連大骨都不浪費，熬了好幾鍋湯。

用他肚腩的肉燉了一大鍋，除了山胡椒，沒甚麼香料可用，騷味蠻重的，而且鹹。老丁說，是牛肉和狗肉混合的味道，很燥，我被迫吃了一口，後來為了肚子裡的孩子而吃了一大碗。我心裡一直有一個聲音在唸阿彌陀佛你知道嗎，我是無神論者、唯物論者，所以我想那是我媽的聲音，那時我腦裡一直浮起我媽唸佛的虔敬模樣。不過如果你問我好不好吃，我只能說，老黃的手藝真不賴，真是我們森林裡的大廚，竟然可以把英國佬的肉處理得不輸給山豬肉。但我想我一輩子都會記得那味道，那是罪惡的味道。

願他能安息在他的上帝的懷裡。

都怪他們太早把巨竹林裡的那些猴子嚇跑了。說也奇怪，在他們料理英國佬時，有數百隻猴子特地跑來在樹梢間觀望，看甚麼大戲似的，相互竊竊私語。

戰士們原想順手打個幾隻，但以難以儲存而作罷。

蘭，六月二十七日

（以上被撕去）

……妳還是別到森林裡來好了，我們不斷移動，經常有武裝衝突，並不適合孩子成長。

妳上回信中提到的孩子的事，雖然我說過只要是妳生的我都承認，但我勸妳還是別生那麼多。雖然妳非常喜歡小孩，畢竟養孩子並不容易，我在森林裡又幫不上忙。我很抱歉不能給你個安穩的生活。

……告訴你一件怪事，我們最近在山裡頭抓到一匹河馬，好像是從天上掉下來的，否則怎會掛在樹上哀鳴？

（以下被撕去）

二〇一二年六月，埔里初稿

原刊《字花》第四三期（二〇一三年五月）

尋找亡兄

將近二十年前我偶然寫了篇小說，虛構了一位敘事者和他那因左傾而被軍警圍剿重傷、以致孤獨的死於叢林的沼澤裡的哥哥；而受困於獨自發現祕密的敘事者此後自我流放於台灣、困於中國上古文字的隱微幽密，再也不曾返鄉。

今年七月返鄉，除了種種公私的事務之外，更因為看到一則報導，令人激動。大概在我出生前一兩年，故鄉發生過一次大逮捕，一位輟學的高中生大概參加讀書會，或同儕關係被懷疑是左傾份子而被掃入監獄，關了八年，出獄後樂觀開朗的建立了一個自己的世界。我心裡不禁發出一聲叫喊：「那不就是我筆下的『亡兄』嗎？」寫信給友人：不意「亡兄」還在人間，是嚴格意義上的同鄉呢，應該見個面，聊一聊。我有很多事情要問他呢。

這些年受過我一些幫助的年輕的女小說家主動說要幫我聯繫，載我去和那位「亡兄」碰面，她以前當記者時採訪過他。

這回返鄉我學乖了，只在家裡待幾個小時。

夜裡到、天亮即離去。

母親換去五哥家了，卻沒有多餘的房間，只好在客廳沙發上輾轉反側到天明。而母親，大概是在我拖著行李要離家時，才想起來這陌生的訪客究竟是誰的罷。

北上，午後與年輕的女小說家（姑且就叫她「小紅」吧，她名字裡有個紅字，雖然穿了一襲黑衣）在車站碰了頭。因經營著一家出版社的「亡兄」下班後才有空，她幫我安排見另外一些有意思的朋友。不料此後數小時我們就困在鬧市的車陣裡，車子不斷的在街巷間繞，她緊張的一直撥電話給朋友問路，卻怎麼也找不到目的地。車上裝的中國製的衛星導航那機械女聲北京腔一直在複誦沒有建設性的廢話，「往前五十公尺左轉」、「左前方右轉」、「右前方左轉」。熱帶的太陽在發威，我們彷彿在衰敗的宇宙中迷航了。難怪她過去寫的新聞都被批評總是帶有一股迷幻的色彩，「那些字句，好像都被燻了大麻，連標點符號都有點不規矩、大舌頭。」

突然就到了黃昏，就到了目的地。

是一個略有歷史的花園住宅區，車子上坡，左轉，插進波羅蜜的樹蔭裡。那棵老波羅蜜樹身傾斜，原該是向上長的樹幹像懸崖老松那樣低伏，大大小小的波羅蜜或吊掛或枕著。有一位載著眼鏡的中年男子穿著整齊的襯衫長褲在門口迎接我們，互相都以「你就是□□□」開始寒暄。他的頭看來比一般人長，也方，牙齒缺了好幾顆，笑嘻嘻的，看來樂觀開朗。（這真是我在尋找的亡兄嗎？）頭上載著的褪色的紅色帽子上頭赫然寫有「李X華」（那不是台北的市議員嗎？）看到我的神情，他解釋說有一年他去台北賣書，恰逢選舉，台北的朋友送他一頂，材質蠻好戴起來也舒適，就一直戴到現在。因此我們姑且稱他老李吧。

在那四面都是書架的客廳兼辦公室裡，他訴說自己不失幸福的牢獄人生。

我們互相確認彼此住的地方。他老家原來在Kampung Melayu，現在周邊已是非常熱鬧的地方。「前後左右都住著馬來人，」他說，「我們家養的豬常跑到附近馬來人家裡去，他們會大聲喊我們去把牠帶回來。」彼此養的雞也互相串門子，那還是種族和諧的年代。

他說那八年（非常反諷的）是他人生重要的成長期。他不只長高長壯，還向獄卒學得流利的馬來語。他說因為窮，之前在家裡多年都沒能吃飽，發育受阻。那監獄裡伙食還蠻好的，差不多餐餐有菜有肉，如果不多運動，還真的會發胖呢。「我們每天都踢足球，獄卒也和我們一起玩，他們對我們都很客氣。我們這一批被抓的都是青少年，都是一些貧窮家庭出身的，很單純。」

「他們常常讓我們幫著煮，可能容易餓吧，我覺得煮得都蠻好吃的。」

「因為時間太多，我們就讀書。只要不是政治敏感的書，一般都會讓我們看。英文的，馬來文的，中文的，那些年我讀了不少書。天文，地理，生物，傳說，歷史。比我在學校裡讀得多。」他靦腆的說。「在學校裡不是個認真的學生，上課都沒辦法專心。可能因為肚子沒吃飽。在那裡奠定我三種語文的讀和說的基礎。」他的言談，一定會被誤會美化牢獄生活。（亡兄……）

那大概是他後來創業的基礎了。

談起那場逮捕，那時故鄉不是已從黑區變成白區，南馬的共黨不是清乾淨了嗎？

「大概是預防性的清掃吧。接下來幾年又抓了好幾批。」

時間便在那樣徐緩的節奏中流走，天黑了，我們只好去吃飯，繼續聽他聊牢裡的生活、他的事業與夢想等。

「明年要蓋一棟四層大樓做出版社。」他笑著說。

然後我們在漆黑的夜色中分手。我祝福他。

上了車，她小聲說，有的作者會抱怨書給他出都沒有版稅的。

「如何？有點失望是吧？」她突然問我。「是不是和你想像的不同？是不是過得太好，也太正常了。欠缺悲劇感，遠不如你那篇小說的結局？」

是的，但對於人生來說，那是很難得的。我真的祝福他，而且比我大哥大十多歲的他看起來身體卻硬朗得多，相較之下也有文化理想。出版？我大哥只想到發達，賺很多很多的錢。

但那樣的結局只適合散文。

她說，那好吧，我帶你去看另一個個案。「可能會比較符合你的需要。」她說。

她眼裡突然泛出光芒，「但你要等我一下，我要回家洗個澡換個衣服。那地方離這有點遠。」

大概半個小時後，她送我到一家速食店，語氣堅定：「去裡頭點一杯咖啡，等我。」是的，我們還沒有熟到可以隨她回家，即便是等待。

沒等多久，Atwood《藍鬍子的蛋》中的一個短篇還沒看完，她的車子就出現了，且猛按了兩聲喇叭。看到她的裝扮，著實吃了一驚，簡直換了個人似的。挽了高髻、化了濃妝，一身桃紅綢似洋裝，鞋子也是紅的，更別說嘴唇的紅了。「這樣子好像不是小紅而是大紅了。」一開車門就聞到一股香水味，令人醺醺然。感覺事有蹊蹺，我忍不住開玩笑。雖然在黑暗中，但我依稀看到她的臉刷地紅了，咬一咬下唇。我原本想說，差一頂帽子就是小紅帽了。

沒一會車子便離開城市，往郊外奔去。從路標可以清楚看出，一直往北。剛開始還在車流裡，大概四十分鐘後就下交流道，拐進山路去了。

月明星稀。

從依稀的燈光可以看出，她一臉木然。但也許純粹是化妝造成的效果。「對不起。」我小聲說。「沒關係。」她的語調非常輕柔，「還有一個多小時的車程。」她解釋說，多年前她大學畢業後到一處偏鄉教書，偶然認識了這位先生，熟識後知道他是五〇年代末南馬那場馬共大清剿極少數的倖存者，恰巧也出身於我的故鄉。他曾被逮捕、逼供，後來還是靠逃獄纔重獲自由的。歷經艱辛、北上與殘存的部隊會合，忠誠度卻一直被懷疑。和平後南方回不去，家人對他給家族帶來的麻煩兀自耿耿於懷，大概更害怕他這個大哥回去分遺產。於是就一直留在北方，待在一位亡故的戰友的故居，自給自足過著澹泊的日子。

燈照出來都是樹，如果不是橡膠，就是油棕，或是小片雜木。

「因為他飽經創傷，因此對外界非常不信任，尤其是自以為對馬共很瞭解的所謂的學者。」她說她剛開始為這趟行程聯絡時他也滿心疑慮，「後來把你那篇小說寄給他看，纔慢慢讓他改變主意。」

「他說他逃亡期間遍體鱗傷，曾經獨自在沼澤裡躲了幾十天，就靠偷小鳥蛋和生吃龜肉、蛙肉維生，還好他有一把鋒利的小刀。」

「最重要的也許是，」她一個字一個字強調說，「他很喜歡我。他甚至說，只要我穿他最喜歡的那套衣服去找他，即使載一頭黑猩猩去找他，他也會耐心的陪牠喝咖啡、聊往事。」

黑猩猩？你喜歡吃甚麼葉子？哦，這裡是馬來半島，不是非洲，有吃不完的熱帶水果，不必吃那些粗糙苦澀的樹葉。

「也許你早已猜到，他最喜歡的故事是小紅帽。」

這位大叔聽起來有點變態。我有點後悔我的一時衝動會不會害了她。

「所以你不要笑我。」她的聲音聽起來有點哽咽。

我忙不迭的道歉。

沉默的繞完一座山，均是向下的路。有些地方完全沒有路燈。她非常專注的拐過每個彎道。「有時會有動物。Musang、穿山甲、kanja、蛇、甚至牛。」然後駛進另一座山。向上的路，引擎的聲音乍然變得很響。淡淡的霧飄起，車燈緩緩穿過迷濛。她的香水讓我有酒醉之感，在這樣的夜，這樣的荒郊，會不自禁的幻想她光溜溜的樣子。於是建議關掉冷氣，開車窗，讓夜與風與霧進來。

我們交換一些亂七八糟的話題，一些政界、學界、文壇的小道消息。

其中最令我印象深刻的是有一位有數面之緣的朋友，年輕時是個詩人，也出過詩集，因過於崇拜岳飛而請人在背上刺青「精忠報國」四字大字。在新加坡被官僚文化整了很多年後，退休返鄉在一個名字很難聽的學院裡當了官，小紅在那裡短暫的兼過課。

短短一年間，一干下屬被整得人仰馬翻，甚至被迫離職。有幾個年輕氣盛的，竟然趁他酒醉後給他蓋布袋。據他後來向警方表示，自己以為這次遇上綁匪了，可能會被撕票。「沒想到他們只是在我背上亂畫。」他說，「我大人有大量不予追究。」私下對朋友抱怨說：「是誰幹的我心裡有底，媽的。」他嚼著在新加坡時不敢嚼的口香糖說，「那些傢伙從頭到尾忍住不說話怕我認出來，還吃吃吃的一直陰笑。聽那笑聲我就知道是誰。」小紅說，他只猜對了一個，那個男的，是個神情陰鬱的詩人。誰叫他一看到被害者就止不住怪笑。他沒料到另一個主謀是女人。

但幾個被他懷疑的也都快速的被逼走了。

如同周星馳的電影，他背上的「精忠報國」給人用中國製DIY刺青筆給畫上XXX（訊息傳出來：那四個字原來小得很哪，像四顆痣），改刺上一個大字：「糞」。糞字像一隻藍色大蜘蛛盤聚在他背中央，田字嫌太空裡頭還各畫了一坨。筆觸太多用掉了一箱筆，還好他們事前籌了兩箱。

對書法有要求的主其事者據說為選用甚麼書體而大傷腦筋。

「蘇東坡的〈寒食帖〉呢，還是黃庭堅的〈松風閣〉？」

「最後選定的是鄭板橋的八分書。」

「小紅對書法很有認識。」

「家學淵源。我爸學毛體狂草。」

她興奮的補充說，字的四週象形的畫了十數朵卷雲般的糞雲呢。

看來可說是大馬活人書寫史重要的一章呢。

「那不是要搞很久？」

「就是。所以要把他捆綁，嘴巴耳朵貼起來、眼睛也幪起來。還怕他酒後被嘔吐物嗆死，時不時要檢查有沒有異狀。」

所以參與者一定不止兩個人。

據說最後整幅傑作被拍下來，畫成油畫流傳，標題就叫〈刻背〉。藍灰色的底，藍褐色的背，字如久旱不雨的田上的龜裂，筆劃是黑色的深溝，處處是枯死的野草和稻子，強烈的祈雨之感。「評論都說很有鄉土意味呢。」她說。

有知情者把整個故事寫成散文題名〈畫皮〉參加台灣的文學獎（散文組），被評審質疑故事太過離奇而落選。

我們互相大笑了一陣。

「是模仿留中的用語嗎？大糞不是大馬華人的慣用語。」她嗤的一聲輕笑。如果是留台人，會想刻個「賽」字吧。又笑。我說，如果用道地的本地華文就該刻「大便」，但真的不如糞字有美感，有詩意，有來歷，有豐富的肌理。其中的「便」字是「方便」的省略，並不及物，遠不如「糞」字那麼象形會意，而且一個字包含了三個完整的字，「米」和「田」都是悠關糧食的關鍵字。至於那個「共」字，左翼份子愛死了。憑那個「共」字，他不會懷疑是那些馬共幹的嗎？

她拍著方向盤狂笑，笑得像個北方大妞。

她說這話題不能持續，再推敲下去會出車禍的。

在他失意的那些年，我到新加坡時還找過他，愛在木板上刻字的他曾問我最喜歡哪個書法家的哪一幅字，他可以刻了送我。也曾開車帶我去看看新加坡最貧窮衰敗的角落，那裡各國的妓女在從事人類最古老的行業。

小紅隨即用感慨的語氣談起她的父母，他們是一對極左的南大輟學生，到現在還總是無條件的支持中國的所有舉措。他們絕對不相信中國的領導層會貪污，在他們面前也絕對不能批評中共，尤其是他們心目中偉大的民族英雄毛澤東。「他們的臥室裡到現在還掛著一面五星旗、毛、馬、列的相片。那本來是掛在客廳的，後來因為被客人批評而移去書房，還是被批評，只好移到睡房。批評他們的不是別人，是他們學校的校長，你知道的，陸XX，著名的華教鬥士。」是的，我們有過一面之緣。他也曾問我何時返鄉，「為華教做點事。」

那他們在「敦偉大友誼」時，壓力不是很大？

任何東西，只要有中國進口的，就連本國貨也不用。視蔣介石父子為戰犯，痛恨國民黨政權，「所以他們堅決反對我留學台灣。」她憤憤的說。「我一點都不想去中國，他們也沒那預算，只好在本地念。」

她家四個小孩，名字依序是：東、紅、衛、兵，和那個年代中華人民共和國孩子的名字並無不同。「所以我從小就很討厭紅色，甚至不吃橘子、不喝柳橙汁。」她笑著說，「最可憐的是我妹妹，明明是女生，名字裡卻有個兵字。」後來她自己改成「冰」，反正官方文件上的拼音一樣。她說還好她父母是用漢語拼音給她們拼，如果像其他華人用方言就麻煩了。還好這字在閩客廣幾個方言裡的發音都差不多。

「我大哥叫旭東——」

突然我心裡卻難以止抑的浮起一些亂七八糟的念頭。那同時，我希望用話語來掩蓋我無聊的心緒，便突然打斷她聊起我大哥，母親最鍾愛的孩子，為了完成他的留學夢，犧牲了半打弟弟妹妹升學的機會。「他們甚至沒有一個得以念完初中。」我大致描述了一下他們多年來在社會底層掙扎的狀況。

我甚至談到二姊夫的猝逝。我轉述從小哥的電話裡得知的訊息。在他斷氣後，為了把遺體運返數百公里外的家，他們把他安置在前座，戴上帽子，綁了安全帶，開了很強的冷氣，一路載回家。「用救護車的話很貴的。」小哥補充說。「到家時肉還沒有變硬呢。」

她似乎被嚇到了，沉默了好一段路。又一陣大霧襲來，我大口大口貪婪的吸著，還真有點解渴。

穿過一片原始森林，「我一個人絕對不敢在夜裡走這條路。暗，多彎，多霧，有時會有強盜攔路。」她說著瞄了我一眼，我知道那眼裡的意思是，像我這樣瘦弱的男人不可能保護得了她。

後來，在無邊無際的黑暗裡我竟然睡著了。突然車子急煞。

車燈照著一隻成貓大小的動物，在路中央，縮著身子，眼睛泛著綠光。

「musang！」她把車燈擰暗，在黑暗中沒有人說一句話。再擰開時牠已消失無蹤。車子又緩緩往前推。我竟然又睡著。沒多久又急煞，是一隻四腳蛇，身長超過半個路寬。看來簡直是條鱷魚，慢條斯理的過馬路，簡直目中無人。

一隻被輾暴的眼鏡蛇。

突然眼前一亮，數十盞路燈縱橫分佈，是一個華人社區。「快到了，」她說，「穿過這個新村，再走上一小段路。」

新村典型的鐵皮木板屋已不多了，殘存的也多傾圮於大樹雜亂的枝葉後。新蓋的獨立或半獨立的花園洋房則觸目皆是，腹地還蠻寬敞的。大概都晉身中產階級，反映了這十多年來大馬經濟的榮景。沒幾分鐘，就離開那光亮的所在。車子又向一片黑暗駛去，車燈不斷的把黑暗推遠。大概又過了二十分鐘，看到遠遠的高處有燈光，她說：「快到了。」又過一會，穿過一片密林，上坡，車燈照到一個巨大的樹頭，差點直直撞上樹頭的土地公廟。她緊急煞車，駛去一旁，熄火關燈。我要求她再打開，給我看一下，怎麼廟裡頭的土地公好像怪怪的，果然，竟然是尊披著假虎皮的孫悟空，坐在石頭上，脖子上卻沒有頭，右手像抱著安全帽那樣抱著他的頭顱，一臉的無奈。

「他就是那樣，」她說，「喜歡搞怪。」

跟著小紅的步伐，沿著階梯走上一座露台，階梯的扶手是浮露的樹根，露台就架在樹幹與樹幹之間，其中一棵樹的陰影裡有間小木屋，另一側鐵皮屋頂下四根柱子撐起一間寮子，亮著一盞煤油燈，桌旁一個高大的男人快步迎了出來，一頭蓬鬆的亂髮，油油黑黑得很不自然。小紅大概只有他一半大。那人穿著一襲深藍色的陳舊的中山裝，一靠近，就看到接縫處處線頭浮露，像是一種刻意的設計。他的頭型看起來怪怪的，不是很規則，讓人聯想到科學怪人。

遠遠近近，層層疊疊的蛙鳴。

「你就是□□□，幸會幸會。」聲音卻有點大舌頭，咬字有點含混，神情謙恭，手掌大而厚而有力，指長，像大猩猩。「小紅，」他突然切換成非常諂媚的聲調，令人渾身起雞母皮，我好像感覺到一股狗激烈搖尾巴帶起的那種強風。「小心你的口水，不要滴到我。」她冷冷的說。「人家大老遠專程來找你，你就給我好好的回答他的問題。」

方圓數十米內是一群數十棵高大的榕樹，枝幹互相連接，一體成型似的，看來縱使有颱風，也拔不起它們。沿著榕樹，他用木頭建了個環型的步道。一頭有一個半敞開的廳，背後是書牆，看來至少有上千本書，從書脊來看，三種語文的都有。一套精裝中文版黑色書封面《馬克思恩格斯全集》、紅色封面的《列寧全集》最為壯觀，還有大量的馬共研究、回憶錄。另一頭看來是個大通舖，掛了蚊帳點了油燈。四週圍了欄杆。

「去燒壺水泡茶。」小紅的語氣像個女主人。

「燒好了，茶葉也準備好了。」他謙卑的說。

坐定後，他請求說，「可以……請客人喝啤酒嗎？」

「自己想喝就明說。」小紅白了他一眼。「不要過度，一身酒臭就不要靠近我。」

「我先去個洗手間。」小紅轉身就走，他隨即跟了上去。沒一會就消失在樹影裡，但聲音清楚的傳來。「那你答應我的……」「口水！」「抱一下好不好？」「不行，去陪客人。」

靜默了數秒。

「可以滾了嗎？」小紅的聲音變得尖利。

然後他興高采烈的出現，不斷的聞他的手掌。「好香，好香，小紅好香。」露出非常淫猥的表情。戽斗狀的下巴盡是口水漬，他用袖子擦了擦，但口水源源不絕，「抱歉、抱歉，情不自禁。」「我的小辣椒真美是吧。」

「小紅生氣也好可愛。」又流下大灘口水，三步併作兩步，啪嗒嗒的到下面去，又火速出現，扛來一箱啤酒，「要tiger還是黑狗？」拿了瓶給我：「都是冰好的。」紅泥火爐上開水嗚嗚作響，他認真的燙壺、沖泡，我說「你看起來像北方人，南方人很少這麼高大的。」他聽了非常高興。

他看來頗有年齡了，但保養得很好，看起來仍然十分結實，只是鬢髮都有好些白了。

「你不是有事情要問我嗎？」

我重新詢問他當年在南方的經歷，他口沫橫飛的說著他的貧窮的出生、受到誰的演講的啟發、參加讀書會、暗殺不合作的漢奸、新村計畫後的困境，「餓到吃蝸牛。差一點連膠汁都喝。」他說還好有高人指點，他們一開始逃亡他就裝了一袋鹽。「有鹽，很多東西都可以吃。」

聽他說話、看他表情，越看越面熟。「啊，」我突然叫出來，「老李！」

背後一個聲音說：「你終於看出來了。」

小紅這時回來了，容光煥發。

「他其實是老李的大哥。只是老李並不知道他的存在。他比老李大十歲，剛好符合你對『亡兄』的要求。」「他弟會被抓其實是被他連累的。從某個角度看，他們實在長得太像了。」

「都沒我爸一半帥就是。我是我爸十五歲時的作品，」他流著口水說，「我爸長得非常帥，又高大，十幾歲就開始讓不同的女人懷孕。」他憂鬱的說。「我可能不是第一個。」

看他口水直流，小紅給他遞了塊面巾，指指他頭顱，說：「他這裡、這裡受過傷，」和英軍中的辜卡對戰時頭顱被削去一角，頭頂被正面砍了一刀，不知道為甚麼沒砍進去，只是顱骨被砍凹了。「洋鬼子不可怕，辜卡才可怕，像鬼一樣，速度快得讓你反應不過來，又不怕死。他們不愛用槍愛用彎刀。很多戰士槍還沒抬起來就被砍倒了，常常是直接把頭砍掉。」

「那個砍我的辜卡很衰，砍我不死，我就給他心臟一刀。」

「但我太陽穴後來也挨了一槍，處決。」他隨即撥開頭髮秀出那海星狀的疤。「還是我一同出生入死的同志幹的。」他含著淚。「用紅星牌左輪鎗。」

「結果留下那噁心的後遺症。」她解釋說。

「別難過，還是談談你爸吧。」

「在那個年代，廖內群島的女人不多，他還到新加坡、馬六甲去幹一些走私的勾當，順便和各種女人搞。」講到他老爸，他話就多了。「究竟有多少私生子，我看要展開大規模的跨國科學調查。」

「真想不通，那些女人究竟在想甚麼。我問過其中一個我不知道該不該叫他媽的土著女人，她自稱為我爸生了一個女兒，卻長得和她一模一樣醜，五官全擠在一起的女兒。」（此時他擦去約莫半碗口水）「那時我十歲左右，我媽要我問她說：『妳幹嘛跟我爸搞，還故意讓自己大肚？妳不怕生出來的小孩跟妳一樣醜？』」

「你知道她怎麼回答？她笑嘻嘻的說，你爸那麼帥，我有一半的機會生下漂亮的小孩。你幫我問問他能不能再給我一次機會……」她對我爸感激得要死。

「同樣的問題我也問過我爸，我以為他會惱羞成怒，揍我一頓。他那時剛被迫和一個賣西瓜的十八歲大姑娘結婚（他那當屠夫的未來丈人威脅說既然已經搞大他女兒的肚子，如果不跟他結婚一定會親手割掉他那副惹事的小鳥），而在外頭已經有十幾個私生子女。女人橫跨各種族。除了華人，馬來人，印度人，武吉斯人之外，竟然還有一個葡萄牙人、一個荷蘭人、一個英國人和日本人。」

「但他沒有生氣，他像個詩人那樣憂鬱，他是個脾氣非常好的人。他給我上了一課：『兒啊』他說。『像我這麼帥的男人一輩子有玩不完的漂亮女人，偶爾也要做做善事，那也是一種修行啊。』」

他大口大口的灌著啤酒，色迷迷的看著小紅，口水嘩啦啦流下。小紅給他遞了個髒兮兮有尿味的小臉盆。

「去死啦你，死老頭。你們慢慢聊，我要去泡個熱水澡睡覺了。有熱水吧？」

他聽了霍地站起來，乒乒乓乓的打翻了十幾個酒瓶，像個老兵那樣站得直挺挺的：「我給妳搓背！」

「搓你媽的！給我坐下！」小紅突然母猴似的尖聲吼叫，轉身頭也不回的蹬蹬蹬走了。

當我們談論馬共我們在談論甚麼？

「很抱歉，她一直對我若即若離，我實在太想她了。我有大半年沒看到她，害我天天吃辣椒，把腸胃都搞壞了。這期間我不知道給她寫了多少信、打了多少電話。但我不敢去找她。她說只要我去找她，她這輩子都不會再理我了。她不來看我的這些日子，我每天都努力鍛練身體，你看，」他拉起衣襟，毛茸茸的腹部赫然有六塊肌，仔細看，縱橫交錯的刀痕，年深日久都泛黑了，有的邊界甚至長出毛來。「可以摸一下嗎？」我非常好奇。指觸感覺非常之有彈性。

「幾年前小紅幫我從頭頂到腳底仔仔細數過，我全身上下有一千四百二十五道這種疤，有一半是鎗傷。」他得意的說，「每一道都是個輝煌的紀錄。」嗯，像是比象形更古老的文字呢。

「這回多虧了你。老弟，」他該是我爸那代的吧。「我年輕時只崇拜毛澤東，這些年我就只崇拜我的小紅。我對她可是一見鍾情哪……」

老頭你會死。我心裡飄過一個念頭。

接下來我們迅速確認一些細節。關於他的入黨、被捕、逃獄、北上與部隊會合，一些有趣的細節諸如「我和刀槍不入的詹德拉學過神打。但那時只有能力召喚豬八戒。」難怪砍不死。他又說，「我和萊特學過俄文和法文。」萊特？那個讓早期馬共幾乎覆滅的三面諜萊特？聽我這麼說，他搖搖頭，「你是寫小說的人怎麼也相信那種說法？」他認真的說，「我跟你說，那些馬共回憶錄都是假的，該寫的都沒寫。陳平《我方的歷史》更是漏洞百出，沒有幾個句子是可信的，讓洋鬼子幫他寫、用英文出版，是甚麼意思？」接著他補充道：「我不用謊話連篇算是很客氣了。」

「你看他們有寫到我嗎？」

我被他的話嚇呆了，感覺快要尿褲子。

他立即帶我去他的簡易廁所。在一棵大樹後，架了兩根大竹筒，直通下方。家門口那麼多水。難怪剛剛風吹來一直聞到一股尿騷味。我們各自解決一肚子濁水，水聲嘩嘩。他說下方的水是大沼澤的延伸，站在露台上就可以釣到大鱧魚呢。「大便掉下去，也有很多魚來吃。」他掏出陽具時，即使軟叭叭，也清楚看出那尺吋實在嚇人，不禁為小紅擔心。

「男人能一起尿也是一種緣份。」他說。平心而論，他是我平生遇到的最能尿的人，量大又能久。

他一面尿一面說，他在部隊裡最好的朋友，和平後返鄉發現老家早在數十年前就一把火被燒掉了，父母被遷去新村也早已亡故。他不願意和弟弟妹妹們在新村裡擠，就邀我來和他一道重建家園。反正我同母異父的弟弟妹妹也不歡迎我。

「廢墟已長成一小片榕樹林，樹上還住了百多隻野雞。一個夜裡，全抓起來賣去市場，賣了千多塊呢。」

「我建議他把樹留下，廁所、廚房都簡單的重建了。他腳不好，就在下方給他蓋個簡單的小屋。我把樹上一點一滴的整理起來，幾年下去才有現在的規模。」小紅離開後，他的口水症瞬間止住了。

從露台右側可以看到他說的小屋和廁所，就在矮樹籬旁；廁所的燈熄了，但小屋的燈亮著，小紅應該還沒睡。但顯然已是深夜，四野大霧湧動，有雞啼月，遙遙呼應。露台左方原來是片原始森林，有猿猴、貓頭鷹的啼叫。月偏西，鬱藍的遠山起伏，月光投照出陰影分明。

小紅不在，我們換個酒喝吧。他說。接著領著我去睡房挑酒，告訴我說：等一下你就睡這裡。還真的令人傻眼，靠牆一罐罐一瓶瓶的，如果不是泡著蛇、蜈蚣、蝎子、一根根棒狀的事物，有的毛茸，有的精瘦如臘肉條，其中一個還貼了張紅紙，寫著「白虎王」（他說：那幾根虎鞭、熊鞭、狼狗鞭得來不易，那些年，森林裡的老虎差不多被我們吃光了），就是蜂，有十來罐之多，褐色的蜂死後蜷曲在瓶底，彷彿失去了重量（「人們說的拿督公蜂哦，」他說，「也很不好對付。還好我不怕叮，我直接吸收蜂毒。」他用力拍拍自己的胸膛。）

這樣的景觀，一位詩人在台灣某間寺廟主持的禪房據說也看過。

想喝甚麼——哦，他突然想到甚麼，沉思一下。

「這裡沒有別的女人，你還是繼續喝黑狗，或喝點茶醒醒酒。我們繼續聊。」他拎了那瓶白虎王，很小心扭開瓶蓋，倒了一小杯，很珍惜的吮了一小口。「這藥效很強的，等我喝完這杯你就去睡覺，我還有要事要辦，其他的明天再聊。」

想一想，又回頭去拿了瓶酒給我倒了一小杯。「難得來，不喝點拿督公蜂酒就太可惜了。對骨頭好。」他說，「那些沒有知識的人把牠們當神，敬而遠之。」

那酒烈得很，似乎是大麯，有一股熱力直通四肢百骸。

他再啜一小口，深深的做了幾口吐納，突然又口沫橫飛的聊起女人來。

「你也許不會相信，像我們這種左派流浪漢有多受女人歡迎。一直有女人黏上來，從十六歲到六十歲的都有，甩也甩不掉。」他聊起他多年來的豔遇，細訴侍候老女人的苦楚。他在森林裡甚至經常勾引母猴子，「從母猴的反應來看，我抓跳蚤的功夫其實不輸給大公猴。」

「你有沒有聽過pontianak？」其實是一種很像小黑人的猴子，肚皮上的白毛特別柔和細軟。廖內群島特多，說不定和馬達加斯加的狐猴是親戚。他的第一次就是獻給其中一隻被他命名為「夏娃」的。那時，有一個長得像紅毛猩猩的傳教士整天和他講聖經故事，他當時就懷疑亞當是隻有著大卵蛋的大公猴。

「十三歲那年，廖內群島瘟疫漫延，我一心一意的要娶牠為妻呢。要不是日本鬼子突然跑來——」依他的敘述，他的性生活可能比他老爸還要複雜。因為共產國際的關係，他說，他幾乎嘗遍地球上的種族，他眉飛色舞的比較著各種女人的特性與差異。

說著說著，他突然以感慨的語調說，「『自其同者而觀之』，」牢裡也有教古文？「女人的B都一樣。『自其異者而觀之』，」他口水狂瀉。

「在你那麼豐富的經驗裡，有沒有印象特別深刻的？」我忍不住打斷他。

「印象最深的，是一個身上沒有味道的女人。那一年，我被派去莫斯科，遇到一個長得非常細緻的白俄少女。那是個大雪天，我在樺樹林捕獲她時，她披著紅色的斗篷。最奇怪的是，她身上完全沒有味道。」他伸出大得嚇人的舌頭（很難想像那麼大的舌頭竟裝得進他嘴裡），做了個舔的動作，口水直濺到我臉上。

「你知道的，我對女人的味道非常敏感，我舔遍她全身——當然包括最私密的部位——都沒聞到或嘗到任何味道。」他指著自己的大鼻子，凍壞了吧，那麼冷，「我一度懷疑她是外星人，譬如水星人。當我進去她身體時，她喉嚨發出一種很低很悲哀的吟叫，像是世間一切悲歌的聚合。我的師父詹德拉『賽蓮』上身時，也發出過一種讓人全身發軟的鳴叫。但她更純粹，更絕對——用馬克思的老師黑格爾的話——好像就是水妖的歌聲。那讓我每每想起她，都不自覺的，非常、非常的、悲傷，心都快碎了。好像心臟被刀片劃了幾下。」

媽的，他竟然熱淚滾滾而下。我閃過一個念頭：會不會他只不過是個從來沒交過女朋友的可憐單身漢，靠著唬爛來安慰自己？

「你不知道小紅有多像她。」他口水狂湧而下。

我把剩下的酒一仰而盡，突然覺得頭好暈，酒裡不會是下了藥吧？他不會雞姦我吧？原在考慮如果小紅喊救命，是不是該去救她，大戰那位大野狼亡兄。「我・還・有・好・多・事・情・要・問・你。」我勉強擠出一個句子。

我彷彿還有聽到他含著舌頭的聲音，間雜以吮吸。

「為甚麼我說那些回憶錄不可信？只消舉幾個例子：譬如他們都沒寫到我。《我方的歷史》也沒有寫到我。譬如關於萊特。馬共從頭到尾都是個悲劇，怎麼走都是悲劇。」他的聲音變得非常低沉抑鬱，舌頭不只大，大概麻了。

「三個魔術師決定了它的命運。第一個魔術師是我的老師萊特，《我方的歷史》裡陳平說是他揭發萊特的叛徒身份，但你知道在全世界共產黨的歷史裡，甚麼人會被稱做叛徒嗎？啊！」他突然叫了一聲，大概是咬到舌頭了。「這酒喝了連舌頭都會腫大。」那人自言自語。

「很多叛徒其實是英雄。很可能是英國、法國、日軍，陳平聯手把他變成叛徒的。用他們的檔案和回憶錄，合力泡製，反正死人不能為自己辯護。事情其實不是那樣的，死了那麼多幹部，總要有隻替罪羊⋯⋯但也可能是萊特刻意讓他們那麼做的，他有那個能力。那有助於強化陳平的領導。那時他才幾歲？沒有重大功績怎麼去領導？所以也有可能現在的陳平是萊特的另一個化名。⋯⋯告訴你一個祕密，萊特其實沒有被馬共弄死，只是瘋了，我後來還見過他幾次。別忘了他是個魔術師。」他的聲音變得虛無飄渺，詞語也變得難以確認，但我已聽不出他話中的自相矛盾。

「你知道嗎？五〇年代末，它的成員如果不是被捕投降，就是被殺或餓死。北方來的兩個魔術師改變了它的命運。一個來自莫斯科，一個來自北京。這棵樹本身就是戰爭的紀念碑。這裡是最後一場戰役的舊戰場。現在倖存的那些人，都不知道自己其實是幻影哪。」

「在最後的戰役裡，我們幾乎就要全部戰死叢林了。那時發生了一件事，馬戲團——」

奇怪的是，這話題就斷在這裡。憑空截斷了。

然後就甚麼也聽不到了。不知道隔了多久，似乎聽到一聲女人輕柔的喟嘆。

我掙扎著讓自己的頭離開桌面，他當然早已離開。我搖搖晃晃的扶著桌子站起來，半爬半走的到欄杆邊，眺望，小屋的燈熄了，也看不出有甚麼動靜。我扶著欄杆走到通鋪邊，趴上去就呼呼大睡了。

奇怪的是，雖然我眼睛睜不開、身體動不了，卻彷彿清楚的看到，在油燈的光影裡，我們的談話還在繼續。

嗝嗝嗝呱呱呱。

蟈蟈。咕咕。

雞鳴、狗吠、貓叫。

耳朵突然接受到一個異聲，不知狼嚎還是狗叫。

彷彿有女人淒厲的呼叫聲。

火車響動。消防車。救護車，誦經聲。

但我就像深海海底的鯨魚屍體那般的沉睡著。

醒來時天已經亮了，太陽且已無法直視，還有幾縷薄霧。走下露台，看到小紅在晾著濕漉漉的紅色套裝。身上穿了一身黑，頭上挽了個髻，髻上插了朵山馬茶，露出優美白皙的脖子，一時間我還以為那是人在千里之外的妻呢。一夜之間她好像變高了。

但她一開口就是壞消息。說，「你去梳洗一下，我們馬上就要出門了，要去幫他辦理後事。」「老張凌晨時突然暴斃，我叫你半天沒反應，看來是爛醉了。緊急call了救護車讓他們把他送去醫院，醫院根本不收，直接送去最近的殯儀館了。我也是剛回來的。」她突然臉一紅，哽咽：「他就是不聽我的勸，搞到身上所有的大小舊疤都爆開了。警察還以為是打群架，被一群人亂刀砍死，再被亂槍射死。」

她一副小女孩般無辜的神情，好像不小心扭斷了玩具猴子的小手似的，眼眶裡清淚湧動，楚楚可憐，非常動人。

二〇一二年十月三十一日，埔里

原刊《香港文學》第三三九期（二〇一三年三月）

當馬戲團從天而降

（用吳岸、陳大為、假牙、智齒、食指、尾指、大腳諸體）

第一章　死去的姑娘

（讓我唱給你聽）
（小小的雨聲就好）

你看　那時
英帝邪惡的餓斃政策
和帝國主義走狗的
圍剿　誘降
意志不堅的同志的
出賣

他們幾乎已
全軍覆沒

你看，那經歷了三百場戰役考驗的
打不死的老張竟然
被活活砍成了三截
李逵般武勇的老李被劈成兩半
宋江般多智的小黑被砍斷兩條腿
和一個頭
還有那戰士數百人
有的掛在樹上
有的被水鬼拖進大河
有的被石頭吞吃了
嗚呼！
你看　草叢中仰天倒著的
那二十來歲的大姑娘　小樹勉強的

撐著她被子彈打穿的背
血浸透了襯衫，染紅
每一片發抖的葉
你看　她壓扁了
那個可憐的紅螞蟻窩
曾聽到她最後一下心跳
那些憤怒的小傢伙
不顧一切沿著她的髮辮快速爬了上去
嚙咬伊漸漸失去體溫的
肉身　注入
蟻酸　戳進
千百支針
但伊哪怕膚表微微的顫動也不肯
多麼可憐的姑娘！
又一個無名的烈士！
將成為食腐者的食糧！

三十九隻螞蟥來不及吃飽
倉皇　撤離
自伊蒼白的大腿、小腿、胯間
塌陷的臂
褲帶勒出血痕的腰間。當
再怎麼用力
也吸不出那最後一口血
當血沿著彈孔好浪費的流盡
滴落　嚇得
那隻百年老蝸牛閉上牠的青光眼
把自己的肉反覆打了百多個死結
左旋的殼逆轉成右旋
終究還是燙死在姑娘憤怒的熱血裡

你看
當年輕的心室最後一次顫動
伊內臟的齒輪　便一一卡住

那沉默的肝、那忙碌的腎、那憂愁的脾
那呼喊的肺
一盞一盞的熄滅了。啊，
還有那些悲愴交響著的
不再蠕動的腸子和胃哪
兀自發酵著的
是牛羊駱駝肚裡似的樹根和青草
兀自冒著泡：
小小的雷聲

最後熄滅的
是那可憐的小子宮
裡頭生命的種籽剛剛發芽
是伊剛剛被砍斷脖子的愛人同志
十天前勉強播下的，在
一場暴雨中的閃電交尾
「我把最後一顆種子託付給妳，

我的愛人同志」，那時他在伊耳邊
垂死般的喘著氣。「其他的都餓死了。」
「我可憐的卵巢，」伊抑鬱的說，
「已然凋萎如老嫗」
是的　那隻可憐的小蝌蚪
如被擱淺在乾涸的河床上的老魚
張大了口喘著喘著
在牠三百六十度疲憊的視野裡
都是沙漠

兩頭駱駝，一隻河馬
從天而降
當場就壓死
草叢中兩個嚇到「挫賽」的
馬來小兵
口中猶高喊著真主阿拉

第二章　靠近　羅摩衍那

（漸漸加入鼓聲）

你看嘛　那時
那個說著流利客家話的
印度青年，暱稱吉靈仔，黑炭
烏仔。他也餓到微微的褪色
灰灰的　影子似的
逃著命
許多顆子彈不約而同的射向
他無辜的背　七顆
穿過驚恐的內臟
一顆
卡在憤怒的脊梁
他身體一僵　但
竟沒有倒下
（疼痛讓他回想起　宛如置身

大寶森節。最後
一絲
生命的幽藍色火苗
發出無聲的祈禱：戰神啊
救救我）
且維持奔跑的姿態
像皮影　像皮諾丘
好似高處有人牽著絲
好似　有神降臨
不知道是羅摩　婆羅多
還是哈奴曼
反正　已經非常靠近
羅摩衍那
（但你其實可以
再靠近一點）
如果你知道

他童年在油棕園成長
是悲慘的不可觸者的
三百代後裔
世代以倒大便維生
爸爸愛喝一切看起來或
聞起來或聽起來
像酒
的東西。被假酒
毒死前未曾
清醒過。但
熱愛哇揚，愛講摩訶與羅摩
每年必參加屠妖節
必以利刃穿舌、鋼刺穿頰
赤腳過火
二十五支大鉤穿過他背上的皮肉，以撐起
鋼製弓形枷鎖 Kavadi
為孩子的未來

自己的來世
誓言：「打倒世代踩著我們的
那隻骯髒的
大腳」
「兒啊」他說，「戰神穆魯干
會保佑我們的」

於是少年黑炭成了　南洋史詩
不屑一顧的
可憐的小馬共

那微弱的祈禱傳到天界
Tapi，正歡快的騎著女神
的戰神
一時
走神　不及
攔下子彈

只好抽搐出
好大一團烏雲
蔽天　雷亂鳴
隨手撈起一條河
潑下。好大的一口氣
將來自西伯利亞的無辜候鳥吹得
倒飛三百里。吹亂了
經緯度　延緩了
地球的自轉
馱著大地這口大鍋的
那四頭象
承載著象的巨龜
都打了個噴嚏
但也救不回
那可憐的小黑炭

從天而降的是

穿著紅色肚兜的
三隻小猴子
在一棵麵包樹上
敲鑼打鼓
（合唱：不再
南洋不再南洋）
不再不再
靠近

四條來自沙漠的蛇
用尾巴的響板緊張的
敲打

第三章　但我們是唯物論者

（子曰，子曰，子曰）

但我們是唯物論者啊

不需要人民的鴉片
不語怪力亂神
我們的時間之矢只朝一個方向
（唯一正確的方向）
不相信來世
不祈禱
不怕死
（寫詩也不跨行
跨行影響速度）
更不會被打敗

只相信：
革命是意志
火是火
燼是燼
詩是吶喊
詞是刃

「我們是民族解放軍，
時刻準備保衛祖國，
即使粉身碎骨，
也堅持人民解放，
誰敢橫加阻擋，
準叫他死光光。」[1]

況且
我們早已派員
向北京，向莫斯科
要求指示：

三個小丑
從天而降。
吐著火，拋著球，踩著輪子
縱使大雨傾盆

第四章　兩個魔術師

（小步舞曲）

兩個魔術師
從天而降

請聽他們自我介紹：
「在下什克
洛夫斯基，莫斯科人氏
列寧的弟子，史達林的師兄
指導過**尼古拉**．
維拉迪米洛維奇．
伊利扎洛夫和**多佐羅夫**[2]剷馬糞
烤土豆

1 前五句出自《馬共主席阿都拉．西．迪回憶錄》載錄之〈我們是民族解放軍〉。
2 按：即蔣經國及鄧小平之俄文名也，二氏皆嘗留學蘇俄。

也愛慕過
美麗動人的年輕安娜
小弟的專長是
復活，**詞的復活**
讓石頭
更像石頭
讓花更花
大象更 gajah
tiger 更 harimau」
（遠處，一頭老虎
喵的一聲從天而降）

「閃邊。少拉屎。在下
余光。這個余是簡体字啦
小弟的真正身份
抱歉，那是國家機密。
（連作者都不知道哪）

那個有名的混蛋萊特
是鄙人不成材的弟子
只勉強學會腹語術
抱歉他的 Rausai 給各位帶來
無窮的
麻煩。但
請別聽前面那位
西伯利亞的勞改犯
在那裡亂講。
我們是來
解決問題而不是
製造問題的
以上
報告」

第五章 山洪

（來一點濤聲）

然而眼前
一條河的雨 瀉下
山洪像一群餓了太久的
獅子，可摩多
奔竄。沖走了
一隊孟加里士兵，那些屍骸均
捲進吼叫中的大河
被囫圇
吞下

天外又
拋來另一條河
地表被刮了一層

大地浮露出
纍纍巨石
斷肢。頭顱。陽具石
有佛，有羅摩
有濕婆
石猴，石獅，石象
「是北大年古國
的遺址呢。」

人頭蛇、互人、魚婦
三面人、刑天、獨角獸
那父、耳鼠、雨師妾
紛紛從天而降

第六章　南有喬木

（只需要穿過竹林的細細的風聲）

誰在抱怨：
「要不是那股怪風
飛機怎會
誤點兼失事」

有人看見
巨大的灰色機體，
漆著紅旗、光頭與鐮刀
喝醉了似的
濃煙滾滾
削去許多古樹的枝梢
碎葉斷木
最終被一棵千年的南洋柯
和它的兩位老樹友

交纏抱住，緊緊的
再也不肯鬆手
任它再怎麼抖動
（鬼佬給倫敦的祕電：
疑似第三國際介入
神祕的空降部隊似有
呼風喚雨之能）

樹老大進入過莊子的夢
辯證過有用與無用
夢見過　佛圓寂前的微笑
孔丘的悽惶憂鬱
（每晚偷吃老子丹爐裡的禁藥）
那時顏回餓死，子路
被砍成肉醬
無數弟子逃命南下
乘桴浮於海，解衣披髮

棄鞋。進入
無來由[3]
一代代向南
踩著古陸塊的脊背
一步步退化成大腳[4]。
人類學家的報告：
他們淒涼的「子曰子曰」
是模仿猿猴的嚎叫

一回列子御風而行
欲適越。不料衰爆
遇上名叫 hamparan 的飀風
連褲子都被颳走
樹老大庇護他光溜溜躲在鷹巢裡
餐風飲露了三天
卵蛋涼涼的
也就發明了麻葉[5]羽裙

五色大帳篷飄落
有一頭小象
探出頭來
笑了一笑

第七章　貓頭鷹、鸚鵡和猴子
（百鳥齊鳴）

兩個魔術師肩上
各立了一隻鳥
什克的貓頭鷹叫密涅瓦
因為「密涅瓦的貓頭鷹

---

3 Melayu之中文古譯名也。
4 事見曾翎龍〈尋找大腳〉。
5 麻葉，閩南語老鷹之俗稱。

總在黃昏飛起」[6]
牠的母親
住過列寧的穀倉
牠不吃死鼠，但能
從死灰中
看出火
余光的五色鸚鵡叫
香稻粒[7]，見過溥儀
曾與偉大的毛主席
同寢共食
唱和
會背誦毛的名言佳句
毛詩　及說
各種標準外國髒話
只是緊張時
會有點小小的結巴
及錯筍

「革命需要重整」
「指導一個偉大
革命運動的如果
沒有**革命**沒有
歷史沒有**實際運動**的
深刻要取得
是不可能的。」[8]
香稻粒的搖頭吟
意外朦朧。
牠竟也懂得現代詩的
跨行偽技及
詞語吞吐

6 黑格爾，《法哲學》序。
7 事見袁一丹，〈故宮五色鸚鵡的由來〉。
8 毛澤東，《毛語錄》：「指導一個偉大的革命運動的政黨，如果沒有革命理論，沒有歷史知識，沒有對於實際運動的深刻的了解，要取得勝利是不可能的。」

「也許我們真的
來遲了」什克洛
嘀嘀咕咕。「都怪
那陣歪風。」
「詞使受擠壓的心靈自由[9]
但，如何將死的
再變成活的？」
於是各展奇伎。
「看我的」
什克魔杖一揮
把卡在亂木間的可憐姑娘
變成一株
白花曼陀羅
花開十八朵、蓓蕾無數；
一叢馬來百合
帶了三百支苞。
簡體的余五指一張

水流屍立馬變成了
可憐的泥鰍。只記得
逃命
「憑這些東西
如何
繼續革命？」
稻粒多嘴：
「**我**認為，
對**我們**來說，
不**被敵人反對**，那就
同敵人同流合污了。」
「笨鳥，去吃屎吧。」
洛夫斯基朝鳥頭
揮了一掌
牠回罵了兩句基輔髒話

---

9 什克洛夫斯基，〈天空在動搖〉。

大致問候了
他遠在烏克蘭的老母親
兩個傻瓜非常沮喪：「但我們
顯然來遲了。」

「閃邊，孫子，恁祖來。」

切記：

「**神永不遲到**」
一隻卵蛋很大的金毛猴子
突然從石頭裡迸出
「你哪時從《西遊記》
逃了出來？」
「你娘喲，不識你祖公
神猴哈奴曼？」

第八章　神永不遲到
（大悲咒）

「一切有為法
如幻夢泡影」
祂金雞獨立於
巨大的石龜頭上
唸著咒語，企圖
逆轉時間的齒輪
重設
時之航道
「且讓他們再次
活在活著的幻影裡吧」

於是祂一揮手，把雨
止了，撒一把蘆灰[10]順便
治了洪
山移位。水倒流。

10 此女媧故技也。

三千特種部隊迷失於
森林的入口
未曾抵達
小馬來兵打盹時
一再夢見河馬
的大屁股
密涅瓦的貓頭鷹厲聲飛起
雅典娜本能的
使出馬後腳
踹中隱身潛進伊裙襬下
勃起的鹹濕戰神
那心口上的美麗腳印
將是祂此生最難以抗拒的迷戀

祂徐徐吹一口氣
那一直高喊「共產黨
萬歲毛主席

萬歲」的笨鸚鵡
和那些從天上掉下的，都被倒吸回
那輛破敗的運輸機
大樹鬆手。它冒著黑煙
退飛三萬里
回到大雪紛飛的莫斯科
而姑娘肚裡那隻可憐的蝌蚪
一個翻身
歡快的鑽進羊水裡
可憐的蝸牛鬆開結
翻過身來
細細咀嚼味美多汁的
曼陀羅葉
醒來的人都做了個慘烈的
全軍覆滅的夢。傷口還會痛
「真好，大家都還活著」
都夢到老虎，大象

小丑和馬戲團
從天而降
滿山遍野孩子似的
金色猴子
伊不敢說，伊還夢到了
母親夢裡觀世音菩薩的慈眉
一如小黑炭夢到父親夢裡
那個美麗的
玫瑰色腳印
深嵌在棕色多毛的胸膛上
還開出一朵黃水仙

第九章　當我們小孩般相遇

（來段波斯市場吧）

你看你看　小屋清煙
雞鳴　狗吠

牛羊閒閒的漫步於
青青草地
姑娘一個個懷孕了
孩子和小貓追逐著
兩隻黃蝴蝶
老人樹下的棋局已殘
解甲歸田後
他們日出而作

當北風徐來，橡膠葉落
俄羅斯大馬戲團
如候鳥南下
例行的怪物，空中飛人
例行的
漂浮，小丑，腹語術
每當熊熊柴火燒起
一股憂傷的氣息便圍繞著

失憶的魔術師和
他一再穿幫的魔術
他肩上的灰鸚鵡總是
以烏克蘭語低沉的哼唱著：
「你是小鹿，我是苹
你是夜晚
我是火
如果我們小孩般相遇
妳是幻影
我是風。」

二〇一三年一月，埔里

原刊《南洋商報・南洋文藝》，二〇一三年一月十五、二十二、二十九日

對不起您撥的號碼是空號請查明後再撥

（亂迷一下。調洪泉。同時用駱肥facebook體）

雪月某日母雞私自在儲藏室一角孵著十五粒蛋是不是全部是伊自己下的不得而知反正三隻小雞孵出後伊就棄其餘十二粒蛋不顧而忙著照料那三隻幼雛在草叢中東扒扒西抓抓但其實甚麼蟲也找不到還得勞駕恁爸我幫伊翻開石頭看看有沒有蟲突然跳出來或者衰到沒話講的蚯蚓來不及土遁就給小雞牠娘一口叼起甩幾甩授與其仔其他十二粒可憐的棄蛋就塞給合法孵著八顆蛋的伊老媽but所有蛋的種源都來自這隻雞媽媽孵出的四隻公雞的天天開心輪流亂踩背媽的亂倫でし原本二公一母二夫共踩一母其樂融融tapi雞老爸幾個月前的某個涼颼颼的黎明就一次一隻給那些愛狗人仕重點保護的雞巴流浪狗咬死了搞得一地羽毛私は十分納悶兩個雄雞大兄不是高高的睡在曼陀羅垂枝上嗎怎麼會遇害呢牠老兄會不會是為了保護心愛的小母雞而與流浪狗大戰三百回終不敵而以身殉呢另一隻唐雞大兄幾天後失蹤連一根羽毛都沒留下隔壁的歐巴桑說凌晨聽到狗吠雞慘叫一路從後巷拖出去可憐的小母雞頓成寡婦那時伊已獨自生了十一顆蛋熱呼呼著不知道孵了三十天還是一個半月反正蛋無虛孵背無虛踩孵出十一隻小雞

不慎踩死一隻剩十隻後來又意外死了一隻（不是俺踩死的）恁爸gua因此發憤親自為整片租來的園子圍了鐵籬笆像馬共時代的新村那樣只是沒那麼強固也沒加鐵刺還日日幫伊找了諸多腐木爛紙剝開讓牠們吃裡頭的白蟻和母雞蟲為甚麼想不開養雞呢都怪賤內有一回夜裡去內埔找一個殯葬業老頭談事情意外看到他屋旁的五葉松上手電筒照射下每個樹幹都蹲著白閃閃的雞大為吃驚就向老頭要了一對小雞不料養大了兩隻都是公的就像園裡那對白鵝老闆信誓旦旦說那是灰鵝一公一母除了毛色不對十之八九兩隻都是公的就像前年雨月kami買了五隻小母雞說長大了好生蛋給小孩吃不料長大了三隻是公的卵脬長大後天天鬥得雞毛亂飛食量還很大只好把最帥那隻抓來殺了帥有何用又不會治國媽的竟然殺不死放了血還到處跑還會啼只好抓來活活掐死掐到手都酸了牠老兄還在猛拍翅膀就那樣千辛萬苦宰掉小孩吃的時候表情都很怪說公雞很可憐咧廢話恁爸卡可憐堂堂大教授拚命殺雞留一隻做種還有一隻整天追著母雞死命踩母雞給踩到背上的毛都掉光了露出男人屁股那樣有很多毛孔的背只好給牠判了連續雞姦罪死刑三審定讞待斬在廢死聯盟那些蠢蛋介入前就抓去嘉義給我心狠手辣當小學老師的妹妹執行死刑伊剛生了個可愛的小女孩依古禮送大公雞去豈不兩全其美妙哉我妹年少時即從我媽處習得全套殺雞屠鴨的本領表情溫柔婉約殺雞一刀斃命伊老公我妹夫養了兩隻象龜很會挖地洞靠又離題了言歸正傳談雞論鴨那隻留做種的公雞後來還是被雞巴狗咬死了說到哪裡了哦公母是麼唯一例外的是今年霧月買的那對黑條紋的小鴨竟然真的一公一母而且真的是綠頭鴨難得老闆這回老實不騙人不料養得亭亭欲立長出漂亮羽毛後公鴨竟然逃走只剩可憐的小母鴨慌張失措一直黏著白鵝晚上也得挨著牠們睡否則失眠做噩夢之前青梅竹馬每日沒穿褲子同食同進同退同睡同游還一道學會潛水飛翔恁爸只好到附近水溝做鴨聲呱

呱呱替伊四處找尫心疼優秀小母鴨剛會潛水就被未婚夫遺棄不知道有沒有被踩過僕只好再去路邊雞鴨車為伊補買一隻老公但時已誤矣買不到同款小鴨只看到隻不知高齡幾何的醜公鴨雞鴨車老闆掛保證說原本是隻小鴨一直賣不掉關在籠子裡賣到長大經驗貧乏沒看過成年母鴨的屁股看不到未來心情當然鬱卒到羽毛沒光彩如此落魄公鴨老闆竟然開價六百恁爸講伊是去做女婿享福的咧殺到四百五老闆假假勉強答應心裡暗笑遇到禿頭戇人伊檳榔咬得嘴紅紅的說剪過羽毛了暫時不會飛走但換羽之後可就難說了除非有物件讓他留戀有水池和幼秀母鴨應該可以可能需要再剪羽翅下三根足矣剛開始小母鴨大概嫌牠呆頭呆腦不帥太髒不會甜言蜜語而且年紀看起來像阿伯小姑娘根本不屑理牠鴨生地不熟牠每天傻傻的跟著可愛的花褐羽小母鴨屁股後面苦苦哀求而小母鴨腳撐和牠保持至少三米距離連屁都不讓牠聞緊緊跟著兩隻只會拉屎不會生蛋的大白鵝與彼同吃同睡同游池哦小弟還沒介紹敝水池但似不宜再離題否則難保回不來數日後有人在臉書發佈說在附近水溝抓到一頭帥到不行的綠頭野鴨緊急電話過去伊娘喲已經煮熟吃下肚連屎攏拉出來了只剩屁股還沒擦歹勢我離題太遠其實那已是霜月的事不知道多久伊才接受新鴨讓牠當伊的跟班大概是牠換羽變帥之後查某人貪緣投唔驚腳撐疼沒法度有沒有給牠踩我不知道其實母雞小雞都不是重點更別說鵝鴨重點在寮子裡的手稿但母雞怎麼來的還沒交待敝糟糠說沒母雞小孩哪有有機蛋喫抓隻公雞去換吧老頭說換甚麼換再送你一隻成年小母雞就是伊有沒有被他家那些老公雞伊阿公阿爸阿伯阿叔表哥表叔踩過就不得而知了反正沒差牠們一家數代都在亂倫踩來踩去下蛋孵蛋母雞總是用羽翼夾著小雞說免驚阿娘會用生命保護恁長大了還是被踩真是夭壽不孝言歸正傳鄙人想起二十多年前有篇寫壞的小說手稿紙很薄很多頁字很醜參加過比賽連入圍都沒編輯好心寄回說雖然寫得

很爛也還是純手工留著擦屁股吧紙很薄手要小心就是忘了是不是在雞寮或許可以回收再利用寫篇馬共小說東翻西找時剛好看到隔壁組合櫃老母雞成功幫伊女兒孵出三隻雞孫便試著抓給小雞牠媽以免害得老雞嬤為了三隻小雞拋棄自己那八顆已成形的蛋為什麼在下會知道已成雛型呢前幾天前有一次老母雞跑去孵隔壁那個窩恁爸想說阿嬤你既然不要了那九顆蛋恁爸就把它們撿回來吃吧不料一敲破殼竟然看到血與及已成雞樣的胎嚇死恁爸了無意中犯下強制墮胎罪趕忙把偷走的其他八顆蛋都還回去猜想老母雞大概純粹是老糊塗孵錯窩了就把伊抱回原來的窩順便撿走伊錯孵的那窩蛋試敲一顆果然蛋白清蛋黃黃平底窩一口氣煎掉七八顆這款雞體格小蛋也不大否則雞屁股那麼小也生不出來只比鵪鶉蛋略大些黃多清少每顆都有受精的紅圈夭壽雞公卵脬大粒歹勢又離題了話說小弟翻查那些家裡放不下的亂七八糟講義論文大量的剪報大學時代以來剪下的奇聞軼事被吃掉也不可惜的資料早期手稿裡頭都是蟑螂蛋螞蟻卵衣魚而那時老母雞雞眼大大粒發亮的盯著恁爸看那時恁爸在啃著一粒在冰箱裡放到有酒味的芭樂就聽到小雞叫大概肚子餓了一直啄牠阿嬤的眼睛夭壽不孝恁爸只好把軟趴趴有點酸的芭樂心給了伊伊立馬啄爛成細塊叨給雞雛唉我又離題了意想中的爛手稿大概去年火月被俺燒掉了沒找到有一個長頸瓶中的不知甚麼廁紙手稿都給白螞蟻吃掉了檔案夾裡只找到早年寫的一些已發表的未發表的有的與沒有的然後有幾張黃黃的剪報掉出來重點來了——

剪報一。註記：《星洲人民日報》一九九〇年一月一日

「【本報訊三十日訊】

本著人道主義精神，偉大英明的林清祥總理日前發佈特赦令，釋放馬來亞人民共和國最冥頑不靈的反革命份子李關躍（譯音）。但仍限制住居於絕後島，暫時不得申請出國，也不得接見最愛興風作浪的外國記者、作家、現任及前任政客，及一切可能違反國家安全的嫌疑份子。

李氏向本報記者表示，在經歷數十年的拘押勞改之後，終於能體會黨及國家用心良苦，深悔自己因個人主義、鴕鳥主義、走狗心態，因長期受英帝國資產教育的洗腦，以致對黨及國家多有誤解，無法認清現實。彼已於日前寫下數十萬言悔過書，據稱已送相關單位審閱。如審閱通過，將由馬來亞人民出版社予以出版。

惟據本報記者採訪國家審閱局相關負責人杜紅教授，杜教授表示，該書毫無出版價值，從頭到尾「悖謬已極」。據說李氏在該書中自以為自己是甚麼新加坡共和國的總理，早在五〇年代即和英帝合謀，以冷藏行動把所有政敵冷凍起來，但事實是，他和一干叛國黨羽均被捕下獄。書中還有諸多荒謬不經的陳述，說甚麼他把新加坡建設成東南亞最繁榮的城市國家，有完善的捷運系統、住者有其屋的住宅政策、遠勝於歐洲福利國家的公積金制度、全東南亞最高的人均所得及其他類似的不值一提的荒謬敘述。為免激起讀者公憤，本記者不擬再引述。

從以上撮述可以看出，李氏只怕是得了嚴重的妄想症，若非鑑於彼年事已高，黨又一向寬大為懷，是不可能放他出來胡說八道的，應繼續關押在這所專門為精神病犯設置的『好精神勞改營』。

事實是，在馬來亞人民共和國建國後，新加坡島一直是它不可分割的部份。況且，該島及周邊的廖內群島諸島，長期以來均作為關押重大勞改犯之用。人民共和國努力讓它還原到英帝國東印度公司的走狗萊佛士抵達前的狀況，沿海的漁村還維持著兄弟民族最古老的捕撈作業。日前國際保育聯盟ＩＮＣＵ方公布柔佛海峽發現的五百多種此地特有的鹹淡水生物，並讚譽本國於保育功莫大焉。這都是眾所周知的事。」

剪報二。註記：《南洋人民日報》一九八九年十二月六日

「【本報十二月五日訊】

十數位錯劃右派獲平反！其中包括知名小說家金枝芒、韋暈、雨川、賀巾等。反右運動是一九五七年五月受中國人民共和國反右運動影響而展開的一場運動，因受種種複雜的主觀客觀、國內國外、政治的歷史的因素，相當數量的知識份子遭到錯劃，到邦咯島接受長達數年至數十年的勞動改造。他們被沒收的作品均已發還，國家也對他們做了適度的補償，馬來亞人民出版社將重新出版他們的精選集，當然還是會刪去一些不合時宜的段落或文句。這些作家都一致表示，對黨及國家他們只有心懷感激，絕無怨言，勞動教育只會讓他們愛黨愛國的心更為堅決，更全心的擁護偉大的林主席。他們一定會鞠躬盡瘁的寫出更多符合國家原則、國家利益、表彰共和國泯除階級差異後，人民安居樂業、族群共融的進步作品。」

剪報三。註記：《東方日報》一九七五年八月一日「國際新聞欄」

「【本報三十一日訊】
據中共中央社報導，前中華民國總統、中華人民共和國一級戰犯蔣介石已於本年四月五日病逝於北大荒勞改營，遺體隨即火化並葬於當地戰犯公墓。蔣氏自中共解放軍於一九五〇年五月解放台灣後，父子妻孥連同數十家人及一千高階將領、舊朝高官等數百人均被運往中國，分散於各地的勞改營。部份一級戰犯因老邁頑固等因素早已病故。」

剪報四。註記：《星洲人民日報》一九六九年五月十四日

「【本報十三日訊】
在本黨寬宏大量的政策下，已簽下悔過自白書的叛亂集團領導份子，自稱是幻想中的馬來西亞國父東姑阿都拉曼的阿都拉曼、自稱馬來西亞開國元勛敦拉薩的拉薩、自稱拿督翁的翁、自稱哈倫的哈倫和自稱馬來人救星的蒙古大夫馬哈迪等前馬來民族反抗軍份子，於日前從半山芭勞改營有條件獲釋。前三位是因為有深切的悔意，都承認受到英美帝國主義的煽動與愚弄，故國家本著坦白從寬的原予以釋放。基於國家安全，故將彼限制住居於雪蘭莪區，餘生均不得離開區境，更遑論出國。
而深具悔意的馬哈迪氏在營中更以其獨創的民俗療法醫死了不少反革命份子，特赦委員會認為那對黨和國家不能說是沒有貢獻的，因為那替國家省下了不少米糧。為表示本黨的寬宏大量、重視人權，在釋放後特聘其為勞改營指定醫師，巡迴到全國勞改營為最頑固的勞改犯診治，以發揮

其剩餘價值。

他一樣不得離開國境，也不得發表有任何煽動種族情緒的言論，否則可能會被直接發配至西伯利亞。」

剪報五。註記：《南洋人民日報》一九五〇年五月一日、六月一日

「【本報三十日訊】

一批馬來民族反抗軍精神領袖，前馬來半島九個州的皇室成員共五百人，日前以軍艦鄭和號成功押解往西伯利亞的馬來皇室勞改營。那是本國作為第三國際之一員，向蘇維埃請求合作之冷藏計畫之一。該勞改營佔地面積廣大，有數百公頃，半數以上是未開發的寒帶原始林，有灰熊及西伯利亞虎出沒，終年冰天雪地，要生存下來真的要有阿拉保佑。該批勞改犯的主要工作是挖礦、築路。

人民委員會副主席依斯邁博士在發言中解釋，因該批犯人異常固執及嚴重危及國家安全，出此下策，情非得已。雖然州疆域在建國時的共和國土地法中已被廢，他們還堅稱說他們擁有各州的傳統領域，一再煽動武裝反動，企圖推翻政府。一再宣揚馬來人特權，全然沒有反省那其實都是英帝為了便於殖民統治，而製造出來的虛假特權，為的是破壞民族團結、製造皇與民的虛假對立，且一再發佈文告詆毀本黨領袖，並宣稱要殺光本黨所有成員。若干昔日的蘇丹及皇子戀棧過往寄生蟲似的逸樂，而一再煽風點火，既鼓動南洋群島與世無爭的島民，又聯合各個中東、北非

以破壞為能事的伊斯蘭組織，甚至與英美帝情報部門互通款曲，意圖在本國製造恐怖活動，顯然已犯下叛國罪。本應立行槍決，惟本黨一向重視人權，林總理仁心仁政，現依古法將其流放北疆，來日悔悟，如果運氣好沒冷死或被老虎吃掉，還有機會可以回返故鄉吃Nasi Lemak。

為免於散居各地的馬來族從海上發動劫囚，且因人數過多，不宜關押在島上，因而商請蘇維埃協助北送。

少數前皇族份子頗具悔意（如阿都拉曼、拉薩），故仍關押於獅島。」

「【本報三十日訊】

一批為數三百人左右的伊斯蘭武裝份子在關丹被馬來亞人民解放軍全數格斃於長河（sungai panjang）之畔。」

二〇一三年二月四日，埔里

原刊《聯合報・聯合副刊》，二〇一三年三月十七日

淒慘的無言的嘴

……樹梢，鳥及猿猴尖聲戾叫。樹影濃密，日光細碎。灌木，莎草，蛇。小樹細瘦如欄柵，輕輕撥開。沒有風。沒有人說話。只有靴子涉水的踏聲，大口吐著濁氣有人。枯枝折斷。落葉陷落。水鳥驚起。魚逃竄。松鼠觀望。四腳蛇奔走。巨大的樹，如一堵堵牆，一再撞見。樹冠間，老藤如巨鍊。猴群此起彼落，喚起風，葉落，雲在看不見的遠方。

有鳥啄木。

你領著那數十人，特種部隊裡的非洋人精銳，他們穿戴著從投誠的部隊那兒繳獲的全套衣物，槍、子彈。帽子上繡著刺目的紅星。

你們汗流不息，騰騰蒸發。口焦舌燥，蚊子團聚，如小小烏雲，俯衝。一點一滴的吸走，翻湧的，血。還有螞蟥。牛虻。虎嘯。蜥蜴變色。

涉水時，順便尿在褲子裡。有人小聲的放了個屁。

淡淡的菸味。火光依稀微小。森林早暗。雉還巢。

仍舊無風，有霧，有蛙鳴。

你高高舉起手。意謂：即將抵達。你昔日同志的據點。

日暮，他們沒機會看清楚來者何人。只來得及辨識你們約定好的暗號。帽子上的紅星，也許。暗土服色。

是的，嗷嗷待斃的他們將熱烈歡迎你的歸來，期待你帶來的米糧鹽糖。他們不會知道，你帶來的只是絕望。

他們只剩下兩個選擇：投降，或者被殲滅。

大落地窗外，午後的陽光似乎曝照過度，景色胡亂著反射著光。白晃晃的水面，光禿禿的樹彷彿枯死已久。水裡倒臥的樹幹上，一隻隻烏龜蹲著曬太陽，像一排鞋子。三五鴨子在樹蔭處。黎明或黃昏，運氣好的話，可以眺見成群鸚鵡飛過。更遠處，是一片黃沙，稍亮時刻就會有袋鼠三三兩兩的跳過。最遠處，月球地表似的連綿起伏的丘陵，午後每浮起蜃樓，宛若浮屠古剎。劉先生不知道已在窗後眺望了多久了。

一如既往的，他一身整齊的穿著，熨得平整的白襯衫、黑西裝褲，依然濃密的鬢髮，染得墨黑，還梳得油亮亮的，好似隨時會有客人登門造訪似的。那一身衣裝，以前都是賢淑的妻子細心打點的，自伊病倒以後，只好交給了菲傭瑪麗亞。

即使在自家的書房，他也是直挺挺的坐著，好似在上課聽講。但如今他愁眉深鎖，額上深深的擠出三道橫紋，總是緊抿的嘴，蚌殼式的——好似牢記隨時要守著甚麼祕密——嘴旁的法令紋是有力的粗線條，小公務員式的刻板，但臉上的悒鬱是難以掩飾的。昔日歡好時，伊曾嬌喘著捧起他的臉，盯著，以絲毫不帶惡意的語氣說：「你的臉，有時看起來像個面具。」

而今妻的病牀就擺在他書房一角，掛著點滴，那兒厚厚的窗簾拉上了，伊一向不耐夏日午陽的暴虐。自從醫院發佈病危通知之後，伊要求回家，伊說不想死在那陌生的地方。回家之後狀況確實好多了，確也活得超過了醫生的預估。但卻也沒有好到可以自主生活，仍是昏睡的時候多，清醒時少。伊已然無力站起，更別說走動、癌細胞擴散到全身了，身體軟綿綿的於是生活的一切都要人扶持，還得定時注射嗎啡。剛開始劉先生堅持一切要自己來，把公司裡的事務委託給能幹的助手，只電話處理最重大的決策。他親自把屎把尿、抹身、洗屁股，卻讓伊又羞又怒，堅持要他給伊請個看護。

那時伊甚至正常的來著月經。

自從那事件後，一向溫婉的妻不只身體突然垮了，還變得有點喜怒無常，曾衝著他吼：「一定是你做過甚麼壞事，不然這種事怎麼會發生在我們身上？」伊後來解釋說，伊中學一畢業就嫁了給他，之前的日子幾乎都在讀書，沒有時間去做壞事。

屋內悄無聲息，幾隻貓都睡著了，大概連瑪麗亞都去睡午覺了。

劉先生看著昏睡中的妻子，呼吸非常平緩，好像就只不過是尋常般睡著而已。偶爾皺一皺眉頭，許是夢見了甚麼傷腦筋的事。

但有時呼吸突然急促，胸口急遽起伏，就會讓他一陣緊張。以為那最後的時刻到了。

伊依然白皙，皮膚依然光滑，甚至沒有一根白髮，沒有皺紋。但化療後頭髮沒了，皮膚也漸漸垮了。

劉先生曾經是多麼的迷戀伊的白皙。綢緞式的細嫩，那起伏，那波動，那微微的汗濕，總令他輕輕的吟誦那本由他人捉刀的詩集中的兩句：

妳是沙灘，我是潮夕

多年來劉先生細心的呵護著伊。樓下的花園裡，沿著籬笆，他親手種了一大圈的曇花。多年來，除非出國開會之類的不在家，每逢花開的夜晚，劉先生都記得就著燈火剪了幾朵，供在花瓶裡靦腆的獻給伊。

那純潔的白、那濃郁醉人、那宿命的短暫，每讓他若有所思。那些年，他們甚至在花園一角擺了張雙人咖啡桌。在初晨的陽光裡，用黑膠唱片聽古典樂，喝紅茶，看報或讀書。這就是幸福了。

也搭溫室養了世界各國的百合，尤其是白色的品系。

妳還那麼年輕。為甚麼是妳，而不是我。

然而自那事發生後，伊的淚水就沒停過。他很驚訝的發現，人的淚水真的會流乾的。流乾之後眼睛失去了光澤，靈魂也彷彿枯涸了，成了一片沙漠。此後伊那迷人的笑容再也不見，一如死亡之不可復返。最糟的是，伊美麗的乳房原本花生米大小的腫瘤，彷彿受到伊哀傷的召喚似的，突然就長大、擴散開來。等到發現想要積極治療，卻已經來不及了。

而伊，原就是說甚麼也不肯切除那讓他迷戀不已的傲人胸乳的。

而他，是多麼的愛戀伊那甜美的笑靨，且曾經誓言要不惜犧牲一切去得到它。然而如今眼看一切都要付諸流水了，費盡心思得來的幸福，轉眼就到了盡頭。思及此，不禁心情慘然。那是報應嗎？這想法早在那件事發生時就強迫性的盤旋在他腦際。他祈禱過，也曾經逢廟必拜。只要伊能好起來，不惜一切代價。

背上的舊疤又隱隱作痛。聽到那件事時，妻發病時，都感覺那傷口疼痛得好像裂開了似的。好似一隻沉睡的怪物又活了過來。但醫生說，傷疤雖然很長，但癒合得很好，很結實，疼痛純粹是幻覺，「如同幻肢。那是大腦對疼痛的記憶。」但感覺上似乎比當初被劃開時還疼痛。

那時……那個死亡之夜。部隊格斃了那頑抗的小隊之後，他們在大霧中撤離，手電筒勉強照出圓柱形的光道。因尿急，他閃到一棵巨木的暗影裡，正掏出陰莖。突然背後一陣發寒。他本能的用力推開一隻從黑暗中伸過來的強悍的手臂。多年的訓練讓他無意識的把身體前移了數吋，但一陣火辣的感覺從後頸弧狀的劃過他大半個背。在他慘叫並尿在褲子上後，他聽到草叢中一陣野獸逃竄的窸窣。部隊亂槍掃射，但竟然還是讓他在大霧中潛入沼澤逃走。癱倒前他只來得及告訴同行的上校：一定是他。

他有一把鋒利的小刀。

他原就是個不愛用鎗的殺手。劉先生當然見過他，他在馬共部隊裡的綽號就叫小刀，是暗殺部隊裡的首席殺手，一向很享受殺人的樂趣，也樂於向戰友分享他殺人的心得。他用那把鋒利的小刀已不知抹過多少「叛徒」的脖子——那些向軍警通風報訊的、背叛的、不合作的、愛辱罵的、好爭辯的。

沒想到有一天會必須與那樣的人為敵。

他顯然埋伏已久。

後來伊似乎終於愛上劉先生後，歡好時，伊會憐惜的以指掌從頭到尾撫摸那道疤，「這傷口看起來有故事。」伊軟軟的指頭，讓他每每有觸電的感覺；有時更以伊細嫩、溫熱的胸乳，貼著……一次又一次的歡愉，多美好的年輕的身體哪。織女、鶴妻，也不過如此吧。「我的白合。給我生個女兒吧，」他在伊耳邊呢喃「一個長得像妳的女兒。」那幸福，但他心裡暗自啜泣，我應得嗎？會不會有甚麼報應？

然後他去捐助貧童、老人院，參與荒野保護組織，搶救鴨嘴獸。他也是多家孤兒院的董事，長期以父之名贊助馬來半島的多間華校、會館、廟宇。

特種部隊退伍後改行當神父的米其拍拍他的肩膀安慰說，不用想太多，大能的神自有安排。

「對馬共來說，你是罪大惡極。但要不是你，馬來亞的恐怖活動不會那麼早結束。你知道會有多少無辜的人民受害？受你協助走出森林的那些人，現在不是過得不錯嗎？關了幾年，改過自新後，他們及時回到了正常的家庭生活、正常的社會生活，你看最近才走出森林的那些人，撐到現在，時光耗盡了，他們還可能有正常的人生嗎？」

「他們和他們的家人都該感激你，」神父輕輕抱著他，說：「他們都不必自己承擔背叛的罪名，有你幫他們扛十字架。」

然而在那事發生前，有一回酒友道安法師，一臉陰沉的對他說：阿彌陀佛，善惡到頭終有報，不是不報，只是時候未到。且用他那翻車魚般的大眼睛瞪著他說：我們這種人都會有報應的。他也是個投誠馬共，曾是馬共小隊長。在馬來亞坐了幾年牢後，出家開廟賺了大錢，也舉家移民到這荒漠附近。吃得腰肥腿粗、紅光滿面，渾身油滋滋的像豬八戒。

那時劉先生想說，假和尚大概黑心財斂多、肉偷吃多、女人玩多了，心有不安吧。

沒想到報應來得怎麼快。

在伊第一次見到那道疤時，就曾孩子似的詢問：這疤是怎麼來的？好長的一道。好像是被刀子劃出來的。他有想過是否要編個「曾經動過重大脊椎手術」之類的藉口來搪塞，但那道疤又不是順著脊椎走，只怕讓伊更啟疑竇。只好說了個半實話：年輕時與人結怨，被暗算，狠狠劃了一刀。還好伊不太有好奇心，沒追問。伊總是謹慎的在他們之間劃出一條無形、但對伊而言可能十分清晰的界限。伊從不追問劉先生的過去。十八年的年歲差距，他必然有太多伊未必想知道的故事。劉先生知道伊曉得，「有的事情知道了，還不如不知道。」

有一回不小心偷聽到伊壓低聲量講長途電話，大概是在安慰先生外遇的昔日同學吧。伊說，出嫁前母親曾鄭重叮嚀伊，要收斂起少女的好奇心，「有的事情不知道比知道好。」岳母傳授伊的夫妻相處之道的基本原則是，「有的事知道了也要裝做不知道。」

那年劉先生動用警界人脈幫助伊父親從仙人跳的困局中脫身，為他清償了鉅額賭債，還順手挽救了他因誤信損友而瀕臨倒閉的小咖啡行。

伊甚至對他究竟有多少資產、有哪些資產、分佈在哪裡也不太感興趣，甚至不肯聽他向伊做財產報告。「萬一有一天我出了甚麼意外，妳可是第一順位的繼承人啊。」劉先生忍不住抱怨。

「不會的，」伊淡漠的說。「我叔叔是個非常厲害的算命師。我媽請他偷偷給你算過命，他說你的年壽會讓我們的年齡差距沒有意義。」

被要求出席那些富豪政要的宴會時，伊也只肯最低限度的穿金戴銀，如果一定要配鑽石，也只肯用最小顆的。簡樸素雅的裙子，日本上班婦女的套裝，赫本頭，鞋子也只有十來雙。這畫地自限曾令他暗自惱怒，但劉先生更怕讓伊不快，他知道那是伊劃出的界限。

他也有自己劃下的界限。

有時發現伊的內心像太平洋那片鬱藍，那底下是暖流是寒流他也看不透。唯一確定的是，伊努力避免讓他們之間起波瀾。

伊不吵架。

當然，關於那疤痕，他早備好了說詞，經得起任何人的追問。

判跡說故事一向是他最自豪的能力之一。

瑪麗亞也問過同樣的問題。

她甚至仔細舔過、嚙咬過那道疤。「如果你要孩子，」她說，「我給你生。不管多少個。」見劉先生一臉愁容，雖不知那是喪子、還是即將喪妻的哀慟。

而不過數天前，劉先生才藉著點酒意，把剛洗完澡出來的瑪麗亞撲倒在她床上。

那之後，劉先生白日憂愁，夜夜如狼似虎。

瑪麗亞也像個波斯舞者，甩著乳，用力拍打自己堅實的臀，甚至做到中途堅決拔掉他的保險套。且多次咬傷了他。

「我的主人，忘掉那些不快樂的事吧。好好享受。」

多狂野的一頭母豹啊。

是的，那些年在森林裡他多次看見高樹上的黑豹。鬼影似的出現，消失。

呼喚女兒，卻不料給他生了個兒子，而且長得像他多些，他父母也這麼覺得。但伊並不知道。為了劉先生的安全，情報部曾安排英國皇家醫生給他做過微整型。鼻梁變高，臉也變小，表情也從此略嫌僵硬了些，嗓音也被調高了幾度。那時老友李歐（Leo）甚至還半開玩笑的問他，要不要順便把那話兒也加大加長，改成老外的尺吋，「以免上床時被老情人認出來。」

孩子生下後，有許多年伊全副心思都在孩子身上，雖然那些年劉先生還是不斷向伊呼喚女兒，但伊的肚子再也沒有回應。他也懷疑那時伊說不定一直偷偷的在避孕，但他忍住不去證實。如果真是那樣，伊一定有自己的想法。

有的事情還是不知道比較好。

那就純粹享樂吧。

這念頭讓他突然聞到一股久已忘懷的體味。

草寮裡撿獲的小本子。女馬共的日記：

X月X日

他竟然摸黑強姦了我

雖然我極力反抗，求他不要，但我的力氣沒他大

小隊失散了，只剩下我們兩人。

「來吧，給我爽一下，反正隨時會死。可惜啊」

他竟提出這麼無恥的要求。看他平日斯斯文文的。又有學問，口才好　很多女同志都很仰慕他。沒想到是隻禽獸！！

流氓。

我還是處女。

我還想嫁人。

X月X日

他又強姦我兩次，用小刀割開我的褲襠。還警告我回到部隊不要亂講話 他位高權重。沒有人會相信我的。他說他喜歡我很久了。說我長得可愛。很像他青梅竹馬的女友。我乖的話他考慮跟我結婚。

他還叫我**小臭蟲**

可惡！！

X月X日

他想搶走我的日記

又強姦我

他會不會把我滅口？

我會不會懷孕？

X月X日

XXX我恨你

婚後，劉先生就很少再想起那被他狠狠糟蹋了的可憐的女孩了。

她的眉眼，某幾個表情，和現在的妻有幾分神似，只是皮膚黑了些。

膽怯的小姑娘，小蘭，她身上有著一股怪異的體味。越多天沒洗澡越明顯。那樣的特殊體質，會遠遠的被敵人聞到的吧。如果是狗的話……。雖然偶爾會夢見她，但都身影朦朧，像大雨森林中的樹。

只有那味道，依然呼喚他的獸性。

瑪麗亞身上也有一種爛泥芭似的……

那時屢遭突襲圍剿，以為命在旦夕，沒想那麼多。及時行樂。一萬年太久，只爭朝夕。

尤其是那麼黑的夜，又下了場雨，冷，想說抱在一起好取暖。她那一身味道，令人一時克制不住。

對不起。劉先生心底有時會浮起這三個字。只是字跡模糊。他隨即想，如果重來，他大概還是忍不住。實在太刺激了。那此時此地。

那可是他叢林生涯最刻骨銘心的記憶啊。

那天大概是玩得太累了，早上醒來，發現她已不知去向。要是她回到總部去舉發他，他就算不被槍決，也要被關上很長一段時間的禁閉。如果落到視小蘭如親妹妹的中委小刀的手上，別說那兩粒蛋，整副寶貝都會被切掉，甚至可能還會被割斷喉管。除非她願意饒恕他、保護他，接受他做她的丈夫。

但那風險太大了。

然而，她為甚麼沒有趁他熟睡時割斷他脖子？

他們每個人隨身帶有小刀，以做為野外求生之用啊。

她每回掙扎抵抗也都沒亮出刀來。

也許她畢竟是喜歡我的。那時他想。她不捨得傷害我。

她其實也想要，卻要讓我承擔罪名。

畢竟那幾天，他一直在她耳邊說他愛她，呼喚她的名字。

「我們以自然法則行事，我的小母豹。」他甚至咬傷她的後頸。

爾後，好幾天了，身上都是她的味道。

但也許，她不過是單純的掉了刀子，在逃亡的慌亂中。

劉先生自己當然也有那麼樣的一把，且因身居領導層，持的是精品。一般隊員拿的當然是中國製的粗鋼刀，易鈍易折。

他那把是波蘭製的紅木柄小鎢鋼刀，刃寬七分，長七吋，非常堅韌銳利，是第三國際的贈品。每一把都有燙金編號的，他那把是18號。最珍貴的1號是萊特持有的，據說後來落在陳平手上。陳平自己那把是13號。那把1號陳平到北京時轉贈給了毛澤東，現藏北京中國人民解放軍軍史館。投誠時劉先生那把被要求繳出來。後來因合作愉快，又送回給他做為防身之用。特種部隊的高級官員有多位都各收藏了一把，當成戰利品。

要不是因為對她做了那樣的事，別無退路，他也下不了決心走出森林，單槍匹馬的親自到警局投誠。

官方歷史敘述裡稱那是「一場驚喜，一個大突破」。

因為他知道得太多了，「你對我們非常有用。」只要他肯充份合作，內政部答應請東姑給他赦免，幫他保密，給他改名換姓、讓他發達、娶任何想要的女人（當然，公主除外，Leo說）。

如果逮到他的昔日同志，還有按人頭計的高額獎金可以領取，「我們還可以提供理財諮詢。」

他常被帶去從暗處指認甫被捕獲的游擊隊員。

指認潛伏的民聯成員。

給他看了大量破獲的檔案，油印的、手寫的、剪貼的，逐一判讀那些文件。宣傳單、聲明、密函，私人信件，甚至日記。這才發現，內政部那些人根本看不懂華文，更何況油印的字字跡模糊，手寫的更是春蚓秋蛇，支離破碎。即使上過短期中文課的老外，也只勉強認得出幾個字而已。

有一天，竟然從新擄獲的文件裡看到那沾了許多泥巴的藍色本子。是特種部隊從一處草寮裡拾獲的，看來那些人撤離得非常匆忙。字跡異常潦草，有的字甚至不同的部件被拆開了、分佈在不同的地方，又與不相干的字的局部擠在一塊，極難以辨認。大概是摸黑寫下的吧，清楚看出她的慌張恐懼。有的字筆劃被反覆的塗得黑黑的，像在強調甚麼。頁面有許許多多的女字，有時七八個女擠在一起，有時是孤零零的一個女蹲在角落。每一個女字都是非常用力劃下的，以致每每好幾頁紙都被劃破了。點點滴滴的未完全乾透的水漬，說不定是淚跡。還有血跡。淡淡的血指印。

最令他擔心的是，他的名字（後來幾乎連自己都不記得了的原名）被清清楚楚、大大的、用重複的線條刻寫下來。

像一個詛咒。

劉先生不動聲色的把它塞到文件堆的最下層。

那時就決心要把它調包。

那種藍色的小筆記本書局裡多得是。

但他沒有自由，時時刻刻被監視著。甚至睡覺，一間睡房有三位特種部隊室友，他被安排睡就裡頭的位子，窗上焊著粗鐵柵。

需要甚麼他們都會把它備好。

反正你們又不懂中文，他想，不如就明目張膽的做吧。

於是劉先生就用他們提供的同樣的藍色本子，在譯寫的過程中悄悄掉包。

他還記得他重寫過的版本，後來在許多本以英文撰寫的馬共研究專書裡，反覆被引述：

X月X日

漫漫長夜，又冷，水餓，蚊子又多，難以入睡。

燒了火堆還是覺得好冷。好無聊。我想起初中一時學到的**餐風露宿**這個成語。真是妥切的形容詞啊。

只能聊天，但話題也不多，也太嚴肅，令人厭煩。

想念爸爸媽媽，弟弟妹妹，家裡的床，還有黑鼻。

X月X日

下了一天的雨，全身都濕了。衣服都貼著肉了。

幾個臭男人一再偷瞄我的胸部。流氓。土匪。

不是都快餓死了嗎？

害人家睡不著。

給嚇到做惡夢。

他們不會獸性大發吧？萬一

X月X日

在大雨中迷了路。嚴重扭傷了腳。我忍不住哭了，還被一直偷看我胸部和屁股的人叱責「意志不堅」。心情很差。

這樣的革命值得嗎？我們到底為何而戰？

月經好幾個月沒來了。

多麼絕望的青春年華！

X月X日

偉大的毛主席，我愛你!!!

最令學究們感到困惑的是第四天這情緒的轉折，顯然非常突兀。他們提出種種解釋。普遍認為這是中共輸出革命的旁證之一。這也是馬共女性研究的重要資料，道出了她們不足為外人道的恐懼。

然而就在劉先生順利調包後不久，有一回夜裡，李歐請他喝啤酒，閒話家常。就著夜空他淡淡的說，「我怎麼記得那藍色本子裡原本有你的名字？封面的泥巴也沒那麼多，裡頁也沒那麼多水。那是烏龍茶漬吧？」

反應不及，劉先生的臉刷地紅了。還來不及答腔，李歐接著說：

「我知道裡面沒有重要的情報。那女人也不是甚麼重要的角色。那本子你可以留著當紀念品。我們對你的私事也不感興趣。只希望你可以全力協助我們，抓到那些大老鼠。」

接下來的幾天，憑著他過人的記憶力，及在黨裡的位階，他畫出一張詳細的軍事布署圖、游擊隊的組織表，各單位的負責人、埋藏槍械的地點、安插在新村裡的隱密部隊等。筆記本上密密麻麻的列出了五百多個名字，包括那些人的特徵、綽號、喜好、原住地（哪個州、哪個小鎮）、在黨內的地位、做過哪些重要的事、文化水平等等。並配合情報部的計畫，針對游擊隊通訊系統的老舊（只能依賴密使），以高層的名義發出假的召集令，或帶領特種部隊的華裔成員假扮成游擊隊員，或在他們的藏糧裡摻迷藥，因而誘捕了一個個小隊。「像一串串粽子，」有人這麼寫道，「三十個、五十個的抓，一個個黑區很快就變成白區了。無疑的，這位劉先生是最有價值的特種部隊特別成員之一。」

確實，他一個人幾乎就毀掉了整個游擊隊，讓他們被迫撤守到國土北方邊界之外，那虛擬的境內。在華玲會談後，他們一再設計要誘捕陳平，騙他出來和談。只可惜傻瓜東姑不答應，他在祕密談話裡說：「我準備做國父的人咧，唔好意思騙佢地嘞。以後嘅歷史會點樣寫我？老實講佢地都好可憐，食也沒得食，瞓也唔好瞓。反正佢在大芭裡，如果好彩餓唔死，遲早也會俾蚊子吸乾嘅。我哋馬來亞的蚊子唔係食菜嘅。」

沒拿到陳平及那群中委的賞金，讓劉先生覺得十分可惜。

但他已得的那些賞金，足以讓他在那個貧窮的年代成為百萬富翁。

已成知交的李歐且很夠意思的指導他，以低廉的價格買下新加坡港口一帶的爛芭，也買下吉隆坡裡裡外外大量廉價的沼澤地、沙巴砂勝越的原始林。李歐說，「這些都是將來的碼頭、機場、都市發展的必然用地，十年內必價翻百數十倍。」

情報部隊裡知名小說家格林（Graham Green）的哥哥Carleton Graham Green親自為他重編他的過去，好讓他改頭換面，重新做人。他的華校出身是真的，但紀錄是假的，學校也換了州別；他的英文能力是真的，但O Level證書是情報部的作品。他們甚至想送他一張馬來亞大學中文系的畢業文憑。也許純粹出於對他真實的過去的戲謔，幾個修過馬大中文系的漢學課程（說不定選修過錢穆的「四書」課）、後來才加入的情報部官員甚至幫他以野風的筆名出了一本詩集《落葉時節膠林的夜空**滿天星斗**果殼很刺但**蚊子不多**》，是那些好事者從那年代的詩集一條條剪下、放進摸彩箱請他自己用手摸出來，再增減文字而成的。大概總共加進了百多隻蚊子吧。所以那些「詩」每一首都有蚊子，像密碼那樣反覆出現，彷彿想要吸血。

那群可能曾是文藝青年的小官員，嘻嘻哈哈的笑鬧了一整晚。情報部還挪出小筆宣傳費，出資印了五百本。杜撰了個「播種」出版社，誰會知道箇中的種字竟是特種部隊的那個種。

那詩集四十年後將被某位昏頭昏腦的詩評家譽為「馬華後現代主義詩歌的隱密開端」。

為了讓一切看起來像真的，他的父母都被遷去新加坡，一個沒有舊識的社區，重新開始生活。

而那藍色本子他也一直珍藏著，和那把小刀一塊，慎重的裝在一個鐵盒子裡，搬到哪裡都帶著。

劉先生也不瞭解自己為甚麼要那麼做，只覺得好像不應該銷毀或丟掉。

反正他連名字都換了，裡頭那罪人已是另一人。

馬來亞建國了，新加坡在李光耀的淚水中獨立了。特種部隊解散，相關工作由新國家的內政部接手，英國官員紛紛解職返鄉，或轉換跑道當學者。接手的在地人、那好多高官也都是多年老友。

果如李歐所言，他幾乎一夜之間成了富豪。

他搖身一變為成功的發展商，也在東馬一舉買下數千畝的原始林。

雖然交往過幾個富家千金，但沒有一個能讓他真正動心，都只是玩伴而已。

三十五歲那年，有一天上午，內政部要求他隨同盯梢一個可疑的對象。在那洋樓處處的典型的馬來亞小鎮，一個白衣白裙的女孩微微笑著，發著淡淡的光芒，像一朵曇花，被風從另一條路緩緩推過來似的。

他們只是非常短暫的交換過目光，但劉先生的雙腳一瞬間好似根釘子被大鐵鎚狠敲幾下釘在騎樓的蔭影裡，動彈不得。他只能勉強轉過身，目送伊漸漸遠去的光燦燦的背影。

就是她了。

那一瞬間，一個念頭脹大、塞滿他大腦，擠得他頭蓋骨也咔咔作響。

——是哪家的姑娘？好純潔。好可愛。好美。

那時同行的李歐正在努力轉型為學者，毫不猶豫的問他：「你是只想玩玩，還是當真的？」

——我要娶她做老婆。髮妻。

李歐認真的看了他一眼。

「真不愧是個詩人，革命浪漫主義者。人家十之八九還是個處女呢。」

「人家還是個高中生哪。」同行的便衣不識趣的說。

確定了劉先生的意願之後，情報部的舊同僚便設法幫他擘劃張羅。年紀差距頗大，是一大妨礙；女孩的父母必然不答應。女孩還太年輕，一般來說不會願意那麼早走進婚姻的鳥籠。如同通俗劇裡常見到的情節，那需要製造一些波瀾，但又不能打草驚蛇。於是先清查伊做咖啡生意的父親有無逃漏稅，有無不明來歷的財產，有無不良嗜好。伊有沒有男朋友。當發現他經常上甫成立的雲頂高原去賭兩把，和一個叫瑪麗的酒女過從甚密；而伊又是很有責任感的長女，家裡有還在念書的弟弟妹妹，舅家都是勞動階級，經濟狀況不佳，一切都好辦了。那個愛慕她的高中同學呢，當然完全不是問題。

——那就先讓他破產吧。李歐說，「我們會讓你漂亮的登場。」

——年齡就再也不是問題了。

——她說不定還會一輩子感激你呢。

誰也沒料到，幸福的時光轉瞬即逝。

伊倒下後、瑪麗亞來之前，有一陣子劉先生瘋狂的想跨過界限，偷看伊的日記，好似要藉此追回伊的過去。甚至伊少女時期的日記。在他華麗登場的準備階段，李歐曾問他想不想看未來妻子的日記，他一揮手瀟脫的說：「我要的是她的未來，而不是過去。」

伊初嫁時，劉先生發現伊維持著舊日的習慣，每天花不少時間在寫日記，沒有給他看的意思，他也不敢索要。此刻找遍臥室書房，伊私人的休憩室，甚至地下室、儲藏室，只找到燒剩的封皮，上頭寫著伊的名字、年份。

伊私人的儲藏室，沿牆定製了百數十個木框，每個框裡都有個拳頭大的英國百年老店定製的玻璃瓶，裡頭裝著沙子，每一瓶都有來歷、有故事，伊親自撰寫的名片大小的說明。那是二十年來伊在旅行時從世界各地收集來的，伊走遍了世界各地的沙漠、沙灘和一切可能有沙可以收集的地方。伊專用的地球儀上做滿了紅色XX註記，部份旅程還是他陪同的。每看著風吹起伊的裙裾，伊歡欣的俯首收集著沙子，劉先生心頭就會漾起一股暖暖的父愛，「真是個孩子啊。」但他也在那儲藏室的一個隱密的格子裡，找到多瓶XO，多喝到所剩無幾了。

劉先生苦惱的回想，說不定就是那一次。兒子小一還是小二時候的事吧，伊接到孩子學校的緊急電話匆匆出門去，他恰好提前回家。見著伊書桌上一本薄薄的《瓶中稿》裡露出一截信箋，他一時好奇，抽出來看。是伊叔叔從故鄉轉寄來的航空信箋，字體非常整齊，而上頭淚濕處處，以致某些地方字跡漫漶，難以辨識。一讀之下，大為吃驚。

親愛的雲，

不過是去親戚家打了幾個月的工，回來後就聽說妳匆匆嫁給一位年紀比妳大很多的暴發戶，我相信妳一定是不得已的。但妳既已為人妻，連呼喚妳的名字都是一種冒犯了。

聽說那陣子妳家發生了許多事，妳父親出了許多狀況，難怪我給妳寫的百多封信一封都沒回，我還以為妳出事了，也沒有管道可以準確的探聽到妳的狀況。我後來才知道，我爸甚至要我叔叔看好我，千萬別讓我跑回來，壞了他的好事。因此有好幾個月我都被困在船上。我猜想那個人的後台一定非常硬（不會是皇室吧），不然怎麼連我爸那種莽漢也會變得那麼小心？

在最絕望的日子裡我曾立誓，只要妳沒出事，只要妳幸福，我願意放棄一切。而我一向信守承諾。當然，原先說好一塊到台灣去留學的夢想，對妳來說是不可能了。聽說他非常愛妳，那至少能讓我少一點悲傷。當然此後我不會再給妳寫信了，沒有任何丈夫會受得了這種事的，我也不希望給妳添麻煩。

但總需要道別，為我們的過去畫個句點。我會永遠祝福此後的、嫁作他人婦的妳，但也會永遠思念著那個昔日與我一起織夢的、百合一般清新美麗的妳。事隔多年，我方靜得下心來寫這封信，其實這信已不知重寫過多少回了。

這些年來幾乎每天都想給妳寫信，但我也知道，只能寫最後一封。這最後的信，一旦寫完寄出，就意味著確認我們互相走出彼此的生命了。但我還沒有學會道別。也一直沒準備好。因此我一直不捨得完成它，好讓我在想像裡繼續對妳說著話。對妳的思念，都寫在一本又一本厚厚的日記裡了。

如今我不只已在台北念完大學，甚至在寫著討論某個最近剛出獄的小說家的碩士論文。他的小說有的篇名很美麗，如〈六月裡的玫瑰花〉、〈屋頂上的蘋果樹〉，但有的很奇怪，甚麼〈淒慘的無言的嘴〉、〈那麼衰老的眼淚〉，故事陰慘慘的，故事裡一直有人莫名其妙的死掉。其實我並不喜歡，但我的老師喜歡。剛從加拿大留洋回來的她還一直問我：「你們馬來亞有這樣的小說嗎？」「聽說馬共還很活躍？」「你有親戚是馬共嗎？」「馬共也寫小說嗎？」「有沒有興趣試試看寫篇馬共小說？」很煩是不是？

聽說她也是「左」的。我們的家鄉當年也是黑區，妳我的親戚大概都有人曾經「上山」去。然而我沒有他們的故事。妳是我僅有的故事，只可惜早已結束了。

再會吧。但我們或許不會再見面了。縱使再見，過去的感覺也不可能重拾了。妳走後我覺得自己一下子老了十多歲，心灰意懶。千萬別誤會，我沒有諷刺妳先生的意思。

此刻台北大寒，妳那兒想必還在初秋的金風裡。

隨信附上一本我們過去喜歡的詩人新出版的詩集，它給了我寄出這信的勇氣和藉口。

我沒有妳在澳洲的地址，只好還是寄去妳叔叔家，請他轉交或轉寄。

在我臨行前他主動要求給我卜了個卦，說我將來會是個「名震天下」的學者。雖然是安慰的話，我還是非常感念他的善意。

而妳爸，只會警告我千萬別想去騷擾妳，「惹到她老公你就死定了，」他說。還對我比了個割頸的動作。我知道他一直不喜歡我，嫌我矮，嫌我家窮，我爸髒，我媽醜。

難怪妳那不肯接受暴發戶姊夫資助留學英國，而寧願跑來台中半工半讀念農專的弟弟，兩年前朋友介紹他讀了〈我的弟弟康雄〉後，會哭著告訴我說，「我怎麼覺得康雄的姊姊就是我姊姊。」我是因此才去把這小說家的全部作品找來讀的，因為他姊姊正是我多年來朝思暮想的人啊，怎麼早就被人寫進小說裡了呢。

抱歉我可能說得太多了。

百千萬億個祝福。

風，X月X日。淡水

那信，劉先生只記得那小子說他是暴發戶，老頭，賭鬼岳父把他視同大流氓，與及妻子潸潸的淚痕。

也許那之後伊突然親手把它燒掉了，連同少女時代的諸多書信，出嫁時珍而重之的當嫁妝搬過來的。那之後就沒再看見過伊寫日記或信了。原以為伊還是會偷偷的寫，否則如何排遣那暗潮一般的心事呢？

也許是銳利的刀鋒像風那樣劃過脖子，精巧的割斷了它。

「先生，」是瑪麗亞，叫醒了悽然打著盹流著口水的劉先生。太平洋藍、冰裂紋的筒裙，披著大匹黑髮，明亮的大眼睛裡有細微的話語流動，襯衫後凸起的乳頭清晰可見。聲音像重感冒：「喝口茶吧，您也累了吧。要不要去床上躺一下？我來照顧太太。」

她身上飄來股似有若無的沼澤味，他的心像埋伏在水底落葉裡的魚，猝然往底泥搐鑽了一下。

一直沒有小蘭的消息。那五百多名投誠者也都說再也沒見過她。有人聽說她不知道懷了誰的野種，躲起來了。

几上白底粉色的加德利亞蘭正盛開，彷彿有淡淡的花香。

妻「嗯」的皺眉頭，大概又在疼痛了。瑪麗亞換了點滴，給伊加嗎啡。餵伊輕啜了一小口水。

書房寬大舒適，整套的明式傢俱，直接從中國船運過來。兩面書牆，書櫃據說也是文徵明用過的舊物。書從地板排到天花板，幾乎甚麼種類的中英文書都有。伊喜歡的詩集、園藝、編織，他喜歡的球類運動、海釣、狩獵、冒險小說，全套的中文版的福爾摩斯、克莉絲汀探案、英文版的格林（Graham Green），全套的毛姆（William Somerset Maugham），全套的吉卜林（Joseph Rudyard Kipling）、康拉德（Joseph Conrad）……甚至《魯迅全集》，中學時喜歡的作家。牆柱上掛的多是明清以來名家的字畫，民國的也收集了不少。

陽光有點斜了，左上角傳來一陣陣扣扣扣的輕響，「那隻鳥又來了。牠也曾到過我的家鄉。」瑪麗亞幽幽的說。一綠色之候鳥。是的，牠大概以為窗玻璃上的鏡像，是牠的同類勁敵罷。

自伊病倒後，牠突然就出現了。引起室內貓一陣陣的騷動，蹲低，潛行。

「一定是阿翔，」那時妻淒然的說，「他知道我無時無刻不在想念著他。」

縱使妻住院的那段時間，牠也每日如期來報到。伊在醫院時只要一清醒，就會叨念著，「阿翔有來嗎？」

「清晨與傍晚，牠都會來的」

「他為什麼不來看我？」而嚷著要回家。

待到瀕危了，伊有氣無力的說，「他來帶我了，我可憐的兒子。」

千防萬防，也沒料到會出這種事。為了避免過去的恩怨禍延家人，他婚後乾脆賣掉西馬的財產，舉家搬到了澳洲，買下幾家酒店。雖然伊每年都會返鄉探親，有時甚至住上蠻長的一段時間，劉先生也都非常低調小心，不敢久留；且一向不出席公開活動，不讓自己的消息見報。不管他在不在，一定動員內政部的朋友，花大筆錢派便衣暗中保護妻兒。

一直到孩子長大了，也念大學了，有了自己的主張，交了個馬來西亞來的女友。暑假時就跟那女孩到她半島的故鄉去，劉先生當然也注意到，那也是他自己昔日的故鄉。

那時和平協議也簽了，劉先生想，歷史翻過了一頁，恩怨俱了。

應該不會有人想找他這種人算帳了吧。

但不料竟發生那樣的事。看起來完全像是一場意外。

據說是騎機車時勒到了風箏線，「你知道，」探長說，「這裡的青少年都喜歡把碎玻璃煮溶了，抹在風箏線上，好去割斷別人的風箏線。」但他的脖子完全被割斷了。在殯儀館見到屍體時，伊昏厥了好幾回，哭到幾乎沒法站立。

多年沒回到兒時的故鄉，竟沒甚麼改變，時間凍結了似的。那些茶餐室、雜貨店、電器店、腳踏車店、消防局、警察局、戲院、小酒樓……甚至都還在原來的位置，只不過稍稍變舊了些。那些熟悉的街道、街角，都和記憶中的一模一樣。是因為游擊隊活動太頻繁而被國家遺棄了嗎？太陽兀自照耀著。

兀自照耀著的太陽。那現場，日光猛暴。血已乾涸泛黑。一如他被切斷的、已然泛黑的傷口。淒慘無言。電線桿上漆著血紅的大字：末日的審判快到了。小廣告：專治早泄。

他那個女友呢？之前劉先生只知道她叫Jerry，這回才知道她的華文名是小紅，她手腳多處紮著厚厚的紗布，看來摔得蠻嚴重的。

女孩看起來很傷心，臉中央的部份、眼鼻唇都一片緋紅，眼眶兀自含著淚光。

她說了摩托車的事。騎著騎著，突然有一股寒風劃過，黑影一閃，她以為是貓或狗。

她說，Tom有句話還只說了半句，她眼前就突然一亮。

那時還不知道是他的頭不見了，血潑了她一臉。

摩托車還前行了十多公尺，撞上電線桿才停下來。後來才知道，電線桿上掛了不只一張風箏。飛蛾、蜈蚣，還有麒麟。

「血直直噴上來」，她用那隻還能動的手比了個往上的手勢。「流了好多好多的血。」單手掩面啜泣。

「他那句沒說完的話是——」

她羞紅了臉。真的要說嗎？和這意外又沒甚麼關係。但劉先生板著臉，非常堅持。她只好囁嚅著一個字一個字吐出。

——我好喜歡妳的——

她整個脖子都紅起來了。看來是句不宜轉述的話。

即使沒說完，她也聽懂了。

劉先生見了女孩的父母，竟有一陣令人不安的似曾相識之感。這兩個人我見過的。他心裡飛快的閃過一個念頭。他們真正的目標是我。還好有副總警長和幾個「大狗」陪同。他們不敢輕舉妄動。妻的臉上有幾分疑惑，但不語，像日本女人那樣，很客氣的一直向那對夫婦彎腰鞠躬，「小翔這些天承蒙照顧了，」完全是日劇裡的台詞。

一定是那個小刀。必須趕快離去。

不管妻子怎麼不捨，他還是匆匆把兒子的屍體火化了。

唯一的妥協是，火化前讓伊親手把兒子的頭，布娃娃似的以針線密密縫回去，那是她們最後的獨處時刻。伊強自振作，大顆大顆的淚珠滴落在他灰白色的臉頰上，喃喃自語：小翔乖，別怕別怕，媽媽幫你把頭縫回去。

劉先生和資深驗屍官拿督羅討論，那傷口到底是不是刀子造成的。

「可能性不大。」羅說。「你看，如果是用刀子，拿刀的人必須在嚤哆前面，還要考慮嚤哆行進的速度，要準確的切斷、自己不被嚤哆撞到、又不能傷到貼得那麼緊的女孩，世間應該沒有這種神技。釣魚線容易得多。可是要算得那麼精準也不容易。」拿督羅明確指出，利器是從頸椎第四及第五節間切入的，所以方能輕鬆的切斷脖子。「需要風一般的速度。」

「其實十多年前也發生過類似的案件。一個老人被割斷了脖子。沒有凶器，沒有目擊證人。」

劉先生始終相信，如果是他，怎會沒可能？縱使他也已年邁。他親眼見過他以一把小刀屠殺、肢解了一頭大象。還是他有了卓越的傳人？後一個想法更令他不安。

……誰也沒料到，那是諸多生薑行動中最慘烈的一場戰役。

一如往昔，他帶著偽裝的部隊逼近。也許抵達得稍微早了一些。不似以往，疲弱的部隊沒有立即繳械投降，而是扛起刀、槍，掙扎著反抗。雖然半數以上的人員當場被擊斃，卻沒有一個人投降。這一隊的隊長是個瘋狂的女戰士，她獨自戰到最後，被數百顆子彈打成了蜂窩，臉都打爛了。他仔細檢查過屍體，不是小蘭，小蘭沒那麼老，也沒那一頭火紅的髮。那是綽號叫孫二娘的狠角色，小刀的愛人同志，她的嗜好是把敵人剖開。如果是單打獨鬥，三五個男人也砍不過她那一把巴冷刀。

戰役結束時，大地泡著漸漸冷去的血，稀微的斜陽照在那些兀自淌著血的傷口，像一張張悽慘的無言的嘴。

伊突然醒了過來，眼裡發出亮光。伊示意劉先生把頭靠過去，在他耳邊小聲的說：「我必須向你……道歉……很久以前……我忍不住好……奇心……偷看了……你收藏的……藍色……筆記本……

我不懂……但那天……在小翔躺著的……殯儀館裡……有個女人……告訴我……你過去的……名字。」

「把窗簾拉開罷，」伊突然挺起上半身，喝道，「讓陽光進來。」

青鳥在窗外，立在窗櫺上，側過臉往裡頭望，長長的寶藍色尾羽輕輕抖動著。

於是伊沐浴在斜陽裡，閉上了眼簾，呼吸漸趨徐緩。出的氣多，進的氣少。終至呼出最後一口氣。

金燦燦的餘暉撫照在伊突然變得衰老疲憊的臉上，宛如睡著的老嫗。灰白的唇微啟，好似含著許多未及說出、無人可說的話。那空白，把它硬生生撐開了。

瑪麗亞在啜泣，胸前的小十字架閃耀著金光。劉先生感覺背上有個地方「嗤」的一聲像點著了引信，霹靂扒辣由上而下的燒了起來。

劉先生那垮掉的臉上，不禁流下了又濃又鹹量又少的，那麼衰老的眼淚。

自他喉嚨深處，發出幾聲夜猿一樣單音節的、悲哀的叫聲。可能是太多年沒哭過，機件老舊；也可能是整型時整壞了聲帶。

每一隻貓都被嚇得瞳孔全開，炸一身毛，且豎起了耳朵。

而瑪麗亞的雙手，緊緊的從後方抱著他的脖子，奶子很有彈性的壓在他發燙的背上。

而那隻綠色的候鳥，此後再也不曾出現。

二〇一三年二月二日，埔里

原刊《短篇小說》第六期（二〇一三年四月）

還有海以及波的羅列

【本報二〇〇六年十一月二十日訊】
森美蘭州務大臣莫哈莫哈山今天說，州政府已發出警告，
吁汝萊孝恩園拆除座落於墓園內的抗日烈士紀念碑。

那年去非洲旅行
他爸爸被獅子吃掉
媽媽被鱷魚
弟弟被花豹
妹妹被蟒蛇
吃掉。而今每逢想家

他就去動物園
看猴子[1]

1

眼前這個人是我找了許久的傳說中的人物，最近甫解密的、由當年英國特種部隊製作檔案中的「南洋人民共和國」最後的孑遺（檔案裡只有一個句子），獏，「最後的馬共」之一，小丑，魔術師，街頭藝人，流浪漢。

第二次見面。看不出他已是年過六十的老人了。

這次見面他亢奮得多了，也不知是甚麼緣故。可能剛嗑了藥。檔案中關於他的記載可說是非常簡略，多的是空白與問號。但為甚麼仍把他歸類為「最後的馬共」呢？在除役的老馬共那裡，聽不到類似的說法，大部份甚至連他的名字都沒聽過（他父親倒是眾所週知的）。

在這樣的年代，他能做甚麼呢？

手上揮動畫著古典美女肖像的日式團扇，在台中自然科學博物館外榕樹下，菸一根接一根，激昂闊論。另一隻手長長的五指間，一個硬幣好像隨著自己的意志在滾動，沿著指的波浪。當他站起來高喊 Merdeka ——刻意強調那個 r，聽得出法語的顫音，大概是在法國跳飛機的收穫——ka 的發音卻像閩南話的「咬」，引起路人圍觀。（他的話語裡鑲嵌了無所不在的「媽的」、「伊娘啲」、「丟他媽」、「丟尼亞星」、「雞歪」、「卵叫」、「八格耶路」、「babi」、「lembu」、「shit」……及其他中國方言暨世界各國我不懂的語言的「發語詞」）其實自我們在眾蟬鬼叫的樹下聊天以來，就一直有觀光客靠近他，要求和他合照。他常常得暫停和我的談話（即使話說到激動處），以賺取微薄的小費。他竟然隨身帶著一個椰子殼，裝零錢，把玩得黑亮黑亮的。「閒著沒事就摸它就像摸黑女人的冷屁股。吃飯的傢伙，他媽的卵叫隨你爸走過十幾個國家。我老家旁邊那棵雞巴椰子樹下撿的。」

要辨認出馬來獏真正的樣子很不容易，因為他把自己扮成了兵馬俑（眼前的扮相是高大的將軍俑，超過一八〇公分，壯碩，重裝。眉飛揚，嘴需緊抿，目光需銳利有殺氣），挽了髻，上了重重的褐色塗料（還抹了黃土黑泥，以逼真出土），一身瓦楞紙黏貼的鎧甲，表情木然。他是個專業的行動藝術家，大概有穢語症。最近各處都有兵馬俑展覽，吃這行飯的就隨著那些出土文物及複製品到處跑。其實我找他很多年了，不料不久前竟然在科博館熱帶雨林區把他認出來。

那天我帶著小學低年級的兒子到那兒逛，向他介紹園區營養不良的巴西橡膠樹——養在玻璃溫室內，高瘦，沒有多少葉子。還有可可、咖啡、氣生鳳梨、幹生花。

然後到地下室看食人魚和象魚。令人吃驚的是，一尊兵馬俑也在巨型玻璃魚池前，雖然仍敬業的以鎧甲步兵的姿勢（握拳、一手前一手後做行走狀），兩眼平視。但眼珠仍隨著大魚巡遊。困在水族箱裡，姿態仍然悠遊自在

「這兵馬俑是活的喲。」原本重複唸著「屁眼、屁眼、屁眼」的兒子說（後來他一直說那是「冰

---

1 前七行引自可口〈假牙〉，〈無題〉，《椰子屋》四三期，但略微壓縮了詞句，原為重複的排比句。

馬桶」，自得其樂的傻笑）。我禮貌性的和他打個招呼，仔細看時才吃了一驚。那木然的臉上有一個部位非常不協調，套句小孩的話：「他的鼻子好像是假的。很像香蕉呢。」他好心的讓好奇的小孩摸了一把，檢視一下。「拔不下來。是真的。」沒錯，就像是條爛熟香蕉黏上去，而且，塗料很不牢固，沾到好幾根手指都是。他哈哈大笑（有人看兵馬俑笑過嗎？）。

小孩抱怨：「顏色像大便呢。」而且歪，用流行的政治語彙來說，就是「有點左傾」。我向他抱歉，順便聊幾句。

「沒錯，」他說「曾經被打斷過。被一個他媽的吃屎的警長打歪的。」

「還好我的大老二原本就是右傾的，剛好可以平衡。」

我們很快的從互相的口音（講出來的華語有著一致性的傾斜，去聲字偏多，音調起伏與背景裡的國語大異其趣）聽出彼此的來處，原來是同鄉；再從他的鼻子，高大如中亞人的身軀，淺褐偏黃的瞳仁，及他有意無意一點一點擠出來的過去，懷疑他就是那個人。

獏說他十多來年周遊各國，跳飛機、跳船，從西歐到東歐、東亞、中亞、中國大陸，流亡，表演，在歐洲日本演過毛澤東、鄧小平、魯迅，「只要上半身像就沒人管下半身、高矮」；在北京演孫中山蔣介石蔣經國（的銅像）及南方眾神（的塑像），「化了裝上了色就有幾分像，只有鼻子沒辦法（他說，長輩被鼻子很大的老外搞過），到處向觀光客握手賺人民幣美金給公安追，差點被抓去勞改。「扮土地公揮袖走過萬里長城，在天安門一角以觀音的樣子垂首低眉，為芸芸眾生祈福，賺了滿穀的錢。實在裝不下了，就近向個和尚借了一個巨缽。」眉眼間有幾分得意。「怎麼說，畢竟了了一椿心願。」

我說我來這裡好多年了，在做著一項長期追蹤研究。我不敢告訴他，打從幾個月前我即從藝文界的朋友那裡知悉，最近有一票街頭藝人從歐洲及澳洲入境。疑似有我要查訪的對象，而從南到北跑了多個街頭藝人常出沒的地方，與及動物園，大海撈針，均一無所獲。

看到人就在眼前不免有中獎的感覺。

獏說他也來了一陣子了，大概準備要離開了，想到南美去闖一闖，扮列寧和毛主席，到亞馬遜河去釣吃人魚（聽說煮湯和炭烤都不錯吃）、抱一抱野生象魚，看看黑豹……。他常會去動物園看看。他到過世界各地的動物園。講到動物園他就有點憂鬱有點哽咽。檔案裡詳細記載了他那三個侏儒弟弟在非洲的遭遇。因為在馬戲團裡和猛獸相處慣了而失去戒心，分別被獅子、河馬和鱷魚攻擊。

小孩比手劃腳插嘴說，「南美的箭毒蛙很可愛哦」（食人魚缸旁有一個箭毒蛙箱，裡頭沒幾隻蛙，大概水土不服死掉了），紀錄片上看到的，「母蛙揹著一隻蝌蚪到樹上氣生鳳梨葉柄聚水的地方，另外生一粒沒有受精的卵給牠吃。」

他若有所思的撫摸孩子的頭。「叔叔你的手會不會掉色？」小孩警覺閃開。

那是第一次見面，他說人少時他習慣到冷氣最強的地下層納涼。而且他喜歡那些魚（平時只能養一缸鬥魚），他指著那幾尾活化石，偷偷點了根菸閉目吸了一口，突然吐出北平話：「我就愛這玩意兒。」陶色的唇縫吐出大口白煙。

馬上就聽到一陣叱罵：

「先生這裡不是吸菸區拜託要抽菸請到外頭去。」

顯然，即使是「俑」也不能網開一面。

獏一面哈腰致歉然後我們往戶外移動，我說希望有長一點的時間可以和他聊聊，他說太忙了，工作時間太長，沒有個人的時間。他晚上還要到各百貨公司去擺post。我單刀直入表明意圖，「我找你很久了。」要求至少做個長談，澄清或確認一些資料。「我可以付費，」我靈機一動，「你可以扮演我要找的人，也就是那個傳說中的最後的馬共，接受我的訪談，這期間你可以依你表演的價碼收費。」

他陶色的臉上飛快的閃過一絲戒慎，似乎懷疑我是大馬內政部的探子。我給他看了我的身份資料，簡述我多年來的研究重心，下回可以帶一本書送他。他才放心了些，「唔，這個名字我有聽過。好像寫過他媽的『南洋史詩』……無聊的馬共小說……有鱷魚大象還有pontianak亂飛的。好像還拍過一部很帶賽的電影，叫甚麼『黑眼圈』的？」我不好意思告訴他他把好多名字都混在一起了。

獏說非週末白天他反正是白罰站，於是約了個日子，「一起喝個咖啡。」

獏要求我把和他一樣有穢語症的孩子也帶來，他可以教他幾句「最常用的外國話」，露出步兵的殘酷笑容。

但他還是那副裝扮。也許他覺得兵馬俑比他自己更像自己。

小孩乘機向他提議交換外幣，問他有沒有「『世界的屁股』（荷蘭）的五角錢硬幣」，他最近著迷於把玩叔伯們送給他的若干外國硬幣。

「應有盡有。」他說「即使是世界的屁眼、世界的雞雞的也有」，只是扮陶俑不便隨身帶著。他宿舍背包裡有個小撲滿，裡頭是世界各國的硬幣。「包括已經亡國滅種的。」他語調非常輕柔徐緩，確實有一種父親似的溫柔。

我懷疑他是不是有許多小孩被留在某處曾經流浪過的地方，在他漂泊生涯的夢裡以不同的母語叫著爸爸。

2

柯嘉遜博士在其《445天扣留營歲月》中詳細敘述了他被逮捕和監禁的經過，焦慮不安的心情與對大馬種族政治的反省：「一九八七年十月間，真正的罪犯分明是企圖挑起種族仇恨的執政黨領袖，想不到卻說成我威脅國家安全。」為甚麼總是放任馬來青年肇事者，逮捕被那些暴民攻擊的對象？為甚麼巫統總是允許發出種族暴力威脅的馬來青年大規模聚會，在馬來菁英內部政治鬥爭的緊張時刻？很顯然，其他族群一直是大馬政治的替罪羊，華人更是其中油滋滋的大肥羊。自第一次緊急狀態以來，這頭羊一度（也一貫）是紅色的；五一三暴力事件後，東姑的第一個反應是把它推給馬共，「都是哪些共產黨幹的。」柯博士在該書中有個有趣的觀察，八七年的茅草行動裡沒有人被指控為馬共，雖然其時馬共僅存的老弱殘兵還在國北邊陲的森林裡等待黎明，距離他們的領袖簽署和平條約終結一切政治活動還有兩年。

書中描述了形形色色的茅草行動受害者，一些有名的公眾人物如華教鬥士林晃昇、陸庭諭，民主行動黨領袖林吉祥、加巴星、V大衛等，另外還有些非公眾人物，其中最有趣的大概就是被謔稱為

「三隻小豬」的馬家三胞胎兄弟，是極少數被掃進去的表演工作者。

他們（三隻小豬）身材矮胖，小鼻子小眼睛，小嘴巴小耳朵。鼻子尤其小到幾乎只剩兩個鼻孔，因此臉上很顯眼的有兩個洞穴，似乎還比眼睛大些。我想從容貌就大致可以瞭解何以他們會選擇表演事業——單是長相就足以讓他們自小吃盡苦頭（「小豬」是象形綽號），但那樣的五官反而可塑性大，容易在上頭增添點甚麼（技術上加甚麼總比減甚麼不費事），對他們來說，演別人總比演自己省事吧。三人容貌肖似，一望而知是同一家工廠的產品。大的不見得比小的老，最小的反而顯得有點老氣，因為他留了個小鬍子。其實三人好似三胞胎……不太愛說話，彼此之間也很少交談。放風時間經常都是三個人一起活動，但不是用正常人行走的速度，而是用「月球漫步」似的慢動作。或常走到籬笆旁擺出特定的姿態即一動也不動，那動作總是似曾相識。仔細看，有時像關公（但因為矮小，顯得滑稽）；有時像土地公，有時像坐佛、摩羅、翁仲、東方名人雕像、石獅子。據說他們用餐也是那樣，用超慢動作。最了不起的是如廁也那樣，解小便如攝護腺腫大患者，一滴滴滴；解大便如老便祕病患，嗯很久一顆顆黑珍珠羊大便，慢動作墜落。因此常惹得管理員大聲咆哮。他們那樣的行為被理解為是故意不合作的卵蛋行為，因此不只常被關禁閉還被毆打。後來我們發動絕食抗議他們自然也主動加入了。據說他們因為某項被解讀為「反政府的表演」被援引內安法令掃進來，原本是四兄弟，長得和他們一點都不像的老大機警潛逃出境了。

寫了一長頁，可是沒有更進一步的細節。

辜瑞榮編著的《內安法令（ＩＳＡ）四十年》藉由剪報資料詳細的陳列自「內部安全法令」被發明以來偉大政府以反共、以政府為名的德政業績。關於「茅草行動」有詳細的被逮捕者名單，除政治人物外，有教師、小販、商人，甚至膠工、賣菜佬，各行各業都有代表，當然少不了藝文界人仕：三隻小豬。需補充說明的是，六十六位被逮捕者有十位職業和「被扣留地點」欄註明「不詳」，三隻小豬就在其中。書中附錄了一張剪報（看起來是份傳單式的地下小報）字很小且部份污損模糊，黑鴉鴉一片，但用高倍放大鏡大致可看出一些端倪。大標題：

「三表演工作者演出中被捕

被指演出反政府戲劇

一被擊中鼻子後脫逃」

小字：「【本報吉隆坡二十八日訊】

知名的表演工作者馬家『來、日、大、難』四兄弟在此間某華小演出著名童話『三隻小豬和大野狼』，當大野狼正忙著破壞豬小弟的磚頭房子時，兩個戴墨鏡的警官率同多個荷槍實彈員警突然在會場出現，衝上舞台抓人。大野狼顧不得三隻小豬，丟下道具電鑽以野狼的敏捷率先以過肩摔打翻兩個反應遲鈍的大頭蝦員警。雖然慌亂中被他脫逃，但警長丹斯里咨株希淡驕傲的說，他迎面給那隻豬一個空手道黑帶六段的直拳，結結實實打中他的豬鼻子，他聽到骨頭破裂的聲音。『即使逃走了以後照鏡子也認不出自己。』至於何以那麼多武裝員警還讓人犯逃脫，警官解釋說，為免傷及無辜的學生，他們選擇不輕易開鎗。另一個說法是，以免鎗枝走火傷及自己人。」

可是演出「三隻小豬和大野狼」會威脅到大馬的國家安全嗎？不會如此離譜吧？（雖說在內安法令下甚麼不管有罪無罪更別說甚麼罪都可以逮捕。）

幾年前，一個炎炎夏日，輾轉經友人介紹，我在澳洲帕斯一處私人別墅游泳池畔，戴著大遮陽草帽斜靠在沙灘椅上，捧著一大杯冰啤酒。訪問那戴著大墨鏡、皮膚黧黑、大肚腩撐開上衣露出深深的屁眼狀的肚臍，牙齒亂煞以致嘴皮包覆不了，一半齜在外頭吹海風的大馬退休高階警官（《扣留營歲月》中提到的W警官），當年親手抓了不少馬共，聽他高談闊論。他退休後即舉家移民澳洲，買下這佔地數千平方公尺的豪華莊園。游泳池大到「游完一圈都很喫力」；雖然有幾米高的圍牆，但還是常有袋鼠跳進來，「太大隻了吃不了就好放獒犬趕牠跳出去就好。」他養了幾隻鴕鳥當寵物，不時走來走去睜大了眼睛看我們在幹甚麼。

W說，和馬來人相處久了常被看成是馬來人，不只皮膚黑了，「連頭髮都變鬈了。」還是蠻懷念故鄉的，只是「維護社會正義多年」，得罪的人多，怕上街吃肉骨茶時被做掉只好遠走他鄉。他還是愛吃咖哩，這裡有一種兩吋長的保育類黑螞蟻，「用咖哩粉熱油爆炒一下非常爽口」，且「鈣質豐富」。

W說他一輩子最想抓的就是陳平，沒想到沒抓到倒讓他自己出來投降了。「他最近就住在附近你知道吧？死老外對他很感興趣，趁他還沒死抓他來做研究，聽他車大炮。講我們國家的壞話，那種人早就該當場斃掉，如果是給我抓到的話。破壞民族團結國家安定。」我不好意思的跟他說我對陳平的興趣也大得很，最近陪同他口中的「死老外」和他見過幾次面，做採訪。我沒說的是，我最感興趣的是中共對馬共的支援。雖然他們一再否認，但那只怕是說不清的。

我隨口問W警官，陳平提到一位後來向政府投降、當了官方走狗（代號XL），負責指認被逮捕的馬共的原馬共高級幹部也住在這附近，是不是？有沒有辦法接觸到？

「他太太前幾年癌症過世了，才不過活了四十歲。」突然他語調一沉，竟然帶點哀傷。「多麼白皙優雅的女人啊，真可惜。」他輕輕吐著煙。「沒想到那樣的熱帶小鎮竟然會產生出這麼令人難忘的女人。當年我們費了多少力氣才讓他成功的搞上啊。」

「可惜！」W輕輕哼起一支歌。

裡頭赫然有四個字隨風而逝在迴旋著。

W突然陷入一種感傷、懷舊的氛圍，「真是人見人愛啊，嫁給一個她不愛的男人，真是委屈她了。」他菸抽得越來越急，好像談的是他舊情人或親妹妹似的。但他話鋒一轉，又變成隻大癩蛤蟆：「很難想像那樣克制的女人，他男人在床上拚命搞她的時候，有沒有辦法維持那樣的優雅？」

資料顯示XL曾是他多年的合作夥伴，在其指引下W警官成功的抓到不少潛伏的馬共份子。立功升官，領了不少賞金，買獨棟大房子，娶嫩妻，開貿易公司，出入有司機幫忙駛馬賽地。其後一起退休，衣錦移民，過著資產階級的舒適生活。

「他老婆死沒多久，他就把他身材火辣的菲傭搞大肚了。」他的表情看不出是羨慕還是不齒，「還把她十八歲的妹妹也接過來了。」

提到XL讓他不太自在，這不難理解。受害者家屬如果知道W住哪裡，也許會對他展開血腥報復也說不定。多少人栽在他的背叛裡。

為免前功盡棄，我只好趕快轉回我原先的來意，關於「三隻小豬」那件案子。

「沒錯，那四隻豬是我親自帶人去抓的。」他回答得跟他愛吃的螞蟻零食一樣乾脆。「你知道他們惹了甚麼麻煩嗎？」

「那年國慶晚會，不知道哪個傢伙竟然邀請他們在馬來亞大學的東姑大禮堂演出行動劇，就叫做『紀念碑』（*Tugu Negara*）。獨立廣場的那座銅製的國家紀念碑你知道吧？」即使熱天，他也不怕上火，咖哩螞蟻咬得滋咔作響。我點點頭，翻著手邊的資料，接他的話頭：「七個士兵，三個站著；站著的其中兩個兩個拿著衝鋒槍一朝左一朝右警戒，另一個一手握桿撐起國旗，另一隻手高高舉起；一個跪著，扶著受傷（或剛被打死的）躺下的隊友，另兩個攤直了大概陣忙了。」宣傳資料上寫著，七個士兵象徵了：統御、一體、力量、警覺、受苦、勇氣、犧牲。但陳平告訴我們，他們一度把「反對吉隆坡國家紀念碑」列入投降談判的條件之一，因為那幾個站著、跪著的是英軍及馬來軍人，被踩著的屍體是馬共，官方歷史對他們並不公平。這意見後來呈現在《我方的歷史》裡，但陳平說後來為了加速談判的效率而沒有堅持。

「沒錯，他們剛開始就依照你手邊的那張圖片演。當布簾拉起來，舞台上出現的就是那座紀念碑。看起來就像真的紀念碑，不過縮小了。那實在沒甚麼好看嘛，要看真的紀念碑也不遠，而且大得多。我們住K.L.的幾乎看到都不想看了，除非是外坡或外國觀光客。你是哪一州的，你會想看嗎？」

「……」

「……停在那裡一動也不動，無聊死了。正當大家快要發出噓聲的時候，舞台角落的喇叭講話了，是英國佬的聲音，以倫敦口音在朗讀一段也許是甚麼狗屁宣言誰知道？

然後呢，紀念碑上開始有了微小的動作，那幾個死人雕像的手開始抖動，掙扎著要爬起來。持鎗的英國佬馬來士兵雕像這時也動起來了，一連串髒話。低頭一看，立即一腳踩上去，把他踩得死死的。

你知道那天誰坐第一排嗎？

就是那個後來被打黑一隻眼睛的安華，那時他是巫統的副主席，陪同的是他端莊賢淑的太太和幾個馬大畢業的部長次長祕書。

你知道接下來發生甚麼事嗎？

那幾個死人不知道為甚麼竟然成功爬了起來，在舞台上故意用力踩著地板嘭嘭嘭嘭亂跑大喊大叫，一身破爛卡其布，頭上的破帽子中央有一顆大紅星。英國和馬來兵見狀掄起鎗一陣『噠噠噠噠』，他們也就隨著鎗聲全身亂抖。然後就有紅色的血滴從他們身上向觀眾亂噴亂灑。

你知台下怎樣嗎？一聽到鎗聲我們這些警衛馬上撲上去保護大粒人，把他們壓得蹲得低低的以免被流彈所傷——沒錯，我們以為那是個有計畫的政治暗殺陰謀，那些共產黨不是很多年沒活動了嗎？統統抓起來後發現鎗是假的，是玩具鎗；檢查證件，幾個英國人是交換學生，馬大戲劇社的外籍成員，那個馬來人是他們的社友。他們都是應邀演出的，有問題的那四兄弟，他們負責編導策劃。

你知道嗎？那次竟然讓他們四個都逃走。關鍵在於那些亂噴的血。他們一直大喊 ***darah babi*！*darah babi***（豬血）！馬來警員都是穆斯林，當然躲得遠遠的；印度警察撲上去，他們改口大喊 ***darah lembu*！*darah lembu***（牛血）！只好靠我們這些甚麼都不怕的華人警察，不過那幾隻豬竟然用廣東話對我們喊「狗血！狗血！」狗肉都吃了還怕甚麼狗血？只要不是愛滋病人血。不過舞台很滑，都是血腳印，還故意摻了油。很多人都摔倒了。

後來安全部門檢查竟然是真的豬血牛血和狗血。真是找死。單是對穆斯林灑豬血一項罪名就可以讓他們死得很慘很慘。

能逃走可見他們早有預謀，一定有人接應。慌亂中那個大鼻子自己跌倒撞到地板，後來一直都賴說是我打的。

不過能逃去哪裡？過沒滿兩個月剛好有茅草行動的好機會，就順便統統抓起來了。

「你知道他們是在哪裡被抓的嗎？」

「……」

「都十月了局勢那麼緊張還大搖大擺在敦拉薩廣場演出『漢都亞』。講起來也好笑，大鼻子情聖自己演漢都亞，手上拿一把彎彎曲曲的長傢伙，有這麼長，」他兩手一比，約三尺長。「他那三個矮小的弟弟演漢都亞的三個弟弟，手上拿的是棍子，不，其實是有點太長的刀柄，」W又兩手一比，約半尺長。「你知道那漢都亞長甚麼樣子嗎？」

「你知道為甚麼『紅毛』會叫『紅毛』嗎？」「紅毛」以廣東話和福建話發音。

「大鼻子演的漢都亞就是個『紅毛鬼』，頭髮染得鬼咁紅，加上大鼻子、身高，胸毛、手毛、腳毛，就像隻大野狼。」

「難怪，可是……」我告訴W我看到的記載好像不是這樣的。可以理解但是……

「你確實有抓到他？」

「當然，我還當面給他鼻子一拳。」

「你不是說鼻子是他自己撞壞的？」

「當然是他自己撞壞的。」他露出詭祕的笑容。

「不是讓他逃走了嗎？」

「不是逃走，是被放走的。他可是我親手抓到、親自審問的。我還留下了戰利品。那把漢都亞的凶器，山羊角。」

3

午後下了一場雨，廣場上好些地方都有一汪汪聚水，映著天光。但天空烏雲密布。雨後的空氣是悶悶的，大概氣壓頗低，還會再下雨的樣子。

甫一見面，那個「冰馬桶」即把一個拳頭大小的綠色手榴彈交給孩子，說是送他的。原先說好要他帶回去慢慢研究，不料就在他大談政治的時候，手榴彈栓子被拔掉，錢幣被倒了出來，在樹下舖了報紙的石凳上。然後一直纏著他，「叔叔請問……」，獏只好請我等一下，轉頭，很有耐心回答他的提問。關於那或圓或方大小不一的世界各國錢幣，上頭是不同的異國文字，回答了小孩幾個提問。那是哪個國家的……現在的幣值相當於台幣或馬幣多少，上頭鐫刻的徽章是甚麼象徵、人頭是哪個國王……

也許無聊吧，獏開始變魔術了。只見他往身上摸一摸，兵馬俑身體各處都摸得出錢幣來，塞給小孩。而那顆手榴彈卻漸漸空了。只剩下滴滴答答的聲響。是個古舊的銅質懷錶。「送你做紀念。」掏了根菸，遞給小孩讓他自己玩，好繼續我們的話題。他抱怨說近年身體也不太好，大概身體僵直不動久了，老是長痔瘡。全島的急診室都跑遍了，他感慨說：「好像每一間大小醫院都有同鄉，就像港仔一樣普遍。幾句話就聽出來了。」那些返鄉立錐無地的醫科生，「都成了綁痔瘡的高手。」

我說不好意思還是要向他求證，退休警長W說他曾被逮捕又被放走（「三隻小豬」也是意思意思關兩個月就放出來），是因為女人的緣故。

「那隻豬真的敢這樣講？」他吐了一大口煙皺著眉頭。

「是的，他說據說是某位公主間接下的令，要讓你們不受傷害、平安的離開。」

將軍俑一腳跨踩在石頭上，神情難得的肅穆。

當然W警官說話不會那麼客氣。他說馬來簡直是條狼狗，他知道好多老女人（不分種族的）的老屄穴很為他的狼屌著迷。那天抓了他們，忍不住叫手下扒掉那老大的褲子檢查老二，「果然是隻大狼狗。丟，」W說，「脫他褲子還硬起來翹給我看，真想丟他媽一掌劈斷它。」但顯然得罪不起。大概因此揮拳打歪了鼻子。「大事化小，這種麻煩丟到泰國去省事。就像那些投降的三粒星。」

「胡說八道！去他的老雞巴。我們是國際知名的藝術家！是俄羅斯、中國、澳洲和東歐十幾個國家大使館聯合出面擔保我們的，關女人的屄雞巴事！」

孩子嚇著了，把錢幣收好，交予我保管。直線的穿過廣場，到盡頭處黑玻璃後有冷氣的地方找他母親喝飲料去。

但獏上一回可不是這麼說。那時他說：「我們其實是以偽造證件的罪名被遣送出境的。我們並不知道我們的護照和身份證件都是有問題的。媽的，竟然把我們驅逐到索馬里亞。要不是那樣，那三隻可憐的小豬也就不會被獅子吃掉。」

獏不知道從身體哪裡掏出一根雪茄，甜甜燻燻然的味道飄散開來。更有出土將軍的威嚴了。煙從他眼耳口鼻冒出。

「他還說了甚麼？」

「自陳平他們投降後，你們自詡為最後的馬共，不過是個笑話。」

W說的其實是，「這些人都是歷史的剩餘物。歷史列車轟轟隆隆的往前開去，他們這些人在中途就從車上摔了下來。」W手掌誇張的揮動，口沫橫飛。

這讓獏沉吟了一陣，吐出一個個白圈。他渾厚的嗓音像來自夢中：

「我那時就想，這些人放下槍之後還能做甚麼？去經商？務農？寫回憶錄？如果那幾十年的戰爭是必要的，那怎麼可能還有回頭路？這些問題我父親生前就考慮過了，他也提出了他的解決之道。」

接下來是馬來獏在滾滾濃煙裡，從他將軍般威嚴的陶唇間斷斷續續說出的故事。

他們的父親馬如風的來歷昏暗不明，資料不見於史冊。據說他比陳平更為資深，可能是最早的元老之一。而那一代人活過萊特的出賣的非常稀少。但不知道為甚麼連個中委都沒當上。一個最可能的推想是，他是個異議份子，很多想法都和黨的主流意見不同。

傳說他在戰後曾短暫的返鄉，緊急狀態宣佈後即再度走入森林，且一直在那裡。但離奇的是，他們的母親在丈夫缺席的那些年，還陸續為他生了幾個孩子。因此探子一度懷疑他有空就潛回家播種，在回報的機密文件中寫下他們的懷疑。他們也技巧的盤查過經常進出馬家的人，包括一個豬肉攤助手、雜貨店老闆和兩個「賣菜婆」、一個馬來郵差和馬來警員，似乎都沒有甚麼可疑之處。馬如風是在長子馬來生下那天晚上離家的，那是一九四八年初，恰巧是馬共部隊預備北撤的時候。之前一年，俄羅斯馬戲團初次南下。高大英挺的烏克蘭魔術師令當地各族婦女如痴如醉，連他從帽子裡變出的鴿子，都會讓她們打從心底深處油然的生出母愛來。

據說原為華文老師的馬如風在小孩的襁褓上留了一張字條，即是後來著名的「來日大難」四個字。他是感嘆嗎？還是企圖傳達甚麼祕密的訊息？那接下來的三個孩子，是因為他妻子為了湊足那四個字？他們在接下來的三年裡陸續出生，引起小鎮居民諸多揣測，普遍認為他們長得像郵差和警察的綜合體：小鼻子像警員，兩眼無神的眼睛像郵差，只有薄唇像母親。稍稍長大後發現他們幾個都長不大。有人想起馬戲團裡的小丑和侏儒。接下來的幾年，即便是緊急狀態了，不知道為甚麼，英殖民政府還是讓馬戲團在馬來半島，大鎮小鎮的跑，給孩子帶來驚奇與歡樂。

一九五七年八月，真正的俄羅斯大馬戲團南下（他補充說：他後來才曉得，馬戲團支脈繁多。有時來的是香港的，有時是泰國的，甚至新加坡的。之前的都是泰國的馬戲團）巡迴於南北馬各小鎮，北上泰國前再度駐留他們的故鄉小鎮話望生（Gua Musang），貪嘴的工作人員吃了好幾籠的果子狸，瓦煲中藥或清燉，連老虎都各分到一隻。偷偷潛入看過一次表演後，四兄弟就在馬戲團離去時摸上了他們的卡車，離開了賣菜嗜賭、經常喝得醉醺醺、隨時會再度懷孕的母親。

她後來又生了兩個大眼睛的可愛女兒，長得肖似隔壁木板屋的印度人。

孩子們潛入裝載老虎大象的卡車，或是裝載帳篷和其他道具那輛。發現時已經跨越離境了，只好將錯就錯，或以為他們是孤兒，就讓他們在小丑的粉妝下度過童年，學一身本領，和各種殘破的外語。他們曾經隨團隊坐火車北上，到泰國曼谷，再坐船經香港九龍、廣州，沿著京廣鐵路北上，廣州、衡、長沙、漢口、安、北京，每一站都有停駐表演，到北京後轉另一條鐵路線，漸漸下起雪來。他們都穿上厚厚的皮衣，還是冷到幾乎沒法呼吸，更不用說睡覺。不知道哪時候開始，他們進入了蘇聯國境了，那時他們哪曉得需要簽證？反正馬戲團老闆的後台大概很硬，一路通行無阻。此後數年即巡迴於東歐各小國，到後來一度把華語都忘光了，更別說是馬來語。要不是那兩隻來自南洋、分別出自不同種族家庭的五色鸚鵡，在那些年裡很有耐心的分別和他們說南洋破華語與巴剎馬來語，當他們回返半島時，一定嚴重的失語了。

那過程讓他們學到了生存的技藝，他更追隨團裡一位多才多藝的魔術師，被廢黜的文學理論家——《世界髒話辭典》的作者——學會一整套街頭藝人的表演術。

七年後好不容易又有機會南下馬來半島（巡迴一趟要不少年啊，他補充說），然而在北返途中竟然出了交通意外，在吉隆坡以北的峇冬加里（Batang Kali）附近，載著老虎的卡車爆了胎，翻車，幾頭老虎逃進森林裡去了。那時他還不知道那是他父親私自策劃的一場行動，為的是讓他們脫離馬戲團的生活。確實他們也受夠了北方的嚴寒，略略商議一會即離開了，也沒來得及向他憂鬱的魔術師師傅道別。

那年獏十七歲，可以獨當一面的帶著三個弟弟獨在街頭討生活了。憑著在馬戲團裡學來的若干雜耍，試著與跑夜市、賣藥的合作，一個小鎮又一個小鎮的跑。不久，買下一部經常熄火的改裝老舊機車——加了個三輪車的尾部、遮雨的帆布，載著他們四個人和所有的家當，開始了街頭賣藝、賣藥的生涯。他們那時並不知道，行經北馬小鎮時，偶爾出現在人群中那位載著黑框眼鏡、總是站得直挺挺的高瘦男子，是他們行蹤飄忽的父親。更不可能知道，他至少同時被兩方人馬監視著：內政部的祕密警察，與及懷疑他可能是敵奸的黨內同志。

他大概有所察覺，因此行動格外謹慎，也許意識到身處險境，不敢和自己的孩子接觸，更別說邀他們上山。因為這一錯失，他們的相逢被延後了差不多兩年。

一年，在一個濕答答的黃昏裡，他們途經一個華人似乎頗稀少的小鎮，在他們借宿的會館廣場上，一棵榕樹下，點燃了大光燈，賣正骨水，四個孩子玩著馬戲團學來的小丑把戲——拋瓶子、擲球、後空翻、疊羅漢……零星的觀眾，有限的零錢。馬來說，他們一走進小鎮就有一種說不出的熟悉之感，那些橋那些路，那條污穢的小河，鎮郊的誦經聲，那些馬來人的臉孔，幾年來似乎都沒甚麼改變。猛然想起這不就是他們的故鄉嗎？

離去前的那個早上，他們突襲似的闖入記憶中的老家。陰暗房屋裡的母親還是老樣子，似乎更胖了。看到他們從戶外進來，猛然彈起來，睜大了眼睛：「是你們這四個死囝仔，不是跟你們的山老鼠老爸入芭了麼？」

母親說父親曾寫信給她，說要把他們招募進部隊，協助他們繼續革命。

但也很久沒有他的信了。她幽幽的說。

離家前常聽到母親抱怨父親的不顧家，搞甚麼革命，讓她非常辛苦。

仔細看著已然長得比她還高的馬來，牽著他的手，母親的表情透露出一股古怪的興奮。「你真的越長越像他了。」雙眸發著亮光。

「他？」

「那個烏克蘭魔術師。他有特別照顧你嗎？」

「馬戲團裡沒有烏克蘭的魔術師。只有波蘭和愛爾蘭的。」

但伊還是堅持親自下廚給幾個孩子各煮了碗雞蛋麵線，臨別時還淚汪汪的交代他們一定要多回來看看她，她老了一個人住很孤單。而他身為大哥一定要照顧幾個長不大的弟弟。

她嘴裡嘟囔著說那時真不該一時心軟，沒想到一次就是三胞胎。

獏把一缽「盾子」（零錢）倒在那油垢黑亮的飯桌上。

就在他們在細雨中離開那小鎮時，在路口橋邊被一個矮小精壯的男子攔了下來，心裡直納悶：怎麼四個窮光蛋還那麼倒霉遇上綁匪。連人帶嚀哆快速被帶上一輛北上的囉哩，夜裡直奔北方國土邊界。在路的盡頭，經過關哨模樣的柵欄，進入一處像軍營的地方，許多茅屋和帳蓬，好多荷槍實彈的士兵，軍車，大風。

有人在一棵大樹下等著。那個戴黑框眼鏡的高瘦男子，自我介紹說，「我就是你們的父親馬如風。」

他們在大樹上處處縫隙的茅屋裡宿了一晚，終夜提心吊膽的忍受高處的涼風，在不斷有蟲襲擊的油燈旁，聽那自稱他們父親的人，不眠不休的噴著口水、滔滔不絕的陳述他偉大的理念。並親自頒給他們每人一個紅色的小本子，和一張廢紙模樣的小卡片。「名字都寫好了，我只有你們嬰兒時期的大頭照。」他既興奮又略帶著靦腆，「這是我特地簽署頒發給你們的護照，」指著七個燙金的毛體行書，那是他們第一次看到「南洋人民共和國」這七個字。

「是毛主席親自給我們題的。」

馬如風那一夜說了些甚麼呢？

他說歷經艱辛終於建立了一個國家，在中國、蘇聯的幫助下，在泰馬邊境找到一塊狹長的畸零地，是因為兩個邊界測量失誤而留下的剩餘。那是俄國地理學大師尤科羅波夫（Ю́рий Влади́мирович

Андропов）用人造衛星史潑尼克一號（Спутник）幫忙找出來的，寬不到一哩，裡頭還有一條河；寬十三哩，是馬來半島最窄的地方。因為既窄又長，幾乎無法防守，他們的兵力又很少。「難啊，」他難掩興奮，「但好不容易走到這一步。至少建了國，好過沒有。只是馬來亞人民解放軍並不諒解。」他說他被推選為首任總理，因為肯冒死追隨他的人只有二百人，識字的又不多，他只好還兼了外交國防內政等多個部長職務。「你們要不要留下來幫我——當然我並不勉強，我一向民主——」他的表情非常誠懇，但他們幾個都覺得，這傢伙一定是瘋了。憑他們多年來跑江湖的經驗，這樣的國家要靠甚麼維生哪？因此斷然拒絕了。馬如風看來非常失望，他大概高估了自己的說服力。還好，他表現得相當有風度，只要求他們把那護照和身份證留下當紀念，天一亮就派員把他們送到他們想去的地方。

他們不知道的是，不到兩個月後，那個國家就在泰、馬兩國軍隊的夾擊下被滅了。泰、馬軍方甚至不知道他們已然滅了一個國家，以為不過是人民解放軍的一個據點。倖存的殘餘部隊倒是被馬來亞人民解放軍俘虜了。

跑攤的日子收入非常不穩定。

一個偶然的機會，南下演出的香港的俄羅斯大馬戲團邀他們加入（恰好箇中的小丑和雜耍演員落跑），因而他們重回馬戲團生涯，一待又是十多年。他們都有持續的給家裡寄錢。但談不上和馬共有甚麼瓜葛，也很少想起父親，偶爾夢到，醒來也都不記得了。

直到接到父親馬如風死亡的訊息，收到他的遺物，那沒有關聯的關聯又發生了關聯。那時他們人在泰國，他也沒有特別的感覺。但那親自把遺物送到馬戲團後場，且堅持要和他們見上一面、聊一聊的自稱父親的戰友，一個穿著破爛、讓人記不起他長相的矮小男人，後來在小鎮的茶餐室裡向他們仔仔細細的訴說了一個長長的下午。他企圖告訴他們關於他們父親的善良與不凡，他的學問、抱負，他的為人、他們之間的友誼，他對家人的想念、他對革命的見解等等。比較奇怪的是，談到馬如風的死他顯得有點過於輕描淡寫，只一再的強調說十分遺憾，他在一場可怕的戰爭中英勇捐軀了。

「死亡的訊息也早已送到你們的母親那裡，是她告知部隊你們在這馬戲團。」

他也約略談到了他們內部因理念不同而造成的分裂，與及尚在協商中的和平談判，「看起來這次很有希望，可以結束這一切。多虧了泰國公主的介入。」聊到後來他的表情愈見放鬆，有「終於要結束了」的感覺。也許長期的革命訓練之故，總覺得他話中有很多保留，有意識的界定了可說與不可說的領域。

他的遺物就是一副眼鏡和一本名副其實的爛書（精裝的封面脫落了被反覆用漿糊黏上）、一本沾了泥巴的筆記《南洋人民共和國憲法草案》，輾轉的交到貘的手中。遺物塞在一個破爛的、斑斑駁駁勉強看得出原來是黑色的公事包裡，最讓他好奇的是那厚重的眼鏡，載上去之後眼前的世界朦朧一片。

其後多年裡，貘嘗試去重建父親的形象。

但馬如風不是政府宣傳中的流氓或盜匪那樣的人，他沉迷於思索，對建國有一種不可思議的激情。在森林裡那些百無聊賴的日子裡，反覆翻閱馬克思的《拿坡崙．波拿巴的霧月十八日》。還有隊友對他的書面回憶，「他活在自己的世界裡。他有很多自己的想法。常望著夜空喃喃自語。」他樂於分享知識，只是沒有人理會他，也無法理解他那透過厚眼鏡看到的世界。

多年後陳平在《我方的歷史》裡有兩頁簡短的文字涉及一百九十一人不為外人知的死亡。就在馬共簽署和平協約後，當老大的發現了一個基本的技術難題：能夠走出森林回家的殘兵沒有想像中多。原因不是戰死、病死或遭遇甚麼意外，而是被在一九六九至七〇年間「可怕的審判」中被懷疑是「敵奸」而被處死了。其中不乏一些優秀的資深幹部。書中引述一位「改造員」（曾被疑為敵奸但設法活下來的人）的話說：他們不得不招供，否則便會遭處決。為了保命，他們只好亂誣指人。「肅反運動至少在總部處決了十六位同志，在勿洞東部處決了七十五位。」死於內部的暴力，經常是派系鬥爭的結果。結果呢，一如蘇俄和中共的做法，「正式承認，馬共犯了嚴重的錯誤，處決了他們，並願意對他們的家屬做出賠償。」

無疑的，馬如風是受害者之一。

後來他的遺孀獲得的微薄賠償證實了這一點。

在屬於見證叢書之一的《莽林生與死》有一篇署名若基寫的回憶文章《我的朋友詩人四眼仔》，寫了許多他做的傻事（「到處留下自己到過的痕跡」、「一向組織要求讓他回到小學去教華文，兼收集情報」），他不斷增厚的眼鏡（「最後厚到像魚眼，可以防彈」），他的名言（「少了眼鏡他就看不到這個世界的是非黑白」），所以最後處決他時他要求摘掉眼鏡（「讓我專心的聽聽子彈穿過大腦的聲音」），並且要求把他在山上撿掉的幾顆有點腐朽（有密密的黑色小蟲洞）的老虎牙齒送回家給他的孩子。寫道他被多人指認為敵奸，隨處在樹上石頭上給敵人留下記號，一有機會就到附近的眼鏡行給敵人送消息（或被懷疑去嫖妓，歧視社會底層的女性同胞）；對共產主義信仰不堅定，過於唯心，一整天妄想建國；曾從背後盯著北馬局最有權力的人小章的頭直搖頭。自命知識份子，常指正同志文字修辭上的錯誤。對勞苦大眾不太尊重等等。

另外一件離奇的事是，他被鎗決後，從太陽穴裡只流出很少量的血，子彈還卡在裡頭。其時的審判長，小章還冷冷的批評說，「像木頭人一樣。」

他和幾個同時被處死的叛徒共同被埋在一棵經常有成群猴子出沒的高大野生榴槤樹下，不知道誰在他們埋身的大石頭上刻了個毛體草書如風二字。

他的〈矛盾論〉早被銷毀了，〈論持久戰〉據說剩下兩頁。《南洋人民共和國憲法》只寫了封面。獏艱難的從貼身衣袋裡拈出一小疊紙，展開來，紙的一篇是鋸齒狀的，看得出是從筆記本上匆匆撕下的。我要求看看，有一股強烈的騷味。裡頭是密密麻麻的小字，也許淋過雨，但更可能是他長年的汗水把它醃漬成那個樣子。字跡也漫漶了。

「它快要被你毀了。」

「無關緊要。」他說。「傳聞中的手稿大概早就被銷毀了。這不過是他從森林中寫給我母親的信。」

「當我母親把它交給我時，我也幾乎不相信，他們之間竟然還有書信往來。」獏吹出的煙，好像是一片片的雲，且越來越像是團團的烏雲，他的臉漸漸的像雲後的山，虛無縹緲起來。「而且看來有著深厚的感情。」

「這封信是回覆我母親的，說我們四兄弟離家出走了，大概跟著馬戲團跑了。他的語氣非常自責。說一定會設法請第三國際的朋友幫忙。」

既然是私函，我就不好意思細看了，但即使是瞄一眼也可以看到很多感嘆號、稱他妻子□□妹之類的，寫了不少情書似的話。最讓他感動的是裡頭這麼一句話：「只要是妳生的孩子，就是我的孩子。」

有好一陣子獏猛吐著煙，沒說話。

「他畢竟是關心我們的。」長吁一口氣，雲散去。他的表情又恢復出土文物的威嚴。

「我爸昔日的同志對我說，他很早就建議部隊在中南半島的三不管地帶建立一個國家。即使要和國民黨的殘餘部隊合作也在所不惜。但遭到中委的激烈反對，他被迫因此做了多次檢討。我猜那樣的主張妨害了中國的利益。他的貿然建國，多半是他被害的主因。」

「據說他最後的遺言是：我們都不過是幻影。」

他也秀出他的南洋人民共和國護照，翻開，裡頭竟蓋滿不同國家、不同日期的戳記。他說他們四兄弟原本就組成一個叫做「南洋人民共和國」的劇團，在歐洲相當出名的。他們演過的最有名的劇目之一叫做〈防風林的外邊〉。因為防風林的外邊還有防風林，外邊還有……

我問了他接下來的計畫。

獏說他最新的計畫是，在五〇年國慶日那天，他將扮成東姑的銅像到吉隆坡街頭遊蕩，像失魂落魄流浪漢，喃喃唸著*Merdeka kakakaka*。*Kakakaka*。他用力讓上下排齒牙敲擊。

這時有一些零星的雨滴落下。這時幾件事情同時發生。在廣場的那一方，遠遠的，我的孩子拎了兩把長長的黑雨傘緩緩的跑了過來，妻在商店門口向我招招手，大概提醒我該請他吃頓飯。我心裡想著「你帶著那幾顆虎牙嗎？」嘴裡說的卻是「你們的雕像生涯是從甚麼時候開始的？」而同時，不知道從哪裡鑽出幾個警察模樣的人，手腳僵硬的朝我們展開包抄之勢。我正納悶著「不會來抓我的吧」，心裡飛快的過濾一下最近有沒有做甚麼壞事自忖工作證應該還隨身帶著，小孩已跑過了三分之二路程，掉了一把傘。彎身撿拾。一位員警大喊，「非法外勞。你非法打工。沒申請工作證。別想逃。」說時遲那時快，兩位率先撲上的員警已被兵馬俑將軍摔倒在地，他一陣風似的從那缺口穿了過去，員警緊追在後。將軍身手俐落的跨過一道欄杆。又一道欄杆。當跨過第三道欄杆時，小孩抵達了，氣喘著腰直不起來，勉強吐出「警……察」兩個字。這時，對面那家7-Eleven陸續出走四五六個兵馬俑，有將軍有步兵，高矮不一。說好似的，拉了他，洗牌似的彼此交換一下位置，魔術產生了：他們的高矮好像和裝扮都差不多了，然後分散開來，冒著驟降的雨往不同的巷道逃竄。

大雨裡，孩子把玩著沉甸甸的手榴彈說，「大雨會不會讓他現出真面目？」

「不會的，」一個聲音說「他會像一尾魚那樣游走。」

然而數週後，獏和若干不同國籍的非法外勞被驅逐回原屬國的消息赫然見諸報端，一個不起眼的小角落，緊鄰著一則越南新娘產子同時排出一團蛔蟲的八卦新聞。其時他在中正紀念堂前扮演……

赫，竟然是秦始皇那暴君，好像還用甚麼荷蘭語演說。遭有心人檢舉，以為是哪間療養院偷跑出來的神經病。

再一則新聞，獏被移民署認定的原屬國拒絕，大馬外交部表示，他的身份證和護照都是偽照的，已被註消。

國際人權團體、馬戲團協會、國際街頭藝人表演協會出面聲援他，籲請荷蘭給他發出無國籍者入境簽證。

更早些，兒子玩錢幣發現有幾個「怪怪的」，好像和剛拿到時不一樣。一顆一文錢的刻了個「古人」頭像，上頭有蝌蚪文；對照資料是秦始皇和小篆，背面的文字是「書同文、車同軌」。一顆五毛錢的有張猴模族樣的臉孔，圓圓的臉張著嘴似笑非笑，對照資料卻看不出是誰，有幾分像鄭和。邊銘小字刻著「*People's Republic of Nanyang, 1945*」字樣，背面浮雕著一顆多刺的榴槤，及三顆小星星。另一個是橢圓形的，鐫刻著一尾龍魚，背面是一張世界地圖，被剝開的地球的表皮。

二〇〇七年七月一日初稿，二〇一三年二月六日大修畢

原刊《香港文學》第三四四期（二〇一三年八月）

婆羅洲來的人

你說那個毀了我表姊的婆羅洲來的人？

來根菸吧？你不抽我抽了。

故事要從我二舅說起。

二舅是戰後我家族第一個到北部去念大學的，被我外婆稱作是家族裡最聰明的，是秀才的轉世。他後來從事國際貿易賺了大錢，最近在電視上還常常可以看到他的新聞。

大概是我小學六年級那時候吧。那年他返鄉過暑假，帶來了一個朋友，那人像古人那樣向我外婆外公做了個九十度的鞠躬，老人家笑得合不攏嘴，直讚他「古意」。二舅介紹說，他這個朋友——他的同班同學，也是他的室友——來自南洋，更準確的說來自婆羅洲，是華僑，客家人，要借個地方隱居寫作。

那是我第一次聽到婆羅洲，或者說這三個字第一次在我腦裡留下了印跡。

那個一臉落腮鬍的高瘦男子神情陰鬱，還拖著一個灰綠色、斑斑駁駁的大行李箱，箱的表面處處是貼上的紙撕掉後留下的痕跡，殘留著紅的、黑的、藍色的官印，看來曾歷盡滄桑。

他後來告訴我說，當年他爸從唐山下南洋，帶的就是這口德國製的箱子，還是純蛇皮做的呢。當他通過了到中華民國留學的申請，他爸興奮的從床底下拖出這口箱子，把裡頭的所有個人資料——各項當選證書、官方文件、信件、日記，一家人的身份資料等，都移到另一口木箱裡去了。

「我沒有甚麼好東西可以送你，這口箱子，就當成傳家寶送給你吧。」他爸說。在中學教書的他爸還偷偷塞了件鄭重的用月曆紙包起來的物件，說是如果他船上睡不著可以解悶用。他一上船就迫不及待的拆開來，原來是本沒有封皮的書，書脊上隱約看到五個殘缺不全和四個完整的字，《銹像□□詞話》。

你應該知道是哪本書吧？他說那書啟發他想當個偉大的小說家。

他爸還送給他一把毛筆，但他從來沒有啟用過，後來竟然轉送給我。

你喜歡哪一家的書體？我這兩天寫一幅送給你。或是這牆上掛的哪一幅字？小蘭從沒帶男生回來給我這個舅舅看，我真的非常高興。

他娘倒是從她私人的藏寶箱掏出兩條金鍊給他，說要是沒錢吃飯了就拿去典當了吧。他說他到台北沒多久，就把它典當了，可是還是不夠吃飯。「我好想念我娘啊。」

提到他娘，他都會紅著眼眶，甚至掉下眼淚來。真是個奇怪的男人啊。

他甚至給我看過他娘年輕時的照片，他珍而重之的放在皮夾裡，情人似的。照片裡他娘，可真是個眉清目秀的清純姑娘啊。

外婆家的四合院不乏空房間，可他偏偏看上了豬舍旁那間廢棄已久的小屋，就在那杉樹林裡。從這事也可以看出他的個性其實是孤僻的，不太喜歡跟人群互動，大概怕有人干擾他的寫作吧。

二舅和大表姊、我，還有幾個恰好返鄉渡假的表哥，都幫著清理、打掃，把裡頭的一干雜物（舊農具，籮、雞簍、桶子、建築剩料等）移到雞舍旁的儲藏室去，掃一遍、洗一遍，還刷了一遍油漆，花了好幾天的功夫。他雖說不用這麼麻煩，他是流浪漢，只要擺得下一張桌子、一片可以睡覺的木板，他就很滿足了。但二舅非常堅持。事關他的面子。外公外婆也認同，覺得這麼一個國立大學的高材生，又是要從事那麼重要的事，一定要有一個舒適的環境。甚至從不知哪裡找到一塊絕對可以當床的七八尺長、一米寬、三吋厚的楠木片（那可是巨木的遺骸啊），打磨得亮亮的，墊了空心磚給他當書桌。

但那麼勞師動眾的一搞，有幾天他都必須和我擠一個房間。二舅房裡擠滿了來訪的遠房表哥表弟。

我的房間是外公留給我一家人用的，但我爸媽很少來看我，我爸那時犯了殺人罪在坐牢（他坐了很久的牢）。我媽是那種硬頸的女人，丈夫是她自己挑的，戀愛結婚，出了事，沒臉回娘家依靠父母吧。

但我外公其實日子也過得辛苦。我媽她帶著我哥到工地去，在她哥哥嫂嫂的水泥工班裡，全省到處跑。

她會定期寄錢給外婆養我。外婆說她都幫我留著，好讓我長大念書之用。她期許我一定要念上大學，像我二舅那樣。我後來之所以能考上大學，都是為了看到她歡喜滿足的笑顏。

但我那時也常在想，為什麼獨獨把我留給外婆呢？是不是因為我比較討人厭？當然我外公外婆對我好是沒話說的，他們簡直把我當第三個兒子來養，後來還把這小片沒有肉的山坡地留了給我。

——你說我爸？應該早就出來了吧，不知道他到哪裡當流浪漢去了。反正沒來找我，我也不會主動去找他。整個家族都以他為恥。

剛說到我外公外婆是不是？他們平時都忙於農務，擁有的土地只是幾分貧地，維持不了生活。他們定期和幾個朋友到處幫人割稻剪枝採果施藥，很多時候都不在家。是那比我大五歲的大表姊在照顧我，她簡直比我親姊姊、甚至親娘還親哪。

在我還上小學前，愛哭，晚上常睡不著，有時還會尿牀。外婆就讓她來陪我睡，我們在同一張床上睡了好幾年呢。後來有次我媽回來，說那不行，我已經慢慢長大了，那對表姊不好。婆羅洲人來的時候，我被迫自己一個人睡還沒多久，還常常失眠，或睡到半夜醒來，抱著抱枕懷念著表姊的體溫睡不著，偷偷哭泣。

對不起我不該講那麼多自己的事，而且是那麼丟臉的事。

那房間我一個人住時，真的很不喜歡它的空曠，有人做伴也是不錯，只可惜沒有幾天。他菸雖然抽得凶，但我毫不介意，只要別把房子燒掉就好。菸蒂也是我幫他處理的。因為我那沒見過幾次面的爸爸也愛抽菸，我有時會很懷念那味道呢。你看，現在我也成了老菸槍，牙齒全染黑了。

就在那時候，他告訴我那口皮箱的故事，他提到他娘，我也忍不住提到我媽，也很丟臉的流了眼淚。或許因為這樣，他並不討厭我有時會纏著他吧。他還給我看了箱裡他珍貴的藏書（他後來省吃儉用在台北買的中國古典小說）、一大摞筆記本、一疊差不多四吋厚的大稿紙，每一頁都寫滿了字，「這是我多年的心血。它比我的性命還重要。一舉成名就靠它了。」還有一疊兩吋左右的空白稿紙。「希望這暑假可以順利完稿。甚至潤飾完成，再一筆一劃的重謄一遍。這可是純手工的啊！」

他住進他的小屋。愛開玩笑的二舅戲謔的給那小屋題了個瘦金體的匾額：婆羅洲。據讀過他回憶錄的人說，他說他那時其實蠻生氣的，只是寄人籬下，不好發作。他一直以為外婆家有幾十甲地，以為二舅是個地主貴公子，其實那些地都是向林務局，或國有財產局承租的，是國有林地或農牧用地。你們眼前這些山坡地都是，大片大片的種了竹子或杉樹，竹筍是吃不完，但此外也沒別的甚麼好處。

——匾額？在吧。怎會不在？我拆下來收在哪間儲藏室了，要再找一找。過陣子我計畫把它收拾收拾，粉刷了開民宿，可以接背包客。我自己篆額，我都想好了，要用柳公權體寫上六個字：「婆羅洲的回憶。」那裡頭原來常有母雞躲著偷偷生蛋、孵蛋，每年都有幾窩小雞從那裡頭被帶出來。

那些屋旁的杉木，這十幾二十年來陸陸續續砍掉了，賣了補貼家用。林子裡原生的樟木苗都長大了，所以景觀和以前很不一樣了。

剛說到哪裡了？

他搬進去的幾天後，有一回晚餐後，我偷聽到二舅和他父母小小聲的說：我這同學很窮，但志氣很高，一心想當個偉大的作家，想以他的家鄉婆羅洲為材料，寫出一部新文學以來最偉大的小說。但他如果不去打工，不只寒暑假會餓肚子，開學後也會沒飯吃。如果去打工，一整天下來累到兩眼發昏，晚上寫不上幾頁就呼呼大睡了。他那樣撐了好幾年了，也寫了好幾百頁稿紙了，但進度還是被拖延了。他很擔心，開學後就是最後一年了。畢了業，回到婆羅洲就一定要去找工作，家裡有一大票弟弟妹妹要他幫忙養，他大概也寫不了甚麼小說了。

「多一口飯，對我們家來說，並不是甚麼大不了的負擔。」二舅拍一拍他結實的胸脯。

那時我並不知道，外公外婆其實是憂心忡忡的，他們發現來客食量蠻大的，還好白米飯吃得雖多，菜卻走不挑，菜脯、豆腐乳、鹹蛋和青菜都很愛吃的樣子。那時我還不知道二舅一個人其實消耗著家裡大半的資源。他才華橫溢，玩相機、彈吉他，長相俊俏，有幾分像勞勃瑞福（勞勃瑞福你知道哦），有著一股天生的公子哥兒氣，愛享受，也很受女孩子的歡迎。每當有女孩懷了孕找上門來，外公外婆都會煩惱不已。但他總是有辦法勸服那些傻女孩乖乖的去把孩子拿掉，好讓他毫無後顧之憂的把她們甩了。

二舅說著那來自婆羅洲人的偉大夢想時，大表姊靜靜的在一旁給他父親的盆栽澆水，也許那時就悄悄的留上心了吧。

於是那個來自婆羅洲的人就在那小屋裡，開始他的隱居寫作，表姊和我被二舅派遣協助他處理生活上的雜務。很快的，我們發現這工作並不容易。他的作息難以捉摸。有時早上還在睡覺，有時甚至睡到天黑，當他熬夜通宵寫稿時；但有時大概雞啼即起，整個白天都在埋首寫作，或在樹林裡看小鳥、採野菇。還好他真的不挑食，餓了就吃，往往白米飯配豆腐乳，自己煎兩顆蛋。飯的冷熱他不在意。我們的廚房反正是開放的，他隨時可以去吃。

二舅拿了筆小錢給表姊和我，要我們定期給他供菸、不定期的啤酒。這還好，半公里外的「柑仔店」就有得賣。

騎機車去並不費事。

然後二舅很快就回到都市裡，去過他現代人的生活了。

我當時就注意到表姊看他專注工作時，眼睛簡直發出亮光，臉也潮紅。好像在陪伴一個聖徒在寫經書。她給他送熱茶，熱面巾，點蚊香，有時會特地為他熬了熱湯，甚至飄著中藥味給送過去。他夜裡洗起來的衣物，她發現他忘了晾，不敢吵醒他，就幫他晾好，曬乾了、摺好，給他送到小屋去。發現他衣服沒洗乾淨，還幫他重新刷洗一遍。後來漸漸的，是表姊幫他洗、晾、收拾了。

舅媽知道後大吃一驚。鄉下地方，女孩主動去幫男人洗衣服，不就是在盡妻子的義務了嗎？用她們粗俗的講法，多半已經被男人「大船入港」了。

關於那婆羅洲人，這是我最心痛的回憶了。

其實我從遠處某棵樟樹上就可以眺望到他在房內的一舉一動，我躲在樹葉後頭，他根本看不到我。我經常在那樟樹枝幹分叉處上發呆，窺看那小屋裡的動靜。

他來後，表姊更少時間陪我，殷勤的給他送茶水之外，常常裝得很愛讀書的樣子。甚至安安靜靜的在他房裡一角的籐椅上，翻閱他帶來的那些書。那之前，她頂多看瓊瑤的小說和三毛的散文，這時卻看起那些生澀的古典小說。而且在他歇息時向他請教這請教那，她那臉紅紅的醉樣對他而言是否是致命的引誘呢？他們甚至一道在那小溪旁摸魚戲水，互相大膽的把衣服潑濕。小溪窄窄的，水清澈而冷冽，發源自附近的高山上。和我們的飲用水是同一個水源，早年外公外婆用竹筒一段段的把它接引下來。

那溪流離我們的住處很近，我也常在那兒泡上大半天，撈魚蝦摸螃蟹，是我最喜歡、最多美好回憶的地方。只是夏日要很小心，有時上游下雨我們不知道，大水一下子就沖過來了。

那溪現在還完整的保留著，我不會讓任何人破壞它。

我常在那樹上偷看那房裡的一動一靜。

那天，蟬還是一樣吵翻天，我在樹上小睡，夢到我爸又殺了人，弄得白衣上都是血，嚇醒。

突然瞥見那窗裡似乎有不尋常的動靜。沒錯，表姊穿著她最愛的湖綠色的裙子，被那婆羅洲人整個的抱起，被他壓在那張大書桌上，白皙的腿張得好開好開。那時我想，那不是公狗、公貓、公兔、公雞常做的事嗎？我差點從樹上摔下，便滑下樹，貓身快速潛行靠近那小屋。

走到大概還有一棵樹遠時，好似聽到男人說了一聲英語I'am verry sorry但我那時還沒學英語也可能記錯了。我只記得那蟬聲被放得很大很大，耳朵好痛。門呀的開了，表姊走出來，頭低低的，看也沒看我一眼，鞋也沒穿，小跑著離去。臉頰依稀有淚光。小屋裡粗暴的窸窣聲，有人使勁的揉著一張又一張紙。

那之後，婆羅洲人的作息似乎變正常了，至少睡覺的時間正常的調到晚上。而我也常看到表姊在夜裡偷偷潛入那小屋。她的腳步聲我再熟悉不過了。鬼鬼祟祟，但又十分堅決。她的房間就在我隔壁，要到小屋必得經過我的房間。她難道不怕踩到蛇嗎？

約莫是子夜出發，雞鳴前回到她自己的房間，每每她房門咔的一關上，雞就叫了。雞一叫，外公外婆就起牀了。

多少次我在窗縫裡偷看那手電筒的燈光，快速的在樹林裡搖晃、移動，心裡一陣陣抽痛。

然後是白日裡他們在小屋裡激烈爭吵。

「我是流浪漢，不可能就這樣定下來，為了妳們的一日三餐忙個不停。我不要那樣的人生!!」

「我可以出去做工，去工廠、去工地、去當女傭，你在家寫作、顧孩子。」

「那很丟臉。」

「我可以跟你回婆羅洲去種胡椒！」

「那會餓死。我不能讓妳妨礙我偉大的夢想！」

「那我怎麼辦？我肚子裡的孩子怎麼辦？」我表姊她變得激烈，像帶著小雞時的母雞。

話語容或有不同，內容是一樣的。

那一幕幕，我還清清楚楚記得，漲紅著臉的表姊，一臉的淚水，絕望。

但那時我最擔心的倒不是別的，而是他會不會怒而揮拳打表姊，我甚至備好了棍子，握得手都疼痛了，手心直冒汗。

還好沒有。

然後有一天他走了，不告而別。

小屋裡他所有的私人物品都帶走了，只除了垃圾桶裡的。

你們可以想像當表姊一早發現他走掉時的表情。那天從早上到天黑，她的淚水沒停過，也不吃不喝。天一黑就驚動了老人家。擔心暴躁的大舅會狠狠的揍她，在驚動她父母前，他們緊急聯絡上二舅，要他設法處理，最好是把他押回來和表姊結婚。

「雖然窮，好歹也是個大學生啊。以後至少也是個老師，生活不成問題的。」一面可惜表姊剛考過聯考，雖然只考上私立的，家裡多半也不會讓她去念。

附近的老農說，天還沒亮，住你們家的那個華僑青年攔他們的車下去，他們把他送到火車站。

但二舅很快的回復說，那人回婆羅洲去了。連那時的我都覺得不像是真的。二舅是不是在袒護他？不是說他大學還沒畢業嗎？

第二天一早，外婆發現表姊也不見了，後來在火車站找到家裡的機車。

再度聯絡二舅，他說他會找到她。他會處理。

四天後，二舅帶著神情恍惚的表姊回來了。沒有人知道這中間發生了甚麼事，只知道她肚子裡的孩子沒了，「處理掉了」。

二舅不肯透露更多細節，只說他甚麼都不知道，「我在火車站看到她，就把她帶回來了。」

她到底有沒有見到那個婆羅洲人？她是怎麼被說服的？

那之後就再也沒辦法從表姊那裡問出甚麼來了。

之後，連二舅都很少返鄉了。即使年節時回來，也是屁股沒坐熱就走了。只有外公的葬禮時回來住久一點，神情憔悴，變得非常沉默寡言。那年小蘭五歲。

肚裡的孩子處理掉後，她收拾了衣物，搬到那小屋去了，有時發呆，有時自言自語，有時打著毛線、哼著搖籃曲。而一吃過午飯，就緊張的起身，哼著歌快速的洗了澡，換一身乾淨衣服，臉露紅光的騎上機車，飆到火車站去。只丟下一句：「我要去接他。」

家人很快就知道，她每天都準時到月台前，等待的是二時十分抵達的那班自強號，等待那個婆羅洲人。火車抵達後，一直到那班車最後一名乘客都離開了，她才緊張的去問剪票員，她的描述讓人摸不著頭腦，「有沒有看到一個高高的，瘦瘦的，一臉大鬍子的，髒兮兮的，流浪漢一樣的男人，他是個婆羅洲人」有一回一位心腸不好鐵路局工作人員，反問她：「車站隨時都有幾個臭哄哄的流浪漢，妳要哪個？」因此她總是失望得痛哭離去，後來再也不敢問人了，努力的張望。那接下來的三個月裡，即使颳風下雨，她都會臉帶笑意的到火車站去，又哭著返家。第一個月外公還請了假，天天騎著他的野狼載著我，尾隨她去，再遠遠的跟著一路擦眼淚的她回來。

她爸曾經把她捆綁起來，可是那時刻一到，她掙扎得好似被惡魔附身。

大舅狠狠的鞭了她。她唯狂號而已。

外公說，讓她去吧。愛到癡時入魔。

舅媽不知道跑了多少廟找過多少神棍，逼她喝了不知多少冤枉符水。後來經人介紹向山上一位法力高強的泰雅巫師請教，那位眼眶深陷、視力完全退化的百歲老太太，只憑一件她穿過的衣服，就空眼望天，幽森森的指出：表姊的三魂丟了一魂。丟失的那一魂，化做了青色的小鳥，一時貪歡，迷失在婆羅洲雨林了。再找一個婆羅洲人，把它召回來就好了。

那之後她突然不去車站了，也不再哭泣，變得很安靜。

大概是某一瞬間清醒一下，做了另一個決定，切換成另一種模式了。

爾後，她終日把自己關在小屋，呆坐如布偶。或者爬到樹上，露出小女孩的表情，學小女孩的腔調說話。或者在林中快速的大步奔走，連狗都追不上她。那時她的三餐和飲水都是我送去的，常常得哄著她吃、喝。

有一天夜裡，月光明亮，我突然驚醒。趕到她獨居的小屋去，發現她脫得精光，坐在一塊大石頭上。我為她披上袍子，陪她坐到她想回去為止。

那一夜，我們一起餵了一夜的蚊子。

我甚至曾經不止一次在她耳邊小聲的說，「姊妳別傷心，等我長大，我娶妳好不好？」我發誓會照顧她一輩子。

她有時聽了會點點頭，眼泛淚光，緊緊的、用力的抱著我。那時你不知道我多麼希望我就是那個婆羅洲人啊。縱使不是那個，是另一個也行。

但更多時候她目光呆滯，完全沒反應。

那時我就知道她其實沒全瘋，只是某個齒輪被卡住而已。

她漸漸穩定下來了，不會亂跑，不會隨便脫光衣服。生活基本可以自理，有人提醒的話，也會刷牙、洗臉，不定期的去洗澡，甚至可以煮些簡單的食物（熱飯，煎蛋），甚至處理自己的月經（雖然處理得不是很理想）。外婆輕鬆多了，就回去工作，囑我看頭看尾。

只是偶爾還是會喃喃自語。我就像這樣拍拍胸脯說，阿嬤妳放心，都交給我。我會照顧她一輩子。平時很堅強的外婆悽慘的笑了，緊緊的摟著我，痛哭失聲。

許多年過去了，那年我終於考上中部一間大學的農業科系。外公外婆也不再外出工作，方便照顧她。辭別時，表姊竟然摸出一條金鍊子給我，她說是那個婆羅洲人送她的，她沒有別的東西送我，然後抱著我一直哭，「他明明說他會回來接我去婆羅洲的。」

「他雖然騙了我，我還是忍不住會想他。如果孩子——」

我說我會常回來看他的，因此我選了中部的學校。

也幾乎每個週末、國定假日都返鄉，除非是期中、期末考週，或臨時被甚麼特別的事情耽擱了。表姊她沒有變得更好，也沒有更糟，但也沒有變老。只是一天的大部份時間都枯坐著，遠遠的眺望那間婆羅洲小屋。

彷彿不過是把時間凍結了。

無巧不成書，大學第二年的春天，我們宿舍還真的搬來一個婆羅洲人，一個個性非常開朗的僑生。頭髮濃密烏黑，齒白，皮膚黧黑，寫詩，踢足球，是個文藝青年兼陽光男孩呢。我心生一計。於是趁他還人生地不熟的時候對他非常熱情，讓他有他鄉遇故知之感。很快我就發現他有一個長處：心腸很軟。於是打鐵趁熱，逮個機會向他訴說我可憐的表姊的悲慘故事。一點一滴的向他訴說我多年來的辛苦，「你一定很愛她」他說。我拜託他幫我一個忙，請他一有機會就對她唱唱歌，向她說說婆羅洲雨林的故事，看看是否能喚回她失落於雨林的魂。

於是那年暑假就把他帶到我家（當然就是這裡），他從圖書館借了《格林童話》和一整套《蜀山劍俠傳》，他還以為他有時間看閒書，打發時間。

當我向表姊介紹說，我這個室友也來自婆羅洲，她沒甚麼反應。於是他天天給她彈吉他唱情歌——他的歌聲好到可以出唱片我沒騙你，連我聽了都很感動。當他天天用那富含磁性的嗓音，說出一則又一則雨林故事——加上雨林背景的格林童話——關於飛禽走獸、大象犀牛，武林高手在大樹上像特技演員那樣翻滾。犀鳥戾，蜂鳥嗡，大風起，雲飛揚。

突然間，「咔」的一聲，某個卡榫被打開了。你可以想像我表姊的神情。

沒錯，如夢初醒。就是這四個字。

我可以感受到時間的重新啟動。

卡住的齒輪鬆開了，但長久的鏽蝕讓它發出巨大的磨擦聲，她的瞳仁像攝影機茶色的鏡頭那樣緩緩開啟，一道光投進那最幽深的黑暗。

「你終於回來了。」她說。

「歡迎妳回來。」他也答得妙。常演話劇把他訓練得很能即興演出。

但表姊這時發現了自己的年齡，她比預期的還要清醒。「我曾經毀了，我人生最重要的一段青春已經再也喚不回了。我要的不多，」她鄭重的說。

但你知道她向他要甚麼嗎？

一個孩子，是的。

這讓我的婆羅洲朋友很為難，也很尷尬，他說不定還是童子之身呢。他已經有心儀的對象，況且他和我表姊之間毫無感情可言，萬一假戲真做，脫不了身呢。我說，你給他一個孩子，其他的就交給我。

我表姊說得很清楚，他不是要他娶她，但她希望婆羅洲人能還他一個孩子。

我只好把他帶到雞窩去，讓他看看孵著蛋的母雞的狀態。那些發出咯咯咯叫聲的母雞一心想孵蛋，一旦你把蛋都抽走，牠就會狂躁不安，好像著了火似的，到處亂跑。但如果你半夜在牠的窩裡放進幾隻小雞，第二天早上牠就會以為是牠的蛋孵出來了，會很開心的帶著牠們去覓食。

「你是我表姊的唯一希望，這是件善事，我們家族會一輩子感激你的。你不說你未來的女友永遠不會知道。我們也不會告訴孩子他的生父是誰。我說過我會撫養他。」

——所以他還是做了？

——不然怎麼會有小蘭？

——這可憐的婆羅洲人。

——我表姊其實是個充滿激情的女人，更何況時值排卵期（依她自己的計算）。我那朋友一點也不吃虧，應該還很享受才對。否則怎麼可能和她在那小屋裡繾綣了一整個暑假，還完成了一部歡快的雨林小說。

那些天，他們每天傍晚都在附近手牽手散步，就和一般的情侶沒兩樣。他經常彈著吉他，給她唱情歌，都是些我不熟悉的英文歌法文歌。

我自己心裡可是百味雜陳。

我說服家人讓我全權處理，別再胡亂插手。

——說也奇怪，一懷上孩子，我表姊就恢復到幾年前剛開始懷孕時的狀況，對未來滿懷感激。只是這回非常安心，一臉幸福。她非常知足。

但她說甚麼也不肯嫁給我，只答應讓我當孩子的舅舅。

後來我在整理她的遺物時，從她的小樟木箱裡，發現了幾頁有陳年泛黑的血跡的殘破稿紙。看來曾被暴力扯破過，也曾被非常用力的揉成團，那裂痕仍在，但字跡已經難以辨認了。

這讓我想起那可怕的激情暴力的一幕。

但她為何珍而重之的收藏著呢？

是還思念著那個殘忍的毀掉她的男人嗎？

就這樣我畢業後我返鄉，為了免於當兵，畢業前我還忍痛砸爛了兩根沒甚用處的腳趾頭，你看——

——你說甚麼保險金？我不是那樣的人。

我甚至考過了普考，在公所裡當個小職員，好照顧家人。日子平緩的過去，我反正生平無大志，只要能平安的守著他們就是幸福了。就這樣，小蘭也長大了，只可惜一直沒有適合她的對象。兩代的老人逐一凋零，如今我也年近五十了。

那些年裡，表姊一直勸我結婚，也一再為我介紹相親，但我一直不肯。我很擔心我一旦結婚生子，只怕沒辦法同時照顧兩個家庭，也沒法全心全意的愛著她們。一直到前幾年，我四十五歲那年，表姊突然診斷出癌症，而且竟已是癌末，說我如果一輩子為了她不結婚，她會死不瞑目。她其實是擔心她一死，我只怕也活不下去，那女兒誰來照顧？我只好依她的安排，和村裡娶不到老婆的那些老窮殘男人一樣，到印尼的加里曼丹，也就是婆羅洲的坤甸，娶了我現在的太太。她也是客家人，到婆羅洲已經第五代了。

她比我小二十多歲，其實可以做我女兒了，比小蘭還小了好幾歲呢。我心裡其實對她充滿愧怍。要不是家境太糟，身為長姊的她也不至於要遠嫁千里之外，嫁給一個陌生的老男人。我看到她身上有著客家女人強悍的意志力，到哪裡都可以開創出全新的局面。

我比他爸還大上一歲呢，身而為男人，我對他非常抱歉。

我們鄉娶外配的很多，山上採茶的姑娘，幾乎都是那些來自南洋年輕姑娘了。她們的健壯和活力，給人口老化的鄉下帶來真正的希望。

內人也是這方面的一把手，單憑她那一雙手，她娘家已換了新房子。她還勸我退休後不如和她一道到坤甸去，做點小生意。那時小蘭即使未嫁，也能自立生活了。

所以我孩子才這麼小。你看，大的今年還不滿五歲，小的兩歲，多可愛是不是。

你說我如此把祕密揭露，豈不是違反我對那個婆羅洲人的保密承諾？

我只能說，這說法對小蘭來說是比較好的。她也能接受，她喜歡這個故事，她小時我就常給他說這故事的童話版本，讓她從小就對婆羅洲雨林充滿幻想。

——那兩個婆羅洲人後來怎樣了？其實我也不是很清楚。我那位室友心腸真的很好，畢業前其實來看過我表姊幾次，也不忌諱和他的孩子合照，給她送了好多套昂貴的繪本，看來是個很有父愛的男人。雖然他最終回婆羅洲去，在一所中學當英文老師。前些年還給我寄他最新的作品，一部雨林童話故事集。

至於第一個婆羅洲人，據說他放棄學業匆匆回返婆羅洲後，那部未寫完的長篇一直也沒寫完，倒是突然間參與婆羅洲獨立運動，被關了幾年，竟然被大馬政府遣返中國。他運氣好，那時文革已經結束，他被允許寫作，目前在寫他的婆羅洲懷鄉三部曲。

——另一個說法是，他返婆羅洲故鄉做森林保護，建立了一個非常大的熱帶雨林保育區，就叫做「婆羅洲人民共和國」（People's Republic of Borneo）。

——對了你說你來自——

——是的伯父，我來自羅東，不是宜蘭的羅東，而是砂勝越的羅東。也就是說我也來自婆羅洲。你看我長得黑黑的，是因為我是混血兒，早年被蔑稱為「半唐番」。我爸是有點錢的華人，我媽是達雅克人（不是泰雅人，別弄錯了。雖然DNA可能很接近），以前都被叫做拉子婦，她也早就被寫進小說裡了。

因此我們都討厭漢人，他們很貪，甚麼都要，只要是值錢的就都不放過。每天都在那裡砍樹，獵象獵虎獵犀牛，很多男人到山裡頭來把女人搞大肚了，留下一點臭錢，就一走了之。就像我那很賤的爸爸。

因為飽受歧視，所以我從小在長屋裡，被我舅舅撫養長大，因此我對華人其實沒甚麼好感。但我表叔鼓勵我來台灣念森林系。他爸給他的那口破爛的柳條箱我看他丟在雞寮裡，就向他要了過來。到處漏洞不說，屁股都開花了。我媽耗了兩個月才用雨林裡最強韌的鬼籐把它補得密密實實的，帶來台灣。您有沒有興趣看看？下回我把它帶來。

我不會寫作，我的興趣是種花，尤其是養蘭。

半年前我在假日市集見到小蘭，我們一見鍾情，已經交往了一段時間。

這次特地來見您是因為，小蘭她懷了我的孩子。她要跟我回婆羅洲，住進長屋裡，她也會順便去看看那個您說是她父親的婆羅洲人。

二〇一三年二月十日，大年初一

另一字數較多的版本嘗刊於《印刻文學生活誌》二〇一三年六月號，第一一八期。

瓶中稿：詛咒殘篇

（此稿某君得之於章魚口中一張殘皮。該章魚盤踞於一長耳瓶，該瓶料載浮載沉於南中國海有年，後擱淺於底沙礁石間。發現時，該章魚遭受一群螃蟹圍剿，已失二足。螃蟹與該隻頑固的章魚現均已成盤中餐矣。

該皮原尺吋不明，疑部份遭章魚啃食。殘存約三乘七吋，不規則，其狀如遭火嚙，如燼餘，從殘文研判應係一篇詛咒。

原文為古馬來文〔譬如重複的使用maka做發語詞。但奇怪的是，這皮上的maka又多錯寫為mata（眼睛），讀起來像「媽的」〕。字跡淡如，兼之殘皮甚黑（疑係南島語族之肩皮，有弧度），甚難辨識。而由於此皮的擁有者——瓶子乃彼拾得者——馬來文只有華小二年級水平，且有中度讀寫障礙，又堅持自譯，又自以為文勝，不接受任何商榷，原跡又不肯借做圖版，故譯文僅供參考。）

（上缺）……至□無□的真主□拉啊，請原□□火山□□的憤怒。

我要□世間最黑□惡毒□夭壽□冚家剷咒術媽的，

詛咒馬來亞□□共和國的支那□，世世□□不得好□

子子孫孫□□□蚯蚓蟑□螞□□龜□蚤屄虱，

□□最□不見□□

黑暗□獄，變成爛泥巴□□□

□□□馬來亞!!!

眼睛世系淵遠。血統純□

先祖□□安達拉繼□□武吉斯米南加□

鴨都拉□查理拉□哈吉雪蘭莪□佛拉惹□來曼

巴亞杜格魯布□丹滿速沙□馬六甲樹□

媽的大便□□一隻鼠鹿

□□一座島上□□一頭獅子

新加坡拉！

（下缺）

二〇一三年三月二十六日

原刊《聯合報・聯合副刊》，二〇一三年四月十一日

附錄一／

倫理的歸返

——黃錦樹和他的中文現代主義隊伍

劉淑貞

前言：在倫理的底線

二〇〇四年，我受《幼獅文藝》的主編之託，與當時甫出版第七部小說《遠方》的作家駱以軍有過一次訪談。在那個訪談中，我第一次藉由駱以軍之口，將他與當時即與之交誼匪淺的另一小說家黃錦樹連結在一起：

……黃錦樹大量的情感不在場感與視覺印象的強烈描摹，往上推溯即是李永平。身為外省第二代、同是某種意識型態下的『外來者』，在本質上我覺得我自己並不是那麼的鄉關何處，無論是政黨立場或家族網絡，我仍有某種飽滿的要求，也因此在那裡面可以挖掘出一種喜劇性的質素。可是馬華作家的位置比起我們更後退一步，他們的手足無措，一種位置的失落，使他們的作品改以裝盛拉美式的血液。1

那差不多也是駱以軍開始寫作後來的那部後殖民擬仿品《西夏旅館》的時刻。再前一年，黃錦樹那部收納了〈中文現代主義——一個未了的計劃？〉的小說論集《謊言與真理的技藝：當代中文小說論集》（二〇〇三）亦已出版矣。集中論及的小說家張大春、朱天心、朱天文與駱以軍等人，皆無法跳脫作為「序章」色彩濃厚的〈中文現代主義〉的脈絡。「現代主義」究竟為何？黃錦樹用以集結這批作家的「中文現代主義」又是什麼？作為被他評論為「中文現代主義」成員之一的駱以軍，指稱黃錦樹和他同是「某種意識型態下的『外來者』」，這和黃錦樹作為一個馬華在台作家與研究者、選擇他的研究對象與文本之間的關聯性又是什麼？這是筆者在完成了論文中所處理的那批台灣當代現代主義作家隊伍後，回溯到論文的開頭——黃錦樹那部繁帙浩疊的《謊言與真理的技藝》時，想提出的疑惑。

在正文開始之前，我有必要自白此篇論文對我自身所形構的起點與侷限。作為一個曾經是九〇年代某一特定族群作家的研究者，當我再度且重複地觀看這些自稱或被指稱為現代主義的作家：駱以軍、朱天心、張大春、朱天文……全黑的個人放映室，光束自背後的投影機橫越而來，打在眼前一片空無的牆上，整個世代的現代主義作家隊伍從屏幕的光影裡漸次浮出；這個場景令人無法不想到柏拉圖的著名隱喻「洞穴寓言」——蘇格拉底告訴葛樂康，在遙遠國度的某個地下洞穴，有一批囚犯因為手腳皆被鐵鍊綁縛，只能向前而無法向後觀看；在這批囚犯的背後，有一束火炬將他們後方矮牆上的物事打在眼前的牆上。因為有了火光的存在，他們將牆上的影子作為真實之物來看待。

柏拉圖的「洞穴寓言」令我想及自己觀看現代主義的經驗，尤其是處理過的幾位作家——以駱以軍為核心，輻射著王文興、白先勇、朱天文、朱天心、張大春等人的此支系譜；開始動筆寫作此篇論文時，我才如此明確地驚覺那佇立在身後喀啦喀啦轉動放映機膠捲（有時且忙碌地更換母帶）、打光、瞄準布幕之人（那些黑暗中的無名物事，如同他小說中那大批大批的黑暗膠林場景）——替我布置了當代台灣現代主義場景的蘇格拉底，無疑正是黃錦樹。

此文作為我清理爬梳過去的現代主義研究，將無可迴避地必須回到這位作為論文認識論框架的研究者兼小說家。為何是黃錦樹？他的論文他的小說與他的**交遊**（他或許並不能同意如此油膩的語彙），以及他一手建構的一整列台灣現代主義系譜間，將存在著什麼樣的對位與鏈結？本文重讀了黃錦樹寫於完成（或未完成）他的現代主義系譜之前或之間的文本，發現那是驚異地相似於他所關注的台灣現代主義者駱以軍甚至其他。當然並非意指小說文本表面形式的相似（那當然也不像——），而更多其實是指向**身世**上的：掏空的中國／中文肉身；創傷場景作為發動書寫的原始驅力；我甚至懷疑，黃錦樹念茲在茲的中文現代主義，其實也就是那樣以自身的身世作為認識論框架的起源：一開始是全黑的洞穴：膠林，烏暗暝，熱帶雨林的闇黑場景。極靜闃。黑暗中彷彿埋伏了窺伺的目光。如同他的那些

---

1 本訪談稿〈我的哭牆與我的罪〉發表於《幼獅文藝》六〇五期（二〇〇五年四月），本處引文出自錄音資料與訪談稿的整理。

短篇小說場景（「我們的童年都在膠園的蔭影裡度過，一直到學齡了才走出膠園」）[2]。然後忽然就有了火。光線從背後的黑洞向空白的文本投射，投照在書寫初被啟動發軔的**小說之牆**上；有了**火**以後，方才有了現代主義者**黃錦樹**[3]的倒影。

儘管黃一再地否認、撇清被加冕的「現代主義者」的頭銜與位置，然而其小說的書寫修辭、姿態乃至於其論文一直以來所關注的核心所在，無論黃錦樹承認與否，「現代主義」都是一個極關鍵的辭彙。在台灣戰後，那是起迄於一九六〇年代被西方所攜入的美學介面，並且一直延續至今——歷經了鄉土文學、後現代主義、後鄉土等各世代修辭地層的淘洗，而仍能在翻越了兩千年的界線後，成為台灣文壇某些作家的重要自我標誌。這意味著「現代主義」已經超越了它自身的美學疆界，逼近它的**倫理命題**。而在西方，現代主義的起點與終點，也無法脫離它的倫理政治而獨自存在。早在班雅明（Walter Benjamin）寫作他那如今已是典型現代主義範式的〈歷史哲學論綱〉時，他便一定程度地使現代性的災難成為它自身的救贖形式：當那著名的新天使凝視著腳下被現代性悲風吹拂而不斷堆高的瓦礫碎片——這些看似災難的殘餘，卻也極悖論性地成為現代主義內部最核心的美學形式：語言的斷裂與亡失。而在它的補充物〈翻譯者的任務〉裡，這些被班雅明形容為破碎的語言的瓶子，則終將被導向一種彌賽亞式的終極救贖。熟悉黃錦樹的現代主義論述者，不會對救贖式的命題感到陌生。他所論述的作家，以及他所每每提及的現代主義框架，都存在著相當程度的目的性與倫理性意義。現代主義在他那裡，不僅僅只是一個「如何做」（How to do）的問題，而是在更大意義上被「為何做」（Why to do）的命題所覆蓋。「為何」現代主義？這個問題本身即預設了一個目的對象物，並使它周邊的美學系統皆服膺於它；圍繞著此一對象物，身份、父族、國家、以及離散，種種命題於焉被輻射張開。包括黃錦樹本人亦自難倖免，逃脫出這一他所自己布下的倫理蛛網之外。本文試圖從〈中文現代主義——一個未了的計畫？〉及《謊言與真理的技藝》中的現代主義作家系譜開始，指出這波發生於九〇年代前後的現代主義高峰，乃是一列歸返於現代主義之倫理政治的隊伍。再轉入黃錦樹寫於來台前後的小說文本，指出黃如何在他的作品裡同時實踐美學與倫理，並終導致他的倫理傾軋過美學，抵達現代主義的最終底線，而造成書寫的難題。

一、後來，現代主義……

以埔里作為長達十數餘年的降落地，大抵在台灣文壇的邊緣地帶，黃錦樹與文壇中央的交遊是意外地令人關注的。當然黃本人可能不會同意這樣的說法。在朱天心為黃錦樹的新作小說《土與火》所

2　黃錦樹，〈非寫不可的理由〉，《烏暗暝》（台北：九歌，一九九七），頁六。

3　關於「現代主義者黃錦樹」，林建國與黃錦樹都曾做過表述與自我表述。見林建國，〈現代主義者黃錦樹〉，收入黃錦樹論文集，《馬華文學與中國性》（台北：元尊文化，一九九八），頁五－二五、黃錦樹，〈該死的現代派？——告別一位朋友〉，《焚燒》（台北：麥田，二〇〇七），頁一五一－五九。黃錦樹是否真是現代主義者？是什麼樣的現代主義者？請見本文以下論述。

作的序文〈作家的作家〉裡，卻留下了一些足跡：

……在二〇〇四年底，台大辦的一場邊緣（馬華黃錦樹）與邊緣（外省二代駱以軍）的對談中，錦樹說「台灣正值民族國家建國運動的熱潮上，這些年一直在獨立戰爭或統一戰爭的陰影裡。本土論者也快速的展開他們的排外論述，本省／外省的切分，對我而言，不過是重演了大馬種族政治土著／非土著的切分。後者是前者的未來，差別僅在於尚未結構化。對我而言，這是晚到的移民的悲哀。而且同樣的問題一再的發生。」……錦樹並不因此放棄的為一些被政客們或本土論者（例如我所敬重的前輩葉石濤先生年來不只一次的說，外省第二代、第三代至今不肯認同台灣真令人感冒云云）指定為「雙鄉」背景的第二代作家作品仗義直言，招致在學界、媒體都有進步形象的菁英某親口熱心勸誡錦樹：「別再當外省作家的打手了。」4

朱天心的此段話語非但清楚地指陳出黃錦樹與所謂台灣中央文壇某一特定族群——「雙鄉型作者」——的交遊往來，更重要的是，她指出了黃錦樹與此族群作家一定程度上的共通性，那就是「晚到的移民」。

二〇〇三年出版的論文集《謊言與真理的技藝》，可以清楚看見「晚到的移民」在黃錦樹論述中佔據著一定程度的話語位置，甚至是貫穿全書大部份作家的核心命題。《謊言或真理的技藝》中的最早篇章，正是一九九三年談論朱天心的〈從大觀園到咖啡館——閱讀／書寫朱天心〉。黃從朱天心的轉折談起，論及其招致學界普遍「醉心於現象，忘了本質」[5]的批評，黃錦樹回到朱天心書寫的原初場景——來自父親朱西甯與其師胡蘭成的中國想像的諄諄教誨，一個大觀園式的伊甸場景。黃準確且敏銳地指出朱天心的後期轉折，有絕大部份乃是來自於《三三集刊》時代「大觀園」的查封與殞落——如果以大觀園／伊甸園為朱天心書寫的初始場景，勢不能不面對《紅樓夢》的「後四十回」[6]：神的言語將會和不可逆的時間共同棄置在已寫定的大觀園裡。[7]

同樣作為「晚到移民者」的朱天心，從大觀園到咖啡館的轉折，被黃詮解為一段與時間共同被棄置為物質性事物的過程。伴隨著解嚴後父族形象的崩潰，形而上式的古中國遭到廢棄，晚到移民者的時間性因為「本質」被擱置了，無法被消化／消耗的「時間」只能蛻變為「現象」式的——所有物化的城市澱積物：街道、樓房、資訊、時裝、各式各樣的符碼……等等，皆化作後期朱天心寫作中的都市考古學。它們是記憶的風化物，作為物質性的存在，而成就了朱天心必然且宿命地朝向現代主義的道途走去。

---

4 朱天心，〈作家的作家〉，收入黃錦樹，《土與火》（台北：麥田，二〇〇五），頁一〇。

5 乃黃錦樹引用詹宏志對朱天心的評論文字。見〈從大觀園到咖啡館——閱讀／書寫朱天心〉，《謊言或真理的技藝：當代中文小說論集》（台北：麥田，二〇〇三），頁八二。

6 同前註，頁八六。

7 同前註，頁八八。

這不是黃錦樹第一次談論移民者與母國之間失落掏空的關係，也不是他第一次將對亡佚父族的起舞儀式，轉嫁到書寫的物性之中。事實上，《謊言或真理的技藝》所論及的作家——朱天文、駱以軍、張大春、甚至張貴興與李永平，都在在可以看見黃錦樹所遵循的論述模式／公式：消逝的時間。失落的原初場景。父族與古中國的符號化。而這些在時間裡被剝奪、侮辱的物件，又終因為書寫者的不忍與眷戀，因此而無法全盤性的割捨，遂只能被硬生生地切換為物質性的；神姬、群象、棄兒、大說謊家……這些作家或以符號作為祭壇進行召喚亡靈的舞蹈；或以詞彙的高度美學化鑄鑿主體的居所；或搬弄色情符號偷窺隔壁房間的物事，從而體現主體自原初場景被棄置的悲哀；甚或——連八〇年代以來始終被學界目視為「後現代主義」濫觴的張大春，那層出不窮的謊言技藝，在黃錦樹的論述詮釋之下，後現代的「謊言」被更為關鍵性的詞彙——那即是現代主義式的「技藝」所取代。黃的現代主義作家隊伍於焉成形。

很顯然地，黃錦樹對「現代主義」的定義，始終不脫「現代主體」對已然成為逝去物事的「客體中國／父族」的追悼。這個核心的參照點使我們回到西方現代主義的初始：當笛卡兒（René Descartes）在工業革命告一段落時，提出「我思故我在」的現代主體論述時，非但主體的位置被凸顯了出來，更重要的是，他也一併宣告了主體與客體的分崩離析。這是西方一切現代性特徵的根源——所有的語言，皆在試圖回到主客尚未被理性邏輯分裂的初始：回到物自身——並以此鑄造了現代主義美學內部的物質性。而在後殖民國家的現代，尤其是在黃錦樹的中文現代主義論述裡，我們驚異地發現了「中文」開始啟動它的現代主義工程時，所面對的同一個倫理性命題，竟也是如此仿照了它遲到的範式：主體（作為逝去物的）與客體（中國）的分裂。

換句話說，當挾帶強大帝國主義侵略性質的現代性，以遲到之姿進入近代中國，它的內部意義將與在戰亂背景下崛起的「中國現代性」，產生磨合、質變與對位。首先遭到瓦解的是地理上的帝國疆域——以母體之姿，不斷割裂新的國土予以外邦；政治主體的分裂與割讓，是中國現代性內部一個重要的主體／客體的異化過程。因為那並非僅僅只是實質國土上的離散，更重要的是心理與精神結構上的分裂發生了——其中包括了文化統一體的裂變與父族記憶的亡佚。而「現代主義」作為此種東方遲到的「現代性經驗」所產生，其必然是——書寫主體，因為意識到一個曾經與我合一、如今已然作為異質存在的客體對象物，其語言因哀悼、憂鬱而發動自身前去追趕那已不存在的物自身；前現代的中國。

這種弔詭的現代主義經驗，在黃錦樹的現代主義地圖裡，其座標被界定在文化統一體的母國所割裂出去的「南方」。寫作於一九九五年的〈華文／中文：「失語的南方」與語言再造〉裡，黃就曾引用王安憶對中國南北兩方不同語／文系統的評述指出：相較於中國北方的小說經常呈現一種言文合一、小說語言與現實緊密相連的語境，「南方」的小說——包括台灣、新加坡、馬來西亞、以及中國南方，卻總是呈現為一種「言文分離」的「知識份子腔調」：過於技術化的語言——

……境內中文的先天優越依傍的其實是大陸鄉下的地理隔絕和封閉自足，它的易於自然化就如同遠於現代文明的自然景觀，在長遠的歷史發展中彷彿和時間隔絕，語彙和表述方式，感性和世界觀似乎都屬於遙遠的逝去的時代，……猶如古之雋詩名文。……而失語的南方，無一不是現代化的先鋒，根本找不到長時段與世隔絕的內陸、鄉下。

……失語的南方因為在書寫上一直是中原的邊陲，所以才需要創造語言，所有的寫作也必將是語言創造意義上的寫作。[8]

黃錦樹以「南方」作為其中文現代主義論述的座標，「晚到的移民」作為「現代主義」語言再造的固定班底，這也在一定程度上使他對現代主義的詮釋，跳脫因遲到而向歐美商借的「借來主義」，有效地擺脫後殖民國家在實踐「現代主義」時所經常罹患的「遲到的焦慮」。另一方面，現代主義的美學實踐在這樣的詮釋架構裡，將全數轉為「中文現代主義」內部的「倫理」——說話與書寫，乃是為了指稱出那無能指稱、與「我」分裂的、抽象化的「父」。語言的美學在這裡構成了它自身內部的秩序，以及其目的性。二〇〇三年出版的《謊言或真理的技藝》書中為這批隊伍做出中央隊伍對齊的論文——同時也是黃錦樹首次亮出其關於定義「現代主義」的底牌，無疑是全書最開始的、類近於序章功能的〈中文現代主義——一個未了的計劃〉。

此文作為全書的第一章，實有戒尺的作用。在此篇論文裡，黃錦樹援引了大量的精神分析語彙界定他的「中文現代主義」：一種對「現代中文」概念的重新命名、重新概念化以及歷史化的工程：

……處於地緣政治上的邊緣地帶的老大帝國過晚（？）的被資本主義及殖民主義無限的意志擄

獲而經歷著痛苦的陣痛和抵抗、持續的文化革命與政治革命……然後是島上長時段的戒嚴白色恐怖，與及新潮流泯皇帝以階級名義發動的民族內部的「奧斯維辛」（文化大革命）及其啟蒙的背反……從而讓意識主體的經驗總是和經驗及想像的共同體有著緊密的聯結，……易於被國族寓言論述所捕捉。……因為那風暴過於強大了，於是半個世紀裡最有才華、能成大器的作家往往也都只寫下他們感覺到的巨大的現實匱乏的先兆。……這便是中國文學所展現的現代性的殊異之處，也是論述中文現代主義最為困難的地方——它深深陷入了另一個全然陌生的意識、無意識及歷史場景。……那連串巨變的後遺效應，把中文也爆破了。同樣也可以理解那樣的一個破中文現代主義者王文興窮二十三年之力……所鑄造的《背海的人》下卷何以竟會是那麼樣的景觀：句子不斷的被分隔的空白中斷、突然黑體字跳了出來——甚至是更大型號或更小型號的；或者是注音符號、或竟是簡體字、或加單線、或加雙線……它痛苦而困難的在暗示著那彷彿就在某處的不可表現物：那不知來自何處、未被命名的事物不斷的趨近又遠離，一直往返吹毀、干擾書寫者句段的成型。……就其形象而言，正是文字的瓦礫，……宣告了那來自意識的陌生實在（"the real"）讓中文在表意上徹底的癱瘓。[9]

8　黃錦樹，〈華文／中文：「失語的南方」與語言再造〉，《馬華文學與中國性》，頁七七。

9　黃錦樹，〈中文現代主義——一個未了的計劃？〉，《謊言或真理的技藝》，頁四一—四二。

在〈中文現代主義〉裡，「現代主義」這個詞彙首次被黃指向在現代性進程中死去的國族父身，一次重複性的癥狀。它的美學——那些破碎的字體與修辭，就如同奧菲斯對從地獄帶回的亡妻尤莉蒂斯的回頭凝視，被死亡／無可名狀之處所席捲，最後竟而導致了文字與命名的潰敗。在這個前提下。寫作——一種對創傷場景的回復行為，將如同佛洛依德（Sigmund Freud）所指出的那批「創傷型神經症」患者，只能藉由不斷地「重寫」——儘管它呈現為碎裂的文字塊狀物體，修辭的美學化卻已然不是它的重點，因為這癥狀般的塊狀物本身的線條與形式正完全承載了它的內容：唯有潰散本身才能書寫潰散。而與此同時，重寫過程中的行為性／癥狀性也被提前到書寫的內容之前——如同創傷型神經症患者試圖藉由重複的行為來達成控制的目的；於是，那在小說裡反覆練習說謊的大說謊家張大春，也就理所當然地被癥狀式地理解為一個（甚至如此典型的）現代主義者。

換言之，現代主義無可迴避地成為「現代情境」來臨後一切書寫的總稱——只要發動書寫、使用「中文」，就無法迴避書寫作為一種現代主義式祭儀的宿命；一個對舊有文體死亡後的屍身的凝視；即使它在修辭美學上選擇了類近寫實主義與國族寓言的形式，它仍必須被稱作為一種遲到者國度所宿命性地命名為的「現代主義」；換句話說，「現代主義」早已內化滲透進語言本身。它並不是一個修辭美學上的命題，而是一種**現代性遲到者的話語情境**。它勢必涉及父族的傷逝、死亡，以及死後屍身的語言符號化過程。這個論述模式也將是黃錦樹在論及八〇年代解嚴後台灣文壇數位書寫者的轉折時，所必然導入的公式。它一定程度地協助了黃錦樹面對八〇年代那被眾評論者目之為空穴來風的後現代主義時，不直接去正面迎戰「後現代」表面的技術與修辭，或者乾脆無視其修辭，反而朝向另一個方向——將更為個人身世性的質素引入；而那往往是挾帶了一整個父族的崩潰——如張大春、朱天心、朱天文等負載著解嚴前大中國父族情調之包袱書寫者——以及在解嚴後他們各自所面臨的轉折和變調，尤其是朝向物化／符號化的後現代主義靠攏，黃都將其詮解為一段戀父者亡父後的彌留狀態：「神的言語將會和不可逆的時間共同棄置在已寫定的大觀園裡。」在這種論述下，所謂的「後現代」也將是以「符號化」為盾牌，行班雅明式的新天使瓦礫堆之實。因此，八〇年代以降的「後現代」作為一種語言文體，被它的書寫情境「現代主義」所解構與併吞，**「後現代」僅是「現代主義」銅板的反面**而已矣。

從「現代中文」試圖去解決整個台灣現代文學史縱軸的文體流變與修辭潮流，和黃錦樹的身份不無關係。黃自童年起即居住在膠林、必須以火為擘、作為識字之始，黃錦樹與他所論述的作家們具有一個共通點，那就是前方皆蹲踞著一群被放逐至中國母體域外的父族之輩。黃在他的自述裡曾言：「祖父母自中國大陸南來，父親是土生土長的一代，而我則是國家獨立後出生的一代，各自銘刻著不同的時間性。」[10]熟諳精神分析語彙的讀者不難發現其中的關鍵，即是精神分析裡極重要的一個概念，那就是不可逆的「時間性」：創傷的、被父族所銘刻的空白場景，一個想像且掏空的「中國」，而正因為和駱以軍張大春朱天心等各自作為「馬華」與「台灣」的「後來者」——懷抱著特定想像的寄託與必然失落的挫敗，那些死去的時間——大至國族歷史、中國想像，小至個人家族史、童年初始

10　黃錦樹，〈非寫不可的理由〉，頁六。

的膠林場景抑或大觀園景象的衰敗，皆在在強化了黃錦樹與他所論述的這批「後來者」的作家成為其論述下的「現代主義者」。簡言之，「現代主義」書寫了他們，他們同時也反饋地重寫了（中文的）「現代主義」。

而也正因為「中文現代主義」的設計在一定程度上是極度地吻合了「晚到的移民」與「後來者」的書寫情境，所以「流亡的空間」將對它產生最大程度的美學效用——掏空的、想像的彼端空間；一個失落的場景；逝去的父族圖騰情懷；等等，這些「失去的空間」將完全被統整到「現代主義」的時間性內部，一切的場景、現象、地理空間，等等，都將反差性地被「後來者」的「現代主義」所吞噬。黃錦樹在建構自身的「中文現代主義」時，他的樣本其實不出與他共同作為「後來者」的作家群。這是因為「中文現代主義」——它將表現為無盡的「後」的命題——無論極可能在絕對的物體化與符號化的處理過程中朝向「後」現代主義的技術形式靠攏，又或者同時且由於它是指向一種「後者」對前者／逝者的哀悼，它都經常是表現在某一類特定族群——尤其是「後來者」的寫作命題當中：外來在住者（如李永平、張貴興）、外省第二代（如張大春、駱以軍、朱天文、朱天心）、馬來西亞移民華人（如黃錦樹他自身）。

二、火耕與語言

指向此群「異鄉客」的中文現代主義，非但呈現在黃錦樹的論述之中，更是他作為另一身份：

「小說家」的書寫實踐。早在卡繆（Albert Camus）流放十九世紀的巴黎，現代主義的「異鄉人」就無可迴避地指向了空間移轉中的漏失與亡佚。對原鄉的追認以及這種追認的挫敗，個人成為現代城市中孤寂而無法定位的個體，而詞彙則轉化為追討被時間所損傷、剝奪的初始場景的一種（無效的）武器。現代主義被移植到現代情境晚到的華文圈，尤其是二十世紀的初始，一個攜帶著古老帝國向四周不斷播遷離散的中文散布圖：台灣、越南、新加坡、馬來西亞……，這些比起當時正在殞落的中國帝國來得更為原始落後的地區——更加闇黑、更加被無法命名的事物所籠罩的空間；在這些空間裡，「晚來移民者」所攜帶進的、對遙遠父執之國巨大影像的指認與哀悼——就如同普魯斯特（Marcel Proust）開始追憶的似水年華，在黑暗的熱帶叢林裡舉起了第一把「字」的火炬，那必然是一個現代主義式的起點：「火」的象徵，如同熱帶雨林的農耕方式：因為那暗黑雨林的生長太過快速，所以必須以火焚燒，使那（無名之物）退回去——以獲得可供種植字物的土地。

那會是怎樣的一片「土地」呢？黃錦樹的小說裡，「火」的意象成為一個重要布置，《烏暗暝》裡的諸篇章：〈說故事者〉、〈色魘〉、〈膠林深處〉、〈貘〉與〈魚骸〉；膠林中的火、飯桌上的火、火葬場的火……這些火炬總是如此恰巧地被鑲嵌進黃錦樹那一片漆黑而無以名狀的膠林／原始／死亡場景，成為主體的奔赴所在——燒退黑暗、燒退膠林，燒退無意識的死亡場景，使主體開始發語；最好的例子可能是〈烏暗暝〉的開頭：一個飯桌的場景，灶邊爐火燒得正旺；母親對著飯桌上共食的兒女們低聲地說了句：「火笑了。」〈烏暗暝〉到底說了「什麼」？一個自祖父輩即遷居進膠林、自此再不出林的馬華家庭？沒有文明，甚至連文字也匱乏，物理性的黑夜來臨後，整個膠林能為他們指認出

「某物」的，便只有「火」：

然而有時卻是膠林深處一團橘紅火球，神秘的浮現，離奇的消失。那樣的火光是許久再也不曾見了，自從這一帶的原始森林大部份開發之後。那是祖父的時代了。

從狗的吠叫他彷彿感覺到這膠林的夜裡藏匿著一種看不見的隱秘事物，沒有固定的形狀、形式，它是膠林的夜本身，或者說是一種相對於燈火的曖昧的存有……冷、不透明、恐怖……。摸黑的他被捲入了膠林的夜的稠密，在他無法以肉眼看穿夜黑的同時，似乎已被一種無所不在的目光監視著。他突然瘋狂的擔心起家人，尤其當他走到應該可以看見家的燈火的地方竟然幾乎無法確定家的位置。他一時之間不知道該如何逃出這一片黑暗，只有奮力朝家的方向狂奔而去。然而那是上坡之路，痠疲的腳和地心吸力把他的速度轉化為往下踩的重量。淌著汗，熱氣經毛孔無聲析出，經由黑夜的牽引吸吮。[11]

〈烏暗暝〉為黃錦樹「中文現代主義者」的姿態與位置，提供了一個極為巧妙的指認切點。黃曾經如此自述其膠林經驗：「我們的童年都在膠園的蔭影裡度過，一直到學齡了才走出膠園。見識文明世界裡的事物，在學校裡把乳名換成學名，溝通語也從方言改為華語，和家人以外的人交往，識字。」「一直到搬出來的三十多年間，沒有自來水，也沒電。剛開始是土油燈、蠟燭，後來再加上大光燈，再後來買了小型發電機，才有日光燈。」「熬夜唸書還是得靠油燈或燭光。我們常因考前開夜車而燒焦了頭髮。」[12]對黃錦樹這樣一個被父族攜帶至南洋、一出生即在一個無有文字的闃黑森林。燈火是識字的開始，是步出膠林後對事物行命名之始，「火」和「字」幾乎同時降臨在黃錦樹的文本，它們就像柏拉圖的那則洞穴寓言一樣，舉高火炬，照映出自我的影子，「火」為黃錦樹帶來某種認識論上的架構；火也同時帶來了「字」——替自我命名的影像之物。〈烏暗暝〉裡，所書寫的正是「書寫」之為物，究竟所為何來？小說裡，「火」協助了姊姊對家園的黑暗物事進行重寫，那是「小說」中的「小說」：「昨晚狗又吠了一夜。父親和哥哥都起來好幾趟，拿著手電筒往膠林深處照。當然是甚麼也沒照到。」[13]

但是，如果將〈烏暗暝〉單純地視作為一個簡易柏拉圖式的教誨，便又太過簡化了「火炬」在黃錦樹小說中的意義。〈烏暗暝〉的末尾，主角在黑暗的膠林中迷失，即使前方有燈火引路，卻仍無法確定「家」的位置。「家」似在似不在。燈火飄渺。膠林裡鬼火幢幢。火與字與夢不免成為了現代主義的共謀。一種不確定性。它甚至讓指稱物（如「家」這樣的詞彙在小說的結尾佚失）消弭——無法指稱，無法寫完，同時又具有不得不寫的「倫理上的強迫性」[14]，因此，那無法被指稱之物就在多年

---

11 黃錦樹，〈烏暗暝〉，《烏暗暝》，頁一二七—一二八。

12 黃錦樹〈非寫不可的理由〉，頁六。

13 黃錦樹〈烏暗暝〉，頁一二二。

14 黃錦樹，〈非寫不可的理由〉，頁八。

後，以如此後設的塊狀物質性回返到小說的末尾，成為了「青月光」與「一碗清水」。這兩段於數年後宛如殘骸拼湊那樣被嵌入小說結尾、並且在版面上表現為一種弔詭的共時存在——小說在這裡呈現為文體的雙胞連體嬰。一種畸形的形象。它就像一個僑居遷移者的隱喻，無法宣稱結尾／目的地究竟為何；如同它在小說頁面所呈現的，是一個雙軌並行的雙鄉暗示——但也極可能任何一種「鄉」也不是，它只是隱喻了物質性意義上的並存形式，如同黃錦樹對自身身份的觀看。

在最早的小說集《夢與豬與黎明》裡，黃錦樹曾對自身的身份如此表述：

> 就我這麼一個在出生地時屬於臺灣宣傳中的隱形族群——「華僑」，在臺灣求學時是僑生、辦證件時是外國人、打工時被逮到是非法外勞、假使入籍則變成「祖籍福建」的外省人第一代的「海外」留學生來說，後設是一種疲憊卻又難以避免的存在樣態，它不是蝸牛的殼，是寄居蟹的家。它是流浪的不確定，是始終飄浮著、沒有定點的馬可波羅第一百零幾個看不見的城市；是夢者夢中醒著的「我」，也是精神病患不斷分裂著的自我……，套句翻錯的存在主義格言：活在塵世裏的每個人，都是他自己的異鄉人。後設是「我」之中的「你」和「他」。[15]

這段文字極精確地告知了一種黃對其身份表徵的物質性觀看。身份不再是精神性的，而是塊狀物般的自我形貌，表現在反覆重寫往返的航線中。對黃錦樹而言，這種重寫的——「非寫不可的理由」——將以「寫」的行動來保證主體的運轉，以及身份。這或許也就是為甚麼黃錦樹和他所抗拒的馬華／台灣兩地的本土建國論者產生了極大的分殊，因為——「本土」，那必然是指向一種在地的、實存的現實空間，當「本土」的概念和國家建國論述緊密地結合且運轉，「本土」就失去了它內在與文字間的縫隙，成為權力運作的符碼；對黃錦樹而言，那畢竟太奢侈也太飽滿了——飽滿到書寫與它的被寫之物間竟完全沒有空位，徒餘貧乏的再現能力——「駁之令人疲憊，也許任其『自然死』是最好的辦法」[16]。更重要的是，本土論者依附土地、「不論是哪裡的本土論者，都以在地為絕對預設構造其二元對立——在地／外來，或出走。」[17]而對黃錦樹（甚至他所率領的一干台灣當代現代主義外省第二代作家如駱以軍朱天心朱天文等）這樣一個「從台灣本土論者的角度看，我們是外人；而從大馬自居本土論者來看，又何嘗不是？」的弔詭位置，卻正因為這個既內且外、多重皺褶且欠缺歸屬的位置，反而是書寫的起點——「以我個人的立場，並不在意自己的寫作不被歸入台灣文學，甚至以非歸屬為樂——」[18]

非歸屬。表態了寫作的獨立性，因此能定位寫作本身的將不是「土地」，而是「語言」。黃錦樹曾說：

---

15 黃錦樹，〈再生產的恐怖主義〉，《夢與豬與黎明》（台北：九歌，一九九四），頁三—四。
16 黃錦樹，〈在兩地本土論的夾縫裡〉，《焚燒》，頁一三四。
17 同前註。
18 同前註。

……對我來說，寫作也不免需要兩面作戰——淪為大中國意識奴隸的過度中國性，向官方意識型態俯首的偽本土性或國民性。於是寫作對我而言不免是遺骸沉船廢墟的考古學，以「歷史有很多漏洞」（吳濁流語）中的漏洞為操作場域……[19]

因此，「漏洞」作為考古學者黃錦樹的書寫起點，所使用的「語言」經常是必須以「後設」的技術形式——一種多變的、自我辯證與推翻的存有空間，容納並允許像黃錦樹此類「後來者」／「異鄉客」的主體居所，它不再是一種後現代式的遊戲虛無——如果是，那也只能是「現代主義之後」；一種**現代主義進化論**。這或許也正是黃錦樹歷年來試圖建立的「無國籍馬華文學」——或者該提高到另一個層次：無國籍「華文／中文」文學；消解了本土性的、粗暴的國族寓言，現代中文——它的「現代主義」族裔正如同它在二十世紀亞洲各殖民地的播灑與離散，所有不斷遷徙遊牧的路徑，都和它的形上學對象「中國」之間保持著一種佚失與追悼的距離。

於是，那本《馬華文學與中國性》，才會是這樣的開始：**詞的流亡**。**失語的南方**。以及語言的再造。字的鑄造工程，宛如疊床架屋，屋子與字，都不是他所關心的，只有工匠般的行動才是。黃錦樹的小說關心「書寫」的行動本身，已經到了歇斯底里的地步，甚至如他所說——具有一種倫理上的強迫性。林建國說黃錦樹是「反居所」浪遊者。我倒認為黃錦樹在一種倫理意義的層次上，選擇了語言作為唯一的居所。《烏暗暝》的序言，他自言對〈非法移民〉與〈烏暗暝〉的重寫「絕不只是李天葆所謂的『把寫壞了的題材拾綴起來』而已」[20]，而是凝結了極巨大的痛苦——那是反覆出現在他的小說場景中的主題：闃黑的膠林，黑暗中窺伺的雙眼，老虎。蛇虺。毒蟲。敵人。一種原初的恐懼。害怕黑暗中的物事將不時突襲侵略家園。死亡的恐懼纏繞著童年的場景，書寫作為後來之事，甚至要到父母皆搬出膠林後才能進行書寫，重新涉入再現，以防止虛構對現實的入侵——防止火在一切結果尚未來臨前被舉高，洞燭污穢骯髒恐懼之事物，於是，真正的結局／死亡來臨之前，「火」／「字」必須以那樣變形的、非抒情性與敘事性的、並且只能是如此技術後設的樣貌現身；過份小心翼翼的維護姿態，反而暴現了語言之於寫作者的倫理性超我。

事實上，在黃錦樹的小說裡，「火」作為主體認知、觸摸並書寫世界的一種媒介物，它的建構性有更多是來自於它的悖反，也就是它的毀滅性。**焚燒**。一種絕對的焚燬裝置。或者更清楚一點地進行隱喻：一種破壞性的語言，如同躁動與自反的「後設」之於普通的敘事／抒情修辭。在黃錦樹的新作《土與火》裡，他就曾用一個亡父的兒子重回膠林、目睹舊日屋宅田地皆已被焚燬的場景。兒子憶起從前某日回返膠林時曾問起父親：「**你的老家呢？**」父親回答：「有人放火。」「**毀了**。」[21]這是一個可大可小的現代中文演化史的場景縮影，小至它僅僅就只是一段亡父之子對舊日時間的追憶，以及時

19 黃錦樹，〈與駱以軍的對談〉，《土與火》，頁三二一三。
20 黃錦樹，〈非寫不可的理由〉，頁八。
21 這某種程度上也可以隱喻為黃錦樹近年來常說的：「這幾年來在馬華文壇放了幾把火。」燒燬馬華本土性與中國性。

間不可逆性的哀傷。大則至其乃是一個現代中文原初場景的失落。「中國」失火了，所有的「中文」也失火了。然而卻也正是在這將一切舊有形式皆焚燒殆盡的火舌之中，我們方才得到了那書寫的**土地**。

於是，《由島至島—刻背》及其以後的《土與火》，尤其是後者——黃錦樹直接在書名上標誌出了兩個在他的書寫核心中最為關鍵的對立項：「火」與「土」。小說集中的〈火與土〉改寫了《刻背》中所收入的〈舊家的火〉一文，仍是重回到前此總是重複出現在其作品中的父喪主題。不識文明的父親諄諄告誡兒子：「找土討吃，莫向人乞食」[22]。這裡的「土」既非國家土地，也非民族認同上的「土」；土地沒有身份，唯一的身份將只是依附於「火」——如同熱帶雨林國家那樣的農耕方式，必須以火燒掉整片樹林，逼使雨林向後倒退，方才能得出大片土地——這不是國家的土地，而是專屬於「火」的土地——以銘刻紋背的方式，被「火」所誕生。但「土」的界線也隨時處在游移的動態之中——雨林一旦捲土重來，火種勢必需要重新點燃；作為一種書寫的行動，如同土與火，主體與書寫，將處在永恆的對峙與消長之中。

三、物在：獸與字

張錦忠在〈文化回歸，離散台灣與旅行跨國性：「在台馬華文學」的案例〉中提到，「在台馬華作家」的系譜自一九六〇年起，歷經了對大中華文化的回歸、自身身份的離散，至一九八〇年代以後，隨著台北已漸漸不適合作為一個中華神州想像的地點後，「在台馬華作家」與「台灣」之間的關係，遂漸次從離散者之於形上學中國的寄託憧憬，轉為「旅行的跨國者」：

我們不妨反過來說，台北（台灣）到了一九八〇年代，已經不再適合作為具文化中國意識或中華屬性的海外人回歸的家園了，明乎此，溫瑞安等人的神州夢碎也就不太令人感到意外了。《創世紀》、《現代文學》的六〇年代早已過去，鄉土文學運動、校園民歌、《幼獅文藝》的七〇年代也過去了，台灣社會因經濟起飛而商品化物化，也因跨國資本流通而東西洋化，國民黨已開始「吹台青」，大中國神話漸漸告退，儘管美麗島事件並不太久遠，島內黨外人士已在蠢蠢欲動，異議刊物前仆後繼，等待解嚴有如等待黎明。有人則在醞釀建構「新興民族」（如還在美國放逐的許信良）或「新台灣人」（如還沒離開國民黨的李登輝）。[23]

張錦忠指出，隨著台灣政治文化結構的轉變，八〇年代後來台的「在台馬華作家」，所書寫的對象不再是神州中國或以台灣作為文化母體的回歸——這些作家雖身體寄居於台灣，然其作品卻往往自外於台灣的時空，返回原鄉的雨林膠林場景（如張貴興與黃錦樹），甚至是更微小的戀物情狀（如鍾

---

22 黃錦樹，〈火與土〉，頁三六。

23 張錦忠，〈文化回歸，離散台灣與跨國旅行性：「在台馬華文學」的案例〉，《中外文學》三三卷七期（二〇〇四年十二月），頁一六一。

怡雯），套用黃錦樹的話：乃是「和自身存在的歷史對話」[24]。張錦忠並明確地指出，這種擺盪在兩地（馬—台）／三地（馬—台—中）甚或四地（馬—台—中—港）五地（馬—台—中—港—美）的離散作家內在精神圖譜，和黃錦樹近年所提倡的「無國家文學」、「否定國家文學」——乾脆認可自身的「房客」身份，以「沒有家園」、「無形中默守著房客的倫理，意識到居住在借來的地方，甚至時間也是借來的——移動的中途站」[25]為一種「後認同」的自我情狀，有一定程度的相關性。張錦忠的論述有在台馬華文學的流變脈絡。然而，黃錦樹作為八〇年代以後來台的一代馬華在台作家，是否真如他自己所自白的，是如此地「無家園性」——如此地卸除掉了「中國性」或任一種「馬華／台灣本土性」、成為永恆的流亡與離散者？黃錦樹所謂「和自身存在的歷史對話」，難道真如此潔癖性地擺脫了「土地」的糾纏？或者，我們要進一步追問的是：當「國家」意義上的「國土」已然從書寫的對象位置中消失。那麼，對於拒絕馬華／台灣任何一地「本土性」的黃錦樹而言，這個已非「國家」意義上的「土」，還能是甚麼樣的「土」？當黃錦樹如此重複地回到那象徵著自我無法逃避的、作為一次「中國性死亡」的父親死亡場景時，他的創傷型神經症與壓抑復返的癥兆，又該作何詮解？是真的割捨了「父」與「國」嗎？如果是，那麼，為何又會有〈公雞〉那樣將臨死的父親醃漬、埋封於瓦甕之中、最後竟任其異化成蛋卵的書寫場景？

我認為正是「無家園者」的排除性論述暴露了書寫者的壓抑。黃錦樹的中國父親屍身，到最後皆在小說裡風化成為了乾枯的中國文字物事。對中國性的拒斥或無能處理，導致到最後只能是那樣將死去的中國屍身甕存彌封於字物的棺木中，所以，〈公雞〉裡封存於瓦甕的父親屍體，最後孵化成了兩枚雞蛋、甚至破殼長出了異禽物事。另一篇收錄在《由島至島—刻背》中的短篇小說〈阿拉的旨意〉也表達了這種尷尬的弔詭位置。〈阿〉中的主角參與了一九五七年的馬共行動，被馬華政府逮捕後，遣送到南方一個不知名的小島，並且強迫放棄中文：

> 三十年來不說中國話、不寫中國字、不看中國字；說馬來話，教馬來文，不吃豬肉，吃馬來菜，娶馬來妹，生馬來囝。可是心中那一點支那之火，仍舊無法熄滅，這是甚麼緣故？
>
> 我也常在想，為甚麼不能做個徹徹底底的馬來人——既然無法做一個徹徹底底的支那人？[26]

小說中的主角「我」對中國文字念茲在茲，喪失語言，主體如同被更換為另一個人（**從今以後我再也不是我。我是他人。是另外一個人**[27]）。小說中的主角為了重造自身語言的系譜，於是「繞路」到**語言**的另一個對立項：在撿拾來的石頭上刻印自己的生肖——豬的**圖像**。這會不會也是黃錦樹在面對他那失語的南方、痛苦而無法發聲的中文系譜時，所繞道的另一條途徑？〈阿拉的旨意〉讓人驚見

---

24 黃錦樹，〈後記：錯位、錯別、錯體〉，《由島至島—刻背》（台北：麥田，二〇〇一），頁三六三。

25 黃錦樹，〈沒有家園〉，《印刻文學生活誌》一二期（二〇〇四年八月），頁一六一。

26 黃錦樹，〈阿拉的旨意〉，《由島至島—刻背》，頁一〇一。

27 同前註，頁九一。

了黃錦樹在面對馬華作家「中文佚失」的同一種現代性命題時，所採取的策略，竟是那樣驚人地、逆返性地走回了語言進化論的倒退，回溯到了「現代中文」甚至「古中文」以前的未演化狀態。石頭上的獸類圖像，一種象形文字的書寫論。早在〈魚骸〉時，黃錦樹就讓一個自馬來台留學的（自我投射？）僑生，上演殺龜獵殼、鑽貝鑿字的劇場。事實上，黃錦樹的小說充滿飛禽走獸：〈魚骸〉是對龜甲文的答覆，〈公雞〉則是亡父死去後的變形，〈貘〉是混血交配的異種獸物。這些獸類如同抵押了被協商後的中文所換取來的圖騰，以印記的方式鑲鑿在文本的場景之中，在某種意義上，它也是黃錦樹繞過現代性的刑傷，朝向某種前現代遠古場景的隱喻。被抵押變賣的中文沒換來原初的主體，卻換來了**龜與公雞**。這究竟是不是一場中文現代主義的**卡夫卡變形記**呢？它也讓人想及《夢與豬與黎明》中不斷變異衍生的題目用典：典出龍瑛宗的〈死在南方〉、〈植有木瓜的小鎮〉、典出田山花袋的〈少女病〉、典出魯迅的〈傷逝〉，等等，這些以後設名諱取徑於中外作家的作品名號，語言在變異中宛如一頭頭變種之獸，後設既是現代主義的進化，也勢必是現代主義的**退化**——退回到現代發生以前，一種遠古的夢魘。然而，〈魚骸〉等篇的文字鑿刻工程尚且還在小說的內部操作進行，到了《刻背》，小說裡所欲實踐的刻字工事，竟漫漶到小說的外部來了。事實上，《由島至島—刻背》其書本身就是一部巨大的象形文字書寫體。根據黃錦樹的說法，《刻》書的封面、書背與封底，各自採取小說集中三個完全不同的名字：〈由島至島〉、〈刻背〉、〈烏鴉巷上黃昏〉。駱以軍敏銳地指出這是「三個書名，三種各自無法片面統攝全副隱喻的命名[28]」。黃錦樹對《刻背》的書名、亂碼、全黑頁面、新聞剪報的置入做了如此說明：

> 我的《刻背》同樣作為一本書，同樣作為中文現代主義未了的方案的一種實踐，關鍵詞卻是殘破、雜糅。向大馬的當下現實敞開，或者說，活生生的殘酷現實讓它注定的不完美。譬如那黑色之頁、亂碼之章、烏鴉與父輩政治犯的剪報（「文獻寫實主義」的操作），都指向現實的集體哀傷，沉默的抗議。……如果現代主義是一道厚實的牆，我的位置大概就在牆上的裂縫或鑿痕裡。[29]

作為「中文現代主義——一個未了的計劃」的瘋狂實踐——小說呈現為現實中破敗的瓦礫堆，《刻背》確實是一部完整的書——徹頭徹尾從書的實體與敘事載體實踐了極端的「中文現代主義」；如同在同名短篇小說〈刻背〉裡所描繪的那樣，一個背對著現實、面孔朝向南中國海的人；其姿態幾乎與王文興《背海的人》相一致，也無怪乎黃錦樹的中文現代主義系譜，是如此地必須回到以王文興作為代表的「破中文」。因為這是文字的瓦礫。廢墟的中文現場。〈刻背〉延續了〈魚骸〉中的命題，以甲骨文字聯結中國／中文屍骸的棄屍現場：一個遠自中國而來的男子「福先生」對「中國文字」懷抱著幾近瘋狂耽溺的戀物——不斷地在他人的背上鑿刻文字：

> ……他終於找到中文創作的一種不可替代的革命性的現代主義方案，用最現代的文字形式、活

28〈與駱以軍對談〉，頁三一二。

29 同前註，頁三一四。

> 生生的載體、立即性的發表、隨生命流逝的短暫性——瞬間性的此在dasein而存有、絕對不可翻譯的一次性、絕對沒有複本、而徹底的超越了中國人的中文書寫局限於紙或類似於紙的無生命載體……最後他恐怖的總結說，他覺得他已經捕捉到中文的最隱祕的奧義……也就是以肉體的痛做仲介的文字——肉身。他給他的作品創造出一個名字：文身。他說「紋」是個歷史的錯誤。因為幾乎都是刺在背上，所以又叫刻背。反正是道呈肉身。[30]

這段文字和黃錦樹在〈中文現代主義——一個未了的計劃？〉中所指陳的現代主義有令人驚異的相似——更驚人的是黃錦樹竟幫自身的論述寫出了小說。〈刻背〉所銘刻的對象物只有一個，那就是「中文」本身。小說裡的「福先生」在民初離開中國，抵達南洋，此後開設妓院，便開始在旗下的苦力勞工背上刻鑿字物。這個弔詭的場景為我們驚異地展現了那自「中文」發軔之初的初始場景中被現代性的驚爆所轟炸洞開的縫隙，使書寫的載體和載具遭受到前所未有的破壞，「中文」——如同黃錦樹所論及到的王文興七等生甚或舞鶴那樣的破中文時所說的：宣告了那來自意識的陌生實在（“the real”）讓中文在表意上徹底的癱瘓[31]；到最後只能以「肉身」的形式表達了那無法表意的震顫與恐怖。**形式就是內容**。於是，《刻背》徹頭徹尾地成了那樣的一部「形式之書」——以它的軀殼作為一種內容的表述，中文之道無道可言，唯一之道，即是字／肉。這會是黃錦樹用那在馬來南方的柔佛膠林裡，以現代主義的火種所燒出來的土地嗎？一種只服膺於書寫者身份的土地，這些「土」既是字也是肉，甚至是〈刻背〉裡被銘刻洞鑿的那片肉體的背。〈刻背〉的最後，對刻背研究念茲在茲的矍先生終在病院裡遭人鑿刻其背而死，這個「從頭背到腳後跟，都是字。大大小小，大的有巴掌大，小的不過針尖大小，筆劃粗細不一，都是同一個字：海」[32]的死亡場景，我們驚見了黃錦樹作為一個非歸屬者的「後認同」傾向裡，隱含著巨大無以名狀之哀傷的載體，以一個單字的形式顯現。文字失去了其在中文脈絡位置中的意義，它只是一個軀殼——一個形而上式的古中國殞落後徒餘的鋼架與字殼；一塊遺骨；「骨頭上是密密麻麻的字。我發覺自己無法辨認上頭寫著什麼，也許是比文字更古老的符號，譬如飛禽或走獸的蹄跡……」[33]

獸與字與肉。才是褪除了「中國性」的執念與刑傷後的黃錦樹的三位一體。黃作為一個「中國性」上天生的失落者，與遙祭者，《刻背》的鑄字工程，本身就是一場送神的祭典與儀式：遣送父亡之後空缺的中國性，化為遠古圖騰裡的神獸。「中文」成為獸背殼甲上被銘刻的紋路——那部〈刻背〉中夢想的現代主義工程——一整幅人皮書寫的《尤里西斯》（*Ulysses*）[34]。

30　黃錦樹，〈刻背〉，《由島至島─刻背》，頁三五三。
31　黃錦樹，〈中文現代主義〉，頁四二一。
32　黃錦樹，〈刻背〉，頁三五九。
33　同前註。
34　〈刻背〉中，黃錦樹讓他的小說主角福先生發其畢生志願，是在無數的人體背面刻完一整部《尤里西斯》。本文認為《尤里西斯》在這裡乃是作為中文現代主義的一個重大隱喻與概念。詳見其後。

四、倫理的歸返：尤里西斯與亡父隊伍

為什麼是喬哀斯（James Joyce）的《尤里西斯》？當作為現代主義一個終極文本隱喻的《尤里西斯》，被刻畫在一個離散馬華作家的背上，那整面的人皮肉身紋字指涉向「現代主義」的華文移植工程，陡然賦予了作為東方遲到「現代主義」的一個文本，一種全新的意義。

昔日，在希臘神話《奧德賽》（*Odyssey*）裡當尤里西斯在海上迷失方向，因為聽到了賽倫海妖的迷魂歌聲，尤里西斯必須綁縛腕足，摀住耳朵，以免死亡漩渦的吸引，才得以將那「不可被寫」的海妖歌聲，以文本的方式帶回人間。尤里西斯的故事因此成為一則書寫的隱喻，因為那「不可被寫」的死亡歌聲其實正是一切敘事空間的起源。它是一種無邊的域外；是來自現實語言系統以外的空白地帶，以死亡的形象對表意的域內進行召喚。當尤里西斯的船隻因這美妙的死亡歌聲而開始產生暈眩與迷惑，他也就進入了域外空白所釋放的敘事空間[35]。

在布朗修（Maurice Blanchot）原著的論述裡，尤里西斯的旅程被視為具有「小說」與「敘事」兩種完全不同的體例。當尤里西斯回到人間，他的旅程藉由訴說成為一本《奧德賽》，海妖的際遇變成這段旅程中的一個情節與橋段，尤里西斯繞過了「它」而繼續完成剩餘的旅行，那麼《奧德賽》本身就應該是一本小說的始祖，因為「它關乎的是人的時間，繫於人的情感。它真實的發生，豐富又多變，令它足以消耗敘述者所有力量和專注[36]」。

布朗修說，小說是「最討好的體裁」，藉著語言表面的「說話謹慎」和「愉快的空洞」，要使人

忽略尤里西斯與海妖的那場沒有發生的相遇[37]。然而「敘事」本身卻不作如此想。「敘事」將不可被寫的那場死亡歌聲視作唯一的主題，發動書寫者，迷惑之、引誘之、召喚之，這個過程是被動的；被死亡引誘而頻頻朝其接近的尤里西斯，正在展開的是一場「敘事」儀式的過程，布朗修說：

> 敘事是朝向一點的運動，這一點不單是未被認識、不為人知、陌生，而且彷彿沒有任何在這運動之前和在這運動以外的實在性。但它卻是如此專橫，敘事所有吸引力都是由它而來，以致敘事在到達這點前甚至不能「開始」，然而唯有敘事和敘事那專橫的運動才能提供那讓這點變得真實、有力和吸引的空間。[38]

換言之，敘事是一場朝向死亡發動的過程，是尤里西斯的敘事之船，被域外不可言說的他者，因魅惑而款擺滌盪的暈眩漣漪。它顯示為情節與敘事的不斷擴散，是故事的癲癇症患者，而它的癱狀同

---

35 其實布朗修對文學書寫的此種論述，和黃錦樹所謂的「文學附魔者」有極大程度上的相似。

36 *Le Livre a venire*, p.12. 採《外邊思維》譯者洪維信的譯筆。傅柯（Michel Foucault）著，洪維信譯，《外邊思維》（台北：行人，二〇〇三），頁四七。

37 同前註。

38 同前註，頁四八。

時也是它的治療——藉由病癥意味濃厚的反覆重寫行動，抵抗了意識底層無名之物的崩潰和傾圮，以獲取言說的能力。尤里西斯的死亡敘事是「當代離散華人—現代主義」這個對立項一個極佳的隱喻，它的旅程也正是二十世紀以來離散華人的旅程。無數自中國母體被戰爭漩渦所不斷排出、拒斥，以至於這一整批的尤里西斯隊伍，乃皆必須朝向地理位置上的各種「域外」前去——馬來西亞、新加坡、日本、台灣、美國……無論在何處，無論是亞洲抑或美洲，離散的過程本身就是一場域外之旅，朝向那無以指名的、不知該如何命名之、甚至連語言也佚失的地理域外，而導致多年以後，當這批尤里西斯們攜帶著改朝換代後的「現代中文」自域外返來，這些「現代中文」也就勢必被銘刻上那在無意識處、與死亡海妖的搏鬥痕跡，展現為一種字體被扭曲變形壓縮擠兌後的痛苦形體：一種字物。而同時也正因為現代中文的語言發軔處隱含著這一鑄字行動，因此，那工匠式的反覆錘鍊、鑄造與敲打的重寫行為，將發為整部《奧德賽》的癥狀。

重寫什麼樣的事物？是黃錦樹那小說裡反覆出現的失語父親與熱帶膠林暗黑場景？是駱以軍遠方裡那不斷搬運父親病身的後殖民流亡圖景？還是張大春城邦暴力團裡那中國父身兌現為現代武俠的後現代城市傳奇？駱以軍在接受訪談時，論及到自己的書寫時，他曾做如斯言：「我的『抵達之謎』——那謎面所承載的時效，也許就是我的父親了。」[39]：

現在的我回頭去看《遠方》，只能將它當作是一個演員只有父親與兒子的夢境；那夢境非常非常大，甚至大到令我悲不能抑，而孤兒的情感則是夢境中流竄的質素。《遠方》中諸如此類。而其中如果有一任何的「小說時刻」，那便是我帶著我的孩子，在一座孤獨的城市中（在一個白色且含混的夢境中？在一個「plot」的發生時刻甚至更前？）來回行走。」[40]

二〇〇三年出版的《遠方》與《聆聽父親》，幾乎是駱以軍與張大春同時觸碰到自己書寫的最終底線。父親的死亡作為最終的「抵達之謎」，再過去就只是反覆的重寫與鑄字工程。《我們》是零散日常物事的重寫，《西夏旅館》則是以虛構重回了《遠方》的現場，重新布置父親及其輩的遊牧劇場，其本質卻仍無法超出重寫亡父之前的原初場景。《認得幾個字》是張大春更為偏執地回到了中國／中文的父系場域，以字身代換了父親的屍身——重新回到意義的本質，以及對本質的反覆重寫；就如同那跳過了神姬之舞後的朱天文，在告別了父親與其師胡蘭成的戀父城邦，只能走入的是《巫言》這樣巫覡儀式的死胡同。重寫與復返的盡頭，會不會反而是現代主義的盡頭？再過去是什麼？亡父的尤里西斯隊伍，所有重寫難道僅僅就只是原初場景的重複壓抑與復返？再也沒有其他可被敘事的他者？

換句話說，「重寫」超越了現代主義的美學界線，其所抵達的將是現代主義的底線：**倫理**。必須知道，重寫本身就是一種對死亡時間的召喚，召喚那溢出亡者身體的魂魄，而以書寫的字身作為附魂

39 言叔夏，〈我的哭牆與我的罪〉，頁四九。
40 同前註。

的肉身；因此，那些經由反覆重寫留下的隻字片段，皆成為二十世紀滿地戰爭屍身的一個隱喻——在離散與動亂中，生理性的肉與魂被割離了；人與國家母體的（克莉絲蒂娃式的？）分娩場景被迫發生了，而文字的意義與形式之間的鏈結被撬開且遺失了；「現代中文」，總是必須在反覆重寫的強迫性行動中，為自身尋找到容納魂／意義的形式容器。而其結果竟然是鑄造了過多過多的容器了。二〇〇五年，《土與火》同樣面臨到了它自身的抵達之謎——那座「父親」的高牆。《土》書中耗盡大量的篇幅重寫父親的死亡場景，其姿態與《遠方》的「救父」劇場、延遲死亡時間的來臨，存在著共同的書寫倫理。不同的是《土與火》更具哀悼性——有別於《遠方》甚至黃錦樹自己在前此的《由島至島—刻背》中諸篇章的表演性質，彷彿是預先洞見了死亡的必然性與終極性，父的葬禮被以一種寫實主義的抒情筆調所刻寫，反而卸除了任何一種形式與主義。這會不會是總宣稱自己懸宕在兩地馬／台之間、無有家園家國的浪遊者黃錦樹，最終的落腳的「土」呢？否則，那跨越父亡的謎底，現代主義者尤里西斯黃錦樹，該攜帶他的中文字塊何去何從？

黃錦樹曾說，要重寫馬華文學史，唯有重寫馬華文學；同樣地，要重寫中文現代主義史，唯有重寫現代主義；那麼，有可能重寫「重寫」本身嗎？有可能超克掉現代主義的重寫工程嗎？又或者，那其實是像膠林暗處的火光一樣，既可能是文明的火把，也可能是來自敵人窺伺的目光？在重寫中把文字物性鑄造到極致形式的這支尤里西斯亡父隊伍，該何去何從？跨越過「現代主義」的界線後，文字物事者們的「後現代主義」卻仍在處處拉扯著「現代主義者」的後腿，將其拉回「現代主義」的疆域之內，「重寫」之後，新的書寫實踐將會是什麼？可能超越「現代主義」嗎？跨越了《土與火》，黃錦樹還會寫出什麼？或許，就是像〈光和影和一些殘象〉中的那些連廢墟殘景也一併被吞噬的反白光影：

墓塚殘碑似乎比枯骨真實，枯骨卻又比血肉真實。許多年後，即使連枯骨也化成了塵土，殘碑敗塚仍然哀在。……當墳塚壞盡，就再也沒有人可以證明他曾經活過（也或許毋須證明）。正如我如今真實的活著而中國的歷史確實如此綿長卻也無由推斷當初是源於哪一枚精子和卵子之偶然相逢，即使是三代以前。即使是殘像也留不住，在歷史書寫必要的省略、簡潔和遺忘中。一一被抽象成背景的一部份，像一根草一塊礫一片瓦，一條乾涸的小河，一段被荒草掩沒的路，一女子漸遠去的音容與背影。[41]

結語

本文以「如何探測」作為論題的開頭，以黃錦樹對當代台灣文壇所提出的「中文現代主義」的認識論為基礎，試圖以此論述為核心，詮釋黃錦樹在提出這一論述的背後，其實有其自身的「中文現代主義」身世。所以，「如何探測」的疑問在本篇論文裡，將被答覆為是整個二十世紀脫離中國父體形

41　黃錦樹，〈光和影和一些殘象〉，《焚燒》，頁四二。

上學、最後墜落成文字物事屍塊時所形成的、一整個現代主義系統；而這個系統也必然是所有海外離散華人在面對「現代中文」開始的起點時，所共享的結構，以及共同背負的遺債。

遺債無法償還，重寫仍持續進行，宛如推石上山的薛西佛斯，以浪遊者的往返回復作為一種移動的居所／無居所，最後只能選擇「語言」作為唯一的居所。或許，在薛西佛斯式的重寫窠臼尚未被解決的此刻，在黃錦樹的小說文本裡，我們能追逐與洞見的，竟會是那個出現在最早的小說場景裡、點燃起整片現代主義「林中之路」的火種了嗎？逝者如亡父者已矣，而寫作卻如同維繫肉身存有的運轉般無法被停宕；書寫——作為一種重複性的行動，它的行動本身也將內化為它的癥狀，以及它的形式，和內容，甚至是自身存在的義務與責任。在本文的最後，我所想及的是黃錦樹對自我的期許——以那即使是愈追逐愈行遙遠的火光，作為本文的結語：

……而我愈奔燈火彷彿愈遠。此刻我似乎聽到大地輕輕抖動響起蒼老的聲音：

「如果你覺得缺少什麼，就從這一代開創起。」

那一焰昏黃在聲音消失後就幽幽浮起，漲大，至頭顱大小，「呼」的一聲穿過林子消失在夜空中。那兒原來是間荒廢的廟，月光照在神龕上一本攤開的，空白的書。已然糜爛。一剎那間千朝萬代的臉孔向我湧來，我想起祖父的名字，你的名字，我的名字，及所有海外中國人的名字。[42]

42 黃錦樹，〈蹤跡〉，《焚燒》，頁二一七—二一八。

參考資料

傅柯（Michel Foucault）著，洪維信譯，《外邊思維》（*La pensée du dehors*）（台北：行人，二〇〇三）。

黃錦樹，《夢與豬與黎明》（台北：九歌，一九九四）。

黃錦樹，《烏暗暝》（台北：九歌，一九九七）。

黃錦樹，《由島至島—刻背》（台北：麥田，二〇〇一）。

黃錦樹，《土與火》（台北：麥田，二〇〇五）。

黃錦樹，《焚燒》（台北：麥田，二〇〇七）。

黃錦樹，〈華文／中文：「失語的南方」與語言再造〉，《馬華文學與中國性》（台北：元尊文化，一九九八），頁五三—九二。

黃錦樹，〈中文現代主義——一個未了的計劃？〉，《謊言或真理的技藝：當代中文小說論集》（台北：麥田，二〇〇三），頁二一—五七。

黃錦樹，〈從大觀園到咖啡館——閱讀／書寫朱天心〉，《謊言或真理的技藝：當代中文小說論集》（台北：麥田，二〇〇三），頁八一—一二六。

黃錦樹，〈神姬之舞：後四十回？（後）現代啟示錄？——論朱天文〉，《謊言或真理的技藝：當代中文小說論集》（台北：麥田，二〇〇三），頁一六一—二〇四。

黃錦樹，〈謊言的技術與真理的技藝——書寫張大春之書寫〉，《謊言或真理的技藝：當代中文小說論集》（台北：麥田，二〇〇三），頁二〇五—三九。
黃錦樹，〈隔壁房間的裂縫——論駱以軍的抒情轉折〉，《謊言或真理的技藝：當代中文小說論集》（台北：麥田，二〇〇三），頁三三九—六二。
黃錦樹，〈出走，還是回歸？——關於國家文學問題的一個駁論〉，《星洲日報》，二〇〇四年十一月十四日，頁五。
張錦忠，〈文化回歸，離散台灣與跨國旅行性：「在台馬華文學」的案例〉，《中外文學》三三卷七期（二〇〇四年十二月），頁一五三—六六。
林建國，〈現代主義者黃錦樹〉，收入黃錦樹，《馬華文學與中國性》（台北：元尊文化，一九九八），頁五—二五。
林建國，〈反居所浪遊——讀黃錦樹的《夢與豬與黎明》〉，收入黃錦樹，《由島至島—刻背》（台北：麥田，二〇〇一），頁三六七—七四。
朱天心，〈作家的作家〉，收入黃錦樹，《土與火》（台北：麥田，二〇〇五），頁三—一二。

劉淑貞，一九八二年一月生。國立東華大學中文系、國立政治大學中文所畢業。現為國立政治大學台灣文學研究所博士生。曾獲花蓮文學獎、台北文學獎、全國學生文學獎、林榮三文學獎。著有《白馬走過天亮》。

「百年思索：揮別、延續、創新：第三十四屆全國比較文學會議」宣讀論文，國立暨南國際大學外國語文學系主辦，埔里：國立暨南國際大學，二〇一一年五月二十一日；後改題〈倫理的歸返、實踐與債務：黃錦樹的中文現代主義〉，刊於《中山人文學報》三五期（二〇一三年七月）。

附錄二／馬來亞共產黨
——歷史、文獻與文學

潘婉明

自一九三〇年建黨算起，加上一九二〇年代以來的探索階段及「南洋共產黨臨時委員會」（The Nanyang Provisional Commitee，簡稱「南洋臨委」）的草創時期，馬來亞共產黨至少有九十年的歷史可書。但截至二〇一三年為止，馬共尚未有黨史問世。究其原因，一曰沒有取得政權，二曰沒有共識。

這是事實，只是過於簡化。沒有執政無礙於歷史總結，馬共解除武裝已歷二十餘年，應該有足夠的時間盤點其歷史，卻沒有達成，想必有道不出的隱衷；沒有共識才是正解，但也不能就此稀釋化約了其中的歧異。一般認為，「肅反」和「分裂」是馬共鬥爭史上最大的爭議，兩造若不願鬆口或退一步促成和解，在取得歷史的默契和共識之前，任何黨史的產生，都不可能獲得雙方共同承認。此話不假，「肅反」和「分裂」確實是馬共歷史總結的罩門，但我認為，馬共黨史的延宕，有比這一點更複雜更糾結的因素，也有比分裂兩方更多方的歧見。

馬共無黨史，但並非無史。馬共在其各個歷史階段，都曾經就黨的成立及其進程做出交代。早年或限於條件，相關文獻的內容極簡，篇幅也不長，但可見出馬共重視歷史的態度，有其傳統。這一點，也可以從他們近幾年彙編史料的努力和出版文獻的數量得到證實。下文即以馬共的成立和發展起頭，首先說明馬共的歷史背景，指出其移動與跨域的本質，同時也分析幾份堪可代表黨史的重要文件／獻；繼而列舉馬共本身所生產及出版的文獻，略述其內容與性質；最後以兩位馬共作家——金枝芒、賀巾其人及其作品為例，簡單的介紹馬共書寫的「馬共書寫」遊走在歷史與文學之間的特質。

本文乃應黃錦樹老師之邀，從書寫中的論文及已發表的文章中擷取不同章節剪裁而成的。錦樹老師好以「馬共」為題創作，作品多到可以集結成兩書。他說台灣讀者對馬共歷史沒有背景，來訊問我有沒有文章可供他收作附錄。我想不只台灣讀者，新馬及其他區域的讀者也未必有相關認識。錦樹老師所書寫的「馬共」，雖不無「惡搞」，卻有其文學與歷史宏旨。就學術的意義，他的策略不一定能成，但也不失為一種累積和嘗試，煞費苦心。我的文章硬澀，跟他玩得很「high」的小說放一起頗不協調，但我還是很樂意趕在他排版之前剪裁本篇，為他的苦心出一點力。

一、馬來亞共產黨史：移動與跨域

（一）馬來亞共產黨的歷史現場

馬來亞共產黨的歷史現場不限於一時一地。自一九三〇年成立至一九八九年其總書記陳平與馬泰兩國政府簽訂和平協議止，共歷時五十九年。但馬共歷史的發端可能可以追溯到一九一九年《益群報》創刊以來的整個一九二〇年代。這份報紙雖由國民黨人創辦，但歷任編輯都具有無政府共產主義（anarcho-communism）的政治背景，因此學者楊進發（C. F. Yong）認為，這批無政府共產主義者在馬來亞奠下了共產主義某些觀點和理論基礎，他們比第一波到此宣揚共產主義思想的中共黨員起碼要早了三年[1]。此說挑戰了一般所認為的共產主義乃由中國共產黨人、國民黨左翼份子或印尼共產黨引進馬來亞。不過這同時也說明了馬來亞的共產主義政治的發展從來都不能跟中共脫勾，時間甚至可以更往前推。

第一批中國共產黨員是一九二一年潛入馬來亞活動，影響力可及於報界、民間學校和工人群體。共產主義思想和組織在馬來亞的拓展，跟中國的政局一直發生聯動。一九二四年的聯俄容共政策加速了在馬來亞活動的共產黨人滲入國民黨的組織，而一九二七年的國共分裂也促使在馬來亞的共產黨人必須從當地的國民黨組織中脫離出來，另覓容身之處。一九二八年初成立的「南洋臨委」是馬共的前身，由中共派出五名代理人籌組而成，管轄除菲律賓以外的其他東南亞國家的共產黨活動[2]。一九三

1 楊進發，〈五四運動與馬來亞華人——無政府主義運動的興起（一九一九—一九二五）〉，《新馬華族領導層的初探》（新加坡：青年書局，二〇〇七），頁二〇九—三六。

2 楊進發，〈早期馬來亞歷史激進派運動領導層——南洋臨時委員會（一九二八—一九三〇）個案〉，《新馬華族領導層的初探》，頁二六〇。

〇年四月[3]，「南洋臨委」在第三國際指示下宣布解散，並以馬來亞共產黨取而代之。這意味著東南亞的共產運動進入了去集權化和地方分立的發展階段[4]。

馬共成立之初，活動主力在工人／工會鬥爭，影響面不廣，普遍認為只及於海南籍群體，期間也經歷過幾次內部的派系衝突和分裂。但自一九三七年中國抗戰以來，馬共領袖在中國民族主義情緒的凝聚之下，積極發動抗日援華運動，並在一九三八年四月的中常委會議中，將「援助中國自衛戰爭，不替日本法西斯侵略者搬運、開礦、割膠，抵制日貨，募捐及組織慰勞隊和國際義勇軍，積極援助中華民族驅逐日本出中國……」列為鬥爭綱領之一，且主張懲辦法西斯侵略者的奸細，沒收其財產充作反侵略的經費。[5]

當時，以陳嘉庚為首的南洋僑領已發動僑界，先後成立「華僑籌賑祖國傷兵難民委員會」（簡稱「籌賑會」）和「南洋華僑籌賑祖國難民總會」（簡稱「南僑總會」），號召華僑踴躍捐輸，救濟傷兵難民，支持祖國抗戰。由於殖民地總督要求捐款一概匯交南京中央政府行政院收[6]，馬共於是另外成立了「馬來亞華僑各界抗敵後援會」（簡稱「抗援」），以依附在「籌賑會」的半公開形式進行募捐，所得款項祕密匯到香港交廖承志辦公室，以支援八路軍、新四軍、東江抗日游擊隊、瓊崖抗日獨立隊等中共所領導的部隊。此外，「抗援」也配合「南僑總會」發動其會員參加回國服務的機工隊[7]。

「抗援」的行動邏輯基本上延續了「南洋臨委」及其後繼者馬共的尚武、激進精神。除了賣花、募捐、義演、義賣、獻金、徵召機工回國服務這類一般性工作，「抗援」還暗中擔負了其他任務，如懲戒漢奸、抵制日貨、糾察會場等等，堅決和各種破壞抗日救國運動的勢力進行鬥爭。由於手段激烈，致使無數在此間活動的共產黨人被殖民政府逮捕驅逐，加上一九三九年歐戰爆發以後，馬共一度採取更激進的反帝策略，鼓勵勞資對立和發動罷工示威，無視殖民政府的強勢鎮壓，直到中共在一九四〇年中下旬出手干預方休。[8]到這裡，我們已經很清楚了解，馬共和中共一直維繫著非常緊密的、從屬的、指導的關係。其黨員雖以本地群眾為對象，但領導層源自於中共指派的知識份子。馬共的歷史從一開始就有跨越遊走在不同地域的性質。

---

3 一般指馬共成立於一九三〇年四月三十日，地點在森美蘭的瓜拉比勞（Kuala Pilah, Negeri Sembilan），不過楊進發則主張它於四月中旬的某一天在柔佛的巫浮加什（Buloh Kasap, Johor）成立。見C. F. Yong, *The Origins of Malayan Communism* (Singapore: South Sea Society, 1997), pp. 129-31。

4 C. F. Yong, *The Origins of Malayan Communism*, pp. 131-34.

5 〈馬來亞共產黨十大鬥爭綱領（馬來亞共產黨中央常委會通過，一九三八年四月）〉，收入二十一世紀出版社編輯部編，《戰前地下鬥爭時期（二）——反法西斯、援華抗日階段》（吉隆坡：二十一世紀，二〇一〇），頁一一。

6 陳嘉庚，《南僑回憶錄〔新版〕（上）》（新加坡：八方，一九九三），頁五八—六〇。

7 相關資料見陳青山，〈馬來亞「抗援會」與華僑抗日運動〉，收入新馬僑友會編，《馬來亞人民抗日鬥爭史料選輯》（香港：見證，一九九二），頁二二一—二五；馬林，〈「抗敵後援會」在馬華抗日救國運動中的歷史作用〉，收入新馬僑友會編，《馬來亞人民抗日鬥爭史料選輯》，頁二二五—四一。

8 楊進發，〈馬來亞共產黨領導層、思想與組織的研究（一九三六—一九四一）〉，《新馬華族領導層的初探》，頁三一八—一九。

一九四一年杪，馬來亞的天空戰雲密布，「抗戰」已非「國內」之事。盛傳日軍將登陸新加坡，殖民地政府遂將兵力集中在馬來亞最南端的小島上。其時英軍對迎戰日本頗有自信。一九四一年十二月八日，日軍取道泰國南部進入英屬馬來亞境地的吉蘭丹（Kelantan），接著揮軍南下，在短短的一個月時間內攻佔北馬各州直抵雪蘭莪（Selangor），英軍兵敗如山倒，失去了馬來亞的半壁江山。十二月二十日，政府釋放全馬各地被關押的約二百名馬共黨員和抗日份子，並同意讓共產黨派員到「一〇一特別訓練學校」（101 Special Training School）接受游擊戰訓練，開始跟過去的宿敵聯手對抗新的侵略者。一九四二年二月十五日，新加坡淪陷，全馬失守，但馬共早在一九四二年一月一日就已做出反應，在雪蘭莪州成立了「馬來亞人民抗日軍」（Malayan People Anti Japanese Army，簡稱「抗日軍」）的第一獨立隊，其他各州也跟進，先後成立獨立隊[9]。馬共號召全國人民武裝起來保衛馬來亞，「抗日軍」成為此間最有規模的軍事力量。

戰後，殖民政府因馬共「抗日有功」而承認其合法地位，允其公開活動。但這段表面和諧共存的日子並沒有維持很久。一九四七年，馬共因揭發其總書記萊特（Lai Teck）為法、英、日三面間諜而經歷了一場內部風暴，年僅二十三歲的陳平繼任為總書記，並於一九四八年三月召開的第九次擴大的中央會議通過改以武裝鬥爭為「最主要和最高的鬥爭形式」[10]。一九四八年六月中旬，英國殖民政府在全馬頒布緊急狀態（Emergency），正式展開一場長達數十年的惡鬥。馬共組成「馬來亞民族解放軍」（Malayan National Liberation Army，簡稱「解放軍」），挖出抗日時期預藏的武器，召集黨員參加游擊戰鬥。英國殖民者集合帝國資源強勢剿共，馬共在各方面條件懸殊的情況下處於下風。

從一九五〇年始，殖民地政府雷厲風行推動「新村計畫」（Briggs Plan），在全馬各地建立數百個「新村」（New Villages），把原來散居在鄉村和森林邊緣的華人民眾圈禁其中，通過一種集中營管理方式，封鎖和控制了糧食、物資、情報和人口的流動，成功地將馬共和其（潛在的）支持者隔離開來。

「新村計畫」對馬共打擊甚深，各地部隊開始面對飢餓的局面。一九五三年始，「解放軍」陸續向北撤退到馬泰邊境，駐紮在泰國南部的勿洞（Betong）、昔羅（Sadao）等地區。其時有部份不及北撤而被遺下的部隊，困守在檳城浮羅山背（Balik Pulau）、霹靂州（Perak）、馬六甲（Melaka）和柔佛州北部（Northern Johor）的森林裡。這些成了孤軍的隊伍，有者奮戰到底，部份出去投敵，個別戰士則偷渡到印尼的蘇門答臘和其他外海的島嶼，另謀出路。

「解放軍」的主力撤退到馬泰邊境後，糧困的問題暫且緩解，但隨即面對另一個尷尬的局面：當戰場不在境內，鬥爭目標不明，士氣受影響，兵員招募也有困難。一九五五年底，馬共主動發表結束武裝鬥爭聲明，要求與馬來亞聯盟政府會談。然而即將赴英談判獨立地位的政府代表團態度強硬，以致「華玲會議」（Baling Talk）破局，馬共堅決以「不投降」為前提持續鬥爭。一九五七年馬來亞取

---

9 羅武，《馬來亞的反抗（一九四二—一九四五）》（香港：海泉出版社，一九八二），頁一一—一八、四七。

10 陳田，〈馬來亞共產黨史料（一九三〇—一九六二）〉，收入林雁等編，《陳田紀念文集》（吉隆坡：策略資訊研究中心，二〇〇八），頁一二三—一二四。

得獨立，政府以強勢的「剿共」姿態拒絕再與馬共進行和談，而馬共也拒絕承認「主權不完整」的獨立，雙方都錯過和解的歷史時機。

馬來亞獨立令馬共的處境愈發艱難，遂於一九五九年指示縮減人員，降低游擊活動級別，檢討前景，逐漸停止武裝鬥爭，其主要領導人則於一九六〇年底啟程前往中國「作客」。然而不到兩年時間，中共總書記鄧小平於一九六一年中接見馬共領導層時表示東南亞的形勢大好，促馬共恢復武裝。馬共遂於一九六二年推翻原「偃旗息鼓」政策，執行「新方針」路線。

在「新方針」的指示下，馬共自一九六九年始先後派遣7支突擊隊南下，並成功跟國內的地下組織接頭，遂於一九七一年在霹靂州成立「第五突擊隊」（5突），一九七三年在彭亨州擴大組成「第六突擊隊」（6突）。兩支隊伍的任務是要在馬境內恢復「解放軍」北撤前在該兩州的地盤，但5突面對嚴峻的圍剿，在一九八〇年代初期宣告瓦解，所幸有相當人數的戰士成功折返邊區，而6突則堅持到一九八八年才非常戲劇性地被「招降」，為馬共歷史留下懸念。

在中國，馬共高層經由中共安排，落戶在湖南省四方山。中共以代號「691」軍事基地為掩飾，同意馬共開設廣播電台。一九六九年底，「馬來亞革命之聲」電台正式運作，以三語廣播（華語、馬來語及淡米爾語）向東南亞地區放送消息。一九八〇年，新加坡總理李光耀到訪中國，中共隨即要求馬共於一九八一年中關閉「革命之聲」電台。馬共遂將電台設備轉移到邊區，改設「馬來亞民主之聲」，繼續廣播。

在新加坡，由於政治和地理條件的限制，馬共的活動採取地下路線，通過「星洲人民抗英同盟」

（Singapore People's Anti British League，簡稱「抗英同盟」）等組織對工會、學校和農村進行滲透。一九五四年，李光耀與一批左翼菁英共同籌組人民行動黨（People's Action Party，簡稱行動黨），以反對黨之姿崛起，並於一九五九年贏得自治邦議會大選。一九六一年行動黨發生內部份裂，黨內的左翼人士脫黨另組社會主義陣線（Barisan Sosialis Singapura，簡稱社陣）。一九六三年二月二日，行動黨政府大肆逮捕一百一十名左翼人士，包括社陣黨人、工會領袖、地下組織成員及共產黨員，是為「冷藏行動」（Operation Cold Store）[11]。事實上，在大逮捕行動之前，馬共考慮到保全幹部之必要，分批把地下成員撤到印尼，其中部份人員被派往蘇門答臘的漁村，伺機打通海路，偷渡返馬。這支來自新加坡的流亡隊伍，在印尼展開長期的流亡生涯，一直至一九七〇年代中期才開始思考何去何從[12]。期間有的成員在潛返新馬執行任務時被捕，另一部份人則經由組織安排前往中國，或潛伏在港澳接應陸

---

11 相關研究及逮捕名單詳見：Geoff Wade, "'Operation Cold Store': A Key Event in the Creation of Malaysia and in the Origins of Modern Singapore,' paper presented in 21st Conference of the International Association of Historians of Asia (IAHA), 22-25 June, Singapore。

12 張泰永，〈地下航線解密——半個多世紀前活躍於印尼與新加坡之間的一條地下航線〉，收入二十一世紀出版社編輯部編，《深埋心中的秘密：新加坡與檳榔嶼的故事》（吉隆坡：二十一世紀，二〇〇八），頁一六一—一〇六；陳劍主編，《浪尖逐夢：余柱業口述歷史檔案》（吉隆坡：策略資訊研究中心，二〇〇六）；賀巾，《流亡》（吉隆坡：策略資訊研究中心，二〇一一）。

續到來的同志；有一些人脫離組織下落不明，還有一些人滯留在印尼終老。成功到達中國者，可能被留下來為馬共電台服務，等待機會回到馬泰邊區上隊。一些在中國出生或成長的馬共第二代成員，學成後也會被派往邊區貢獻他們的力量。

馬新兩地，無論是殖民時期或後來的自治／獨立時期的執政者，反共立場都非常堅定，對共產黨人絕不寬待。在緊急法令之下，不少馬共黨員、被俘的游擊戰士、輸送物資的民運人員或疑是共黨同情者的一般群眾被收押在監，若被捕時持有武器將可被判死刑。這些人被判刑後關押在全馬各地的扣留營，有的人審訊後被驅逐出境，另一些人則在被拘押數年至十數年後，甚至將近刑期屆滿時才被驅逐，有些家屬也因此陪同出境。他們抵達中國後，大部份被中國政府安置在海南、廣東、福建各省的「華僑農場」拓墾，從此入籍中國，其中也有人加入中國共產黨，由馬共變成中共。這些人在一九七〇年代中國宣布有條件的華僑可申請出國的政策後，陸續移居香港，取得港籍並持英國護照，少部份人則到了澳門。

一九八九年馬共與馬來西亞及泰國政府簽訂和平協議，正式解除武裝。一九九一年馬來西亞政府開放回國申請時，約有四百名邊區的戰士選擇返馬定居。這批解甲歸國的戰士回國迄今滿二十載，在生活上的適應和發展可自成一個歷史階段。在新加坡出生的馬共成員，則必須簽署一分政治聲明才能入境。大多數來自新加坡的馬共不願為此否定自己一生的信念，拒絕回歸而入籍泰國，並選擇定居在泰國政府為安置他們而建設的幾個和平新村裡。

從上述簡介可知，馬共歷史是一部不斷在移動和跨境的歷史，無論在人員的穿越或地理疆域的跨越上。馬共最初的成立和組織，皆由中共派員指導，其後的發展也深受中國民族主義及中國國內局勢的影響。一九二〇、三〇年代，無法在中國立足的中共南下馬來亞變身為馬共，一九五〇、六〇年代無法立足馬來亞的馬共回歸中國後變成中共，此為人員的移動與穿越。在疆域上，馬共的鬥爭跨出了本土的界線，且跨越多個不同的地域。馬共雖為本土而戰，最後卻只有小部份人回到原來出發的地方，其餘大多數人都置身域外[13]。

（二）史前史：類黨史的重要文件

馬共黨史遲遲未修訖，跟它的疆域跨度太大，導致彼此互看不見有關。但就我的理解，馬共並不是一直處於「無史」的狀態。早在一九四六年一月中，距日本投降尚不足半年，馬共就出版了言論集《南島之春》，裡面收入的〈馬來亞共產黨史略〉（以下簡稱〈史略〉），估計是馬共有史以來的第一篇黨史[14]。它是一篇名副其實的「史略」，篇幅不足七頁，極其簡短，除了交代馬共成立的大略及戰前的國際形勢，其他大部份內容乃幾次代表大會的綱領和目標。該〈史略〉自一九二五年說起，至一九四六年止，剛好滿二十年。對於一個尚在摸索、又經歷戰事的黨而言，二十年時間或許夠不上一篇滿

---

13 潘婉明，〈在地・跨境・身體移動・知識傳播——馬來亞共產黨史的再思考〉，《華人研究國際學報》三卷二期（二〇一一），頁五七—七一。

14《南島之春》（新加坡：馬來亞出版社，一九四六），頁八—一四。

載功業的黨史，但作為最早出版的類黨史文獻，〈史略〉的內容稍嫌薄弱，乏善可陳。

馬共的第二篇黨史很可能是一九六二年由中央委員陳田所撰的一篇未命名的文件。一九六〇年底，為尋求中共支持其撤兵計畫，馬共中央決定調派陳平、李安東及陳田三人北上中國[15]。陳田當時可能沒有意料到，他此去不再復返，終老中國。初到北京，陳田即著手整理、撰寫黨史資料，並於一九六二年五月二十五日寫就一篇以「庄聲」署名的手稿，不過內容只交代馬共自創立以來到一九五九年的發展。陳田後半生的歲月都流亡在中國，但一直至一九九〇年去世為止，他都沒有再續寫下去，因此這份文件一直停留在「手稿」的狀態，且沒有訂題。後來它被收入在《陳田紀念文集》，才由編者題名為〈馬來亞共產黨史料〉（以下簡稱〈史料〉）[16]。

〈史料〉的內容主要以大事紀的形式安排，按時序陳述，尤其著重歷次中央擴大會議及其他各次重大會議的召開，並一一記錄每次會議通過的決議、綱領、主張、宣言、任務、決定或意見，中間也安插他對那些影響馬共決策和方針的國際動向所做的分析。陳田的敘述相當有條理，思想正統。〈史料〉從馬來亞遭受殖民開始談起，開宗明義指馬共的誕生「是馬克思列寧主義同馬來亞民族解放運動和工人運動相結合的產物」。陳田把馬共鬥爭放入一個馬克思主義的理論框架來理解，因此全文諸多針對黨的錯誤所進行的檢討，最後都歸結出「對馬列主義的鬥爭策略掌握不夠」、「對馬列主義理論修養不夠」的結論。整體而言，陳田的文字清晰，心思細密，言論端正，但也可見出他的個性略帶保守、注重瑣屑。〈史料〉雖然在措詞方面頗為含蓄、內斂，卻不失坦率。陳田對馬共在一九五〇年代初露敗象的記述跳躍得很快，但他沒有迴避，坦承投敵者眾，「處境空前困難」，以致「現在，除了小股隊伍活動之外，中、南馬一帶的部隊可以說已經崩潰了」[17]。

陳田之後，馬共最重要的黨史文獻當數總書記陳平回憶錄《我方的歷史》。距那份未命名的「手稿」四十年後，陳平回憶錄的英文版首先在二〇〇三年出版，次年翻譯成中文，備受矚目。《我方的歷史》雖然以回憶錄形式成書，但它既是「最高領導」的現身說法，即被各界視為某種權威的代言，可用以檢驗馬共的歷史。陳平似乎也有意扮演這種角色，因為他要說的是「我方」的歷史而非「我的」。

然而，當陳平試圖用全視的角度敘述他未參與的情節，「我方」和「我」之間不自覺地出現了角力和推卸。細讀文本，我們大致可以將《我方的歷史》分為三個部份，首先是自我背景介紹，說明他個人的成長及其走向共產主義的經過。此佔篇幅極短，約二十頁；其次是他在馬來亞參加革命期間（一九四〇—一九六一）的種種，依順序敘述：加入馬共、參與抗日、地下活動、游擊戰鬥、負責136聯繫、退伍復員、黨內鬥爭、追查叛徒、發動武裝、建立根據地失利、新村打擊、伏擊欽差、撤退邊區、華玲會談、遣散部隊、北撤中國等等。這其中有許多事他都沒有親歷其境，但他對自己赴華

15 陳平口述，伊恩・沃德（Ian Ward）、諾瑪・米拉佛洛爾（Norma Miraflor）譯，《我方的歷史》（*My Side of History*）（新加坡：Media Masters Pte. Ltd.，二〇〇四），頁三六八—七〇。
16 陳田，〈馬來亞共產黨史料（一九三〇—一九六二）〉，頁八二—一三八。
17 同前註，頁一三六—三七。

之前所發生的馬共歷史的重大事件，都一一評論作為交代，包括在和豐（Sungai Siput）擊斃英籍園丘經理、攻佔話望生（Gua Musang）警察局宣布建立解放區、英軍濫殺峇冬加里（Batang Kali）平民事件、李明從被判死刑到獲得特赦的傳奇等。這個部份的篇幅極長，共佔三百餘頁；最後是流亡中國期間（一九六二—一九八九）的種種及和平協議的簽訂，內容包含馬共政策由「偃旗息鼓」轉變為「新方針」的經過、在湖南設立「馬來亞革命之聲」電台、兩次肅反引起的中央分裂、「革命之聲」停播後由泰南發送的「民主之聲」替代、合艾和平協議的催生與實現、解除武裝後的人員安排與安置等等。這個部份的篇幅中等，不足百頁。

從以上的簡述可知，陳平回憶錄的三大部份比例明顯不均。他以五分之三強的篇幅敘述二十一年的經歷，卻以不足五分之一的篇幅交代另外二十七年的歷史。他做這樣的分配並不令人意外，大致可理解為他長年駐外，既未掌控部隊也未大權在握，而馬共的鬥爭在中後期也無大作為的結果。值得注意的是，無論在哪一個階段，陳平的敘事都不斷地在「我方」與「我」之間發生角色跳躍。《我方的歷史》前面的部份，陳平習慣用「我的」來說明他的地位及展現他的信心，如我的軍隊（my army）、我的人（my man）、我的司令員（my military commander）、我的政治事務官（my political affairs officer）、我的副手（my deputy）甚至是我的游擊隊（my guerrillas）。可是越到後面，特別是在華期間，他越多使用「我們」，越發加深他代表「我方」發言的意味，雖然在語氣上逐漸顯得氣弱。每當檢討過去馬共鬥爭所犯下的各種錯誤時，他又開始將「我」和其他「大多數意見」（majority opinion）進行切割，稱異於「我」的其他人為「他們」。在黨的重大決策上，陳平甚至多次表示「我只好少數服從多數」（I fell in line）、「我保持中立」（I took a neutral stand／I remained neutral）或「我無能為力」（nothing I could do）。[18]

縱觀《我方的歷史》全文，陳平的敘事中有一貫的「我」，卻沒有一致的「我方」。「我」在知情的範圍內總是洋溢著熱情與自信、年輕而堅定、在摸索中行動、敢於提出批判，有適時承擔責任也承認失誤的一面。然「我方」卻不是一個集體，而是視戰略的對錯、決策的成敗、責任或責難的輕重等後見之明，由「我」、「我們」或「他們」自由重組。「我」與「我方」的交錯與跳躍，固然出於陳平對個人隱私和馬共歷史有所掩飾，但究其原因，乃因為總書記不在場之故。換句話說，這是讓缺席者來填寫歷史現場。事實上，《我方的歷史》作為類黨史文獻的有效性及意義不大，因為傳記原就是承載個人意志的文體。但《我方的歷史》因有英文版，成為西方世界能閱讀的少數馬共文本之一，遂令它比其他馬共文獻擔當了更多的關注和批評。

二、文獻：敘而未論的整理與彙編

和平協議簽訂距今已逾二十年，馬共黨史的生產確有延宕，但並不意味著他們對於本黨歷史的保存不感焦慮。馬共的出版機構二十一世紀出版社自成立以來，積極編纂各類系列叢書，試圖透過自我

18 Peng Chin, *Alias Chin Peng: My Side of History* (Singapore: Media Masters, 2003), pp. 9, 19, 72, 108, 433, 444, 466, 474.

發聲來抗衡殖民者及國家長久以來的片面演繹。該出版社據稱由馬共基金注資，由二十一世紀聯誼會的核心幹部擔任編輯，其立場亦代表著以北馬局／陳平為首的馬共中央的「主流」及「正統」。他們有一系列的出版計畫，有其時間表及議程，按照既定的框架詮釋這場革命鬥爭史。

自二〇一〇年始，馬共陸續推出的《馬共文集》系列，將黨史各個階段的文件依分期[19]彙編成冊，其中包括馬共最早的出版品《南島之春》內的篇章、黨的章程、各次擴大會議的決議、鬥爭綱領、主張、通告、廣播稿、學習材料等等。截至目前（二〇一三年七月）為止，《馬共文集》已有七輯付梓。第一輯整理了建黨初期的背景和主要領袖的簡歷；第二輯收入了反法西斯、援華時期的重要文件；第三輯則是抗日時期的黨軍文件，不過內容取自一九五三年中共「中央對外聯絡部」編印的《馬來亞革命資料（第三輯）》；第四和第五輯介紹日據時期馬來亞抗日軍的歷史，但內容剪輯自早前已出版的馬共各領袖的回憶錄，重複性很高；第六和第七輯則整理了戰後和平時期有關抗日軍復員及自治獨立運動方面的文件。

《馬共文集》的安排非常紊亂，它並不是純粹的文獻彙編，當中有許多內容是資料搜索和剪貼的結果，各輯中還附錄了相當篇幅的學者論文。我們不難理解它所以如此的原因，多年的戰鬥和流徙造成許多文獻佚失，而保存下來的也未必集合一處。編者坦言，《馬共文集》的整理和編輯工作並不簡單，「不是『有求必應』、垂手可得的」[20]。總的來說，這些文獻距類黨史的性質甚遠，但它們卻是未來黨史生產過程中至為重要的參考及引用材料。無序何嘗不是一種秩序，紊亂有時比井然能透露更多訊息，研讀它的意義正在於此。

此外，二十一世紀出版社也積極出版其他書籍，包括《馬泰邊區風雲錄系列》（四輯）、《歲月留痕叢書系列》（五輯）、《探索之旅叢書系列》、個別領導及戰士回憶錄、小說、畫冊等等。馬共出版品的質素不齊，但《十年叢書系列》（五輯）的出版卻異常珍貴。一九五八年，馬共為紀念「抗英民族解放戰爭十周年」，在部隊出版了一系列共十四輯的《十年》叢書。這批文獻經過將近一甲子的戰火歲月，有十三輯保存下來，只有一輯從缺，今由二十一世紀出版社集結重新出版。

除了二十一世紀以外，坊間還有其他左翼背景的出版社也加入充實書肆的行列。因此晚近十年，以中文為媒介的馬共／左翼出版品似有「大量出土」的現象。一般認為，這是馬來西亞政治環境小開放的結果。無可否認，就數量言，確實有持續迅速成長之勢；就市場的銷路言，也充份反映出老左們的熱情，而這種情形一時還不會改變。但這無疑也是危機所在：如果「大量出土」的文獻僅可「內銷」，那麼很可以預見，這不是一個拓展而是正在萎縮的市場。

---

19 根據黨內的分期，馬共將黨史分為六個時期：戰前地下鬥爭時期（一九三〇年四月至一九四一年十二月）；抗日戰爭時期（一九四一年十二月至一九四五年八月）；戰後和平時期（一九四五年八月至一九四八年六月）；抗英民族解放戰爭時期（一九四八年六月至一九五七年八月）；國內革命戰爭時期（一九五七年九月至一九八九年十二月）；和平民主鬥爭時期（一九八九年十二月至今）。

20 二十一世紀出版社編輯部編，《戰前地下鬥爭時期（一）：建黨初期階段》（吉隆坡：二十一世紀，二〇一〇），頁iii。

左翼文獻近十年累積有成，數量確實可觀。仔細研讀文本，不難發現它們在一個可允許的範圍內相互駁斥、暗中較勁。我樂見這種歧異，它代表多元，同時也是一種內部的對話。非主流也有其「主流論述」，作為更邊緣者觀照的「中心」。因此，當更邊緣者對某一「主流」提出控訴時，對話甚至對抗便可望達成。換句話說，當其他陣營紛紛出版形式和格局雷同的文獻來頒頡以「正統」自居的馬共中央派，儘管它們都非常一致地呈現了論述破碎、文采無華的共同性，也無損其文獻價值。而更令人動容的是，即使它們當中許多是思路紊亂、時序斷裂、敘事跳躍、記憶定格的短篇，卻都是凝聚了某個人的青春和生命所譜寫成的。

誠如上述的分析，馬共在出版方面的表現非常積極，多年探索的經驗，也讓他們越發自信了。但值得注意的是，當他們的出版能力和技巧越純熟，對文獻傳世的意義就越欠缺思慮；為了與時間競賽，也傾向量和速度的增大，而忽略論述生產的重要性。換言之，馬共及其他左翼文獻的論述性不夠，它們經常以文獻匯編為目的，而且也有政治口號化和標準化的問題。這樣的文獻雖有抗衡的動機，卻不具有抗衡的力量，跟學術研究也沒有交集。從體裁、篇幅，以及大部份文獻的敘事內容看，馬共及左翼陣營尚停留在「敘述」而非「論述」的階段，他們都太過著眼於記錄過程、描寫細節、分辨是非、咬定立場、爭奪正統。在這個過程中，他們彼此質問、要求交代、相互攻訐。每個陣營乃至於每個個人都在各自的立場和認識上，檢視自己的歷史傷痛，以自我為中心，沉溺在己方／個人的記憶中而看不見其他人，甚至不知有其他人存在。也正因為如此，它們僅能以「小歷史」的格局出現。不過有趣的是，馬共及左翼並不認同「小歷史」敘事。

三、文學：馬共書寫的「馬共書寫」

一九九〇年代以來的「馬共書寫」出現一項重大突破，即由馬共書寫的「馬共書寫」紛紛出版了。事實上，馬共作家的創作多不是新著，只是受限於撰寫當時的環境而未能流通。被馬共尊稱為「人民文學家」的已故作家金枝芒所撰《抗英戰爭小說選》（二〇〇四）[21]、長篇《飢餓》（二〇〇八）[22]和《烽火牙拉頂》（二〇一一）[23]，就是馬共在戰鬥期間由內部印刷、傳閱的讀本。新加坡出生的賀巾是另一位重要的馬共作家，他在一九五〇至一九六〇年代初發表的作品，今均收入在《賀巾小說選集》（一九九九）[24]，其中包含當時備受好評的〈沈郁蘭同學〉、〈青春曲〉等代表作。一九八〇年代他輾轉來到部隊，開始寫作過去在新加坡從事地下活動的故事，集結收入在《崢嶸歲月》（一九九九）[25]。他的長篇《巨浪》（二〇〇四）[26]和《流亡》（二〇一一）則是馬共解散以後在曼谷撰寫的

21 金枝芒，《抗英戰爭小說選》（吉隆坡：二十一世紀，二〇〇四）。
22 金枝芒，《飢餓》（吉隆坡：二十一世紀，二〇〇八）。
23 金枝芒，《烽火牙拉頂》（吉隆坡：二十一世紀，二〇一一）。
24 賀巾，《賀巾小說選集》（新加坡：新華文化，一九九九）。
25 賀巾，《崢嶸歲月》（香港：南島，一九九九）。
26 賀巾，《巨浪》（吉隆坡：朝花，二〇〇四）。

近著，分別為紀念一九五四年「五一三學運」屆滿五十週年，以及記錄本人在一九六〇至一九七〇年代流亡印尼的生涯而作。

對馬華文學稍有認識的人都知道，馬華作家在現實主義傳統的指導下，有很鮮明的突出「此時此地」[27]以及「以文學述史」的寫作動機和使命。雖然創作結果未必切合歷史的軌跡，但論者不能忽視這個背景。下文將以這兩位馬共所書寫的「馬共書寫」為例，淺談他們的作品如何在文學與歷史之間相互滲透，儘管都有政治意識型態的包袱，但賀巾顯然比金枝芒更有意識地抗衡純粹的政治服務。

（一）金枝芒：當事人的口述歷史、宣傳與創作

金枝芒無論是其人其文，都是馬華文學中「死而復生」的殊例。金枝芒本名陳樹英，一九三〇年代到馬來亞教書，戰前就以「殷枝陽」、「乳嬰」等筆名活躍文壇，戰後更以「周容」一名掀起了「馬華文藝獨特性」的論戰。但隨著一九四八年緊急狀態的頒佈，金枝芒像在空氣中蒸發了一樣，失去蹤影。事後得知，當時他響應馬共號召參加武裝游擊戰鬥，乃名符其實的「軍中作家」，直至一九六〇年代才返回中國，加入湖南「革命之聲」電台。

《抗英戰爭小說選》收入的三篇小說所描寫的故事，從馬共的角度，都是實際發生過的事實，其中〈烽火中的牙拉頂〉所寫的更是馬共史上著名的戰役[28]。該書在封底及內文多處附加具體的地圖，馬共方面表現出「述史」的意圖非常強烈。編者在序中指出，來到邊區的戰士們知道「周力」（金枝芒）同志要把霹靂和吉蘭丹州戰鬥中的英雄事蹟記錄下來，大家都踴躍分享自己的戰鬥經歷和感受，

或用文字或用口述提供給作者[29]。曾經參與過相關戰役的戰士曾漢添，在日後回憶時也證實了這一點。他指出，一九五八年他輾轉到達邊區，在北馬局（馬共在泰馬邊境的總部）逗留的一個多月期間，向負責文宣的周同志介紹了他在丹霹兩州的戰鬥事蹟，記錄成冊後在部隊油印出版，供邊區的同志閱讀[30]。換句話說，這些故事屬於馬共自己的、以文藝形式呈現的口述歷史採集，儘管只取其所需。

〈烽火中的牙拉頂〉以布賴（Pulai）周圍地區在日據時期及緊急狀態初期所發生的事為中心，描述這裡的人民如何支持馬共並招徠各種劫難。根據二〇〇八年的田野資料[31]，故事的核心人物，包括

27 一九四七年底，馬共作家金枝芒（周容）在《戰友報》發表〈談馬華文藝〉一文，與以胡愈之為首的一批南來文人掀起了一場「馬華文學獨特性」的論戰。

28 一九四八年七月，馬共的游擊隊攻陷話望生（Gua Musang）警察局，宣布「解放」該地區。但他們的勝利只維持了約五天，因英國援軍大批進駐而撤退。牙拉頂位於話望生約十公里外的地方，靠近更為人所熟知的布賴（Pulai）地區。

29 方山，〈寫在前面——悼念金枝芒老前輩逝世十六周年〉，收入金枝芒，《抗英戰爭小說選》，頁九。

30 這些冊子後來出版成一系列的《十年》。所謂「十年」，意即自一九四八年緊急狀態以來的十年「抗英戰爭」。見曾漢添，〈轉戰邊區〉，《漫漫林海路》（香港：見證，二〇〇三），頁一四五—四六。

31 這部份的田野資料，由曾在此執行田野工作的陳丁輝博士（Tan Teng Phee）提供，特此致謝。見Teng Phee Tan, “Oral History and People’s Memory of the Malayan Emergency (1948-60): The Case of Pulai,” *Sojourn: Journal of*

眾戰士和走狗「唐嚴」的角色，都有其人，而且情節與口述採集所得相當接近。但金枝芒作為一名共產黨員，其創作肩負教育、宣傳、鼓舞士氣的責任。為了達到指導和激勵戰士的功能，作者讓戰士從容就義、讓群眾慷慨犧牲、讓走狗面目猙獰、讓官兵人面獸心。這種極忠極奸的人物設計，原是革命文學中很常見的，但令人費解的是，文中對參與該戰役者，其盲從、好鬥、無紀律、形同烏合方面的描寫，似乎也無所保留，透露了馬共局部的乃至於整體的困境與侷限。

事實上在馬共的鬥爭史上，我們對這類沒有對策的戰鬥並不陌生。因此，金枝芒雖忠於現實主義教誨，卻跟他自己提出的有作用、有力量、真正服務於人民鬥爭的文藝，是「必然和『此時此地』的政治鬥爭，從配合發展到結合」[32]的主張結合不起來，反而與他處理女性被強暴的情節更能呼應。在他筆下，女性身受的殘害過於粗糙及粗暴，似乎是為了激怒男性，或以此激發已被激怒了的戰士／男人的戰鬥力，來達到另一種動員效果。這使作者亦自陷於「施暴者」的強勢位置，既消費了女性身體，也不具文學實質。

《飢餓》則是金枝芒名留馬華文學史的力作[33]。如果這部在一九六〇年只能以手抄油印、內部流通的作品沒有被重新編印出版，今天還知道它存在的，可能只剩下作者正在凋零中的昔日戰友了。《飢餓》是一部細描死亡的長篇小說，一度因為不利於士氣而停止傳閱。《飢餓》和〈烽火中的牙拉頂〉一樣是口述資料採集的成果，但令人意外的是，《飢餓》的架構、筆觸或文字，遠比〈烽火中的牙拉頂〉成熟、流暢、有說服力，使其文學性很稀罕地凌駕於歷史和宣傳的意義。在小說中，金枝芒為了讓一支由十五人（包括一名初生嬰兒）組成的小隊最後犧牲剩下五人，花了四百多頁的篇幅利用長達至少七至八個月的時間把他們一一致死。作者似乎是把他所知道的一切關於覓食的危機和在飢餓中掙扎瀕死的面貌全都寫進了一部小說裡，所以受難者必須一個一個接續死亡，而不是更接近事實的集體餓斃。我們雖然不知道作者捨棄常見的以「歷史事件」為藍本的創作手法，改採文學性更濃厚的死亡描寫的動機，但他筆下所記錄的死亡案例似都有所根據，是口述歷史，也是戰友們親身經歷的磨難和考驗[34]，雖然不無選擇性書寫。這是文學與歷史互為滲透的一種表現。即使死亡本身不是事件只是細節，但《飢餓》的死亡情節實在太過具體、太過詳盡，也太過深刻了。金枝芒如此竭力盡職地記錄死亡，已相當於把一場進行中的革命歷史凝固在創作之中。

Social Issues in Southeast Asia, v. 27 (2012): 84-119。

32 周容，〈論馬華文藝〉，《戰友報》，一九四七年十二月二十六日；收入朱齊英編，《馬來亞民族運動史料選輯（上、下）》（吉隆坡：馬來亞勞工黨黨史工委會，二〇〇九），頁一六〇—一六六。

33 黃錦樹認為《飢餓》的文學筆觸超越了宣傳。莊華興則暗示《飢餓》可以填補經典缺席的空洞。見黃錦樹，〈最後的戰役——論金枝芒的《飢餓》〉，頁七〇—七七；莊華興，〈從失蹤到失憶——以郁達夫和金枝芒為例探討馬華文學的存在之議〉，宣讀於「歷史與記憶——中國現代文學國際研討會」（香港中文大學，二〇〇七年一月四—六日）。

34 曾漢添的文章和《飢餓》的情節有很多「似曾相識」之處，文中他也提到曾向金枝芒口述了艱難的雨林戰鬥生活。見曾漢添，〈轉戰邊區〉，頁九二—一五五；另一方面，筆者也在田野中收集到父母親手殺嬰的故事。

（二）賀巾：當事人，新加坡的左翼經驗

相較於金枝芒被奉為「人民文學家」的地位，賀巾在馬共內部卻未得到特別的推崇。事實上賀巾早在一九五〇年代就是馬華文壇頗負盛名的左翼作家，其作品〈青春曲〉和〈沈郁蘭同學〉（以「韋嘉」為筆名）均描寫中學生參與活動的情形，前者近似中國左翼文學中的「成長小說」，在當時很受歡迎。賀巾本名林金泉，是土生土長的新加坡人，他創作的題材自然也圍繞著生活和地方經驗，因此我們讀到有別於其他描寫武裝戰鬥的「馬共書寫」，因為新加坡的左翼活動有其環境侷限，沒有武裝的條件，但工運和學運卻異常活躍。

賀巾的創作即反映了這樣的新加坡經驗。他的作品，不論是早期從事地下活動的階段或晚近重返社會以後，即使是一九八〇年代在部隊期間，也都洋溢著青春的氣息。他筆下的人物多是來自不同階層的學生和工人，他們熱情、羞澀、幼稚、情竇初開，對人生的價值感到困惑，對社會國家的前途感到憂心，學習成熟又不失莽撞，經常在懵懂中萌生愛情，復在理想之下受阻，或彌堅。這些青澀知性的男女學生的人格特質，在彼此間互相影響，同時也啟蒙他人。

《巨浪》的故事描寫一九五〇年代新加坡的華校生，在共產黨地下組織的影響下，發起反對「民眾服務法令」（National Service Act）[35]、「反黃運動」[36]以及反殖鬥爭的故事。作者清楚表明人物純屬虛構，且為了不拘泥於歷史事實而再三修改。話雖如此，小說並沒有脫離歷史的情境和脈絡，仍按照現實主義文藝的條件進行創作。《巨浪》之前的作品集《崢嶸歲月》裡收入的多篇小說，都是悼念亡友而作，自承近乎紀實。同書名的〈崢嶸歲月〉一文更是「具有統括我們這一代人的含意」，而其中

人物，「都還健在」[37]。〈崢嶸歲月〉描寫的是當年參加學運的伙伴們，經過將近四十年後重聚，回顧人生也慨嘆時代的故事。這些在故事中「都還健在」的人物，全部又出現在《巨浪》裡了。賀巾希望讀者不要對號入座，所以特別澄清，卻徒勞無功，因為問題不在「虛構」而在「寫實」，即使對反面人物的描述也竭盡「寫實」的責任。賀巾創作可以用一個「實」字道盡——他遵循「寫實」主義、創作「紀實」文學，也尊重「史實」根據。他不是沒有掙扎過，對黨內的批評，他肯定也有所覺察，但

---

35 一九五四年，殖民政府頒佈「國民服役法令」，規定在馬來亞及新加坡出生的十八至二十歲男性需登記入伍。此舉引起華社反彈，華校生（特別是超齡生）以求學為由要求免役，於五月十三日前往總督府請願，結果與警方暴發衝突，造成四十八名學生被捕，約五十至六十人受傷，是為「五一三事件」。是夜，超過千名學生集合在中正中學，抗議政府對學生施暴。經中華總商會居中協調，學生獲釋，而總商會也限於壓力，宣佈提前放假以解散學生。但學生於六月二日重返校園展開另一波集中，直到教育部恫言關閉學校，整個反對運動才於六月二十四日宣告結束。詳見：陳仁貴等編，《情繫五一三：一九五零年代新加坡華文中學學生運動與政治變革》（吉隆坡：資訊策略研究中心，二〇一一）；Jing Quee Tan etc. ed., *The May 13 Generation: The Chinese Middle Schools Student Movement and Singapore Politics in the 1950s* (Petaling Jaya: SIRD, 2011)。

36 一九五三年十月十二日，十六歲的女學生莊玉珍在珍珠山（Pearl Hill）距離警察局不遠的地方遇害。這宗姦殺案震驚新加坡社會，華校生組織起來將原來已經存在的「反黃」呼聲推向高潮。「反黃運動」的主旨為打擊「黃色文化」，反對美日電影、色情書報、歌台表演、脫衣舞團等麻醉和荼毒群眾的「黃色文化」的產物。

37 賀巾，〈前言〉，《崢嶸歲月》，頁一〇。

他堅信：「這是史實，總得面對！」[38]

賀巾的另一部長篇《流亡》可以說是《巨浪》的續篇，故事描寫兩名青年學生經過一九五〇年代的運動浪潮後，因相知相愛而結合，並在一九六〇年代新加坡地下環境越發惡劣之際，經由組織安排，輾轉偷渡到印尼，從此展開長達十幾年的流亡生涯。他們在印尼過著隱姓埋名的生活，在蘇門答臘沿岸城鎮、海島教書，留意海上活動，試圖開通偷渡到馬來西亞的路線。

日子過得很平靜，他們苦候組織的消息，但組織似乎已遺忘了他們。如果不再堅持，便可以過上尋常人家的生活，但他們卻沒有放棄尋找組織。終於他們跟組織聯繫上了，調派回雅加達，隨行還有三名子女。這是黨與家的分水嶺，因為要革命得先「破家」。一家五口開始過著集體生活，雖同住一屋簷下，但孩子「歸公」，由組織派員教養，並改稱父母為「叔叔」、「阿姨」。大人們也陸續面對一波接一波的整風。

賀巾以自己和妻子為男女主人公的原型，小說中的許多其他人物的身份也呼之欲出。《流亡》跟《巨浪》一樣，充份地體現了現實主義的文藝路線，其寫實程度甚至造成部份黨內人士對他有所微詞，認為他好發牢騷，把個人的委屈轉移到作品中，人物刻劃頗有針對性，有投射對象，特別是將全體的缺失集中在某角色人物身上，擴大其負面形象。內部的批判必然有其「根據」，但有意思的是，這種駁斥不但無損於作品的「寫實」價值，反而更說明了某種「實況」。歷史與文學交纏的趣味，於焉現形。

小結：馬共歷史，有意義的文本

過去很長一段時間，在「大歷史」的既定框架和期待下，馬共作為政治史以外的其他可能性被壓縮或被排除了。當然，這不是馬共單方面的問題，學界對馬共歷史的關心也集中在政治相關課題。某種對「大歷史」的傾斜和執迷，使得馬共未能著眼於微，兼容「小歷史」的視野。然而弔詭的是，馬共一方面追求「大歷史」書寫，本身卻更多地生產「小歷史」文獻——他們面對極其嚴重的論述瓶頸，在很大程度上處於形而下的「敘述」層次。

事實上在我看來，任何文獻都是有意義的本文，包括剪貼成拼布般的文集資料，以及將個人的生命經歷夾纏在文字中的文學創作。正因為其論述能力不足，馬共的焦慮才一目了然，真實得無法掩蓋。這讓我更加確認，「大寫」的政治史框架沒有辦法應付歷史的實際狀況，馬共的面貌顯然比政治視野所可以包含的範圍更宏大更複雜。然而「大歷史」排擠了其他歷史主體（如女性、基層、地下成員、一般戰士、民運、群眾等）和主題（如性別實踐、區域差異、社會生活、庶民記憶、森林作戰、飲食與求生技術等）的介入，而這些主體和主題恰恰是組合一幅馬共歷史拼圖的必要條件。

馬共對歷史學者寄於厚望，頻頻表示馬共與其他左翼文獻的彙編及出版，乃為學術鋪墊，呼籲學者為他們走過的足跡作出公允的評論和總結。然而，馬共及廣大的左翼陣營其實還沒有準備好開誠面

38 賀巾，〈前言〉，《崢嶸歲月》，頁一三。

對歷史，因為他們對歷史學者的期望並非無條件開放的。相反的，他們執著於各自的框架，不接受自我設定以外的結論——「別人」的結論。然而左派本身也沒有「自己」的共識，因為他們根本不是一個整體，並且彼此看不見他人的存在。

這一直是問題的癥結，如果馬共及左翼陣營未能意識到這一點，更具開放性，這種情況延宕愈久，恐怕愈不利於在這場反殖建國鬥爭中爭取到應有的歷史位置和應得的歷史結論。我以「馬共作為性別史」的視野來探索另一種可能性，讓更多個體被納入論述的框架，讓更多面貌被包含在內，是一個新的嘗試。而黃錦樹老師則另闢一條文學的路徑，用他獨特的幽默、一貫的自我、攔也攔不住的「頑劣」、有文獻基礎的背景、真假難辨的佈局、天馬行空的奇想，把他對「馬共」的想像轉化為一則又一則的故事。我作為馬共歷史研究者，每讀他的小說，對他這種「無法無天」的「惡搞」很是不安。他邀我供稿時，我猶豫了一下，但簡短的對話後，我便答應。其實他是用他自己的方式：「想借文學把馬共整個帶進馬華文學史，讓它變得不可忽略。」

我們談到「閱讀馬共」。我和錦樹老師有不同的閱讀方式，我讀是有畫面的，有一張張戰士的臉，而他讀僅限於文字，戰士也只是文本。歷史學者和小說家雖不相同，但想要把各自的「馬共」放進專業領域的企圖與議程卻是一致的。

黃錦樹燒芭是出了名的，請您放輕鬆，一笑置之。

潘婉明，國立政治大學歷史系畢業，國立暨南國際大學歷史學研究所碩士，新加坡國立大學中文系博士候選人，著有《一個新村，一種華人？：重建馬來（西）亞華人新村的集體回憶》。

本文根據作者進行中的博士論文及以下兩篇已發表文章剪裁、修訂而成，特此註明：〈馬來亞共產黨史的生產與問題〉，《人間思想》夏季號第一期（二〇一二年八月），頁一五五—六九；〈文學與歷史的相互滲透——「馬共書寫」的類型、文本與評論〉，收入徐秀慧等主編，《從近現代到後冷戰：亞洲的政治記憶與歷史敘事》（台北：里仁，二〇一一），頁四三九—七六。

當代名家・黃錦樹作品集1

南洋人民共和國備忘錄

2013年10月初版　　定價：新臺幣290元

著　　者　黃錦樹
總編輯　胡金倫
發行人　林載爵

叢書主編　胡金倫
封面設計　顏伯駿

出版者　聯經出版事業股份有限公司
地址　台北市基隆路一段180號4樓
編輯部地址　台北市基隆路一段180號4樓
叢書主編電話　(02)87876242轉203
台北聯經書房：台北市新生南路三段94號
電話：(02)23620308
台中分公司：台中市健行路321號
暨門市電話：(04)22371234ext.5
郵政劃撥帳戶第0100559-3號
郵撥電話：(02)23620308
印刷者　文聯彩色製版印刷有限公司
總經銷　聯合發行股份有限公司
發行所：新北市新店區寶橋路235巷6弄6號2樓
電話：(02)29178022

行政院新聞局出版事業登記證局版臺業字第0130號

本書如有缺頁，破損，倒裝請寄回台北聯經書房更換。　ISBN 978-957-08-4259-3 (平裝)
聯經網址：www.linkingbooks.com.tw
電子信箱：linking@udngroup.com

國家圖書館出版品預行編目資料

南洋人民共和國備忘錄/黃錦樹著．初版．
臺北市．聯經．2013年10月（民102年）．336面．
14.8×21公分（當代名家·黃錦樹作品集1）

ISBN 978-957-08-4259-3（平裝）

857.63 102016864